醫統江山

卷7

偷樑換柱

石章魚 著

一個女人若無力改變自己命運
那麼就只剩下一個辦法
嫁雞隨雞，嫁狗隨狗
嫁個猴子滿山跑

目錄

第一章

才子佳人現實版

眼前的景象詩情畫意，胡小天把古詩詞掏出來賣弄一番，
思量著用一句但願人長久，千里共嬋娟叩開安平公主少女的心扉？
背過的詠月古詩詞實在太多，一時間才思如湧泉一般，
一股腦湧了上來，反倒不知應該選哪一首格調最高。

胡小天本以為可以險中求勝，卻想不到銅面武士最後來了個同歸於盡的打法，事到如今他只能牢牢抓住對方，心中暗叫，吾命休矣。兩人在虛空之中翻滾，銅面武士不得已放開胡小天的右手，左手迅速拉開肩頭的拉環，鏘鏘兩聲，將一對金屬羽翼從背後舒展開來，可是他的身軀被胡小天壓在下方，羽翼雖然成功展開，卻無法滑行，兩人的身體在半空中旋轉著繼續向下跌落。

胡小天在銅面武士放開他手臂的時候，右手趁機捏住對方的咽喉，方才發現對方的頸部也有鐵甲維護，他的玄冥陰風爪還沒有穿透對方甲冑的能力。銅面武士左手擰動了一下，從他的手套外甲中顯露出三根鋒利的鐵爪，朝著胡小天的面門猛擊過去。

胡小天只能放開他的手臂，銅面武士成功擺脫胡小天的身體之後，身軀在空中一個翻騰，羽翼舒展開來，左手瞄準了對方的石壁，將鐵爪射了出去，鐵爪深深沒入石壁之中，他的身體蕩動了一下，方才停歇在石壁之上，不及收起的左翼卻在和岩石的撞擊中擠壓變形。

胡小天卻筆直墜落了下去，沒多久，便一頭栽入冰冷的水流之中，他的運氣不錯，下面的確是一條大河，從水底浮出，抹去臉上的水漬，忽然發現頭頂又有一人急速墜落下來，同時發出尖銳的慘叫，胡小天從聲音中已經判斷出那落下的人就是安平公主。認準了安平公主落水的地方，迅速游了過去，水流湍急，好不容易方才游到地方，潛入水面以下，摸索了好一會兒方才找到水下的安平公主，胡小天抱著她的嬌軀帶她浮出水面。

安平公主臉色蒼白，被河水嗆得不停咳嗽，出於本能反應，她緊緊抱住胡小天的脖子，周圍的山洪全都流淌進入這道山谷，水流湍急，衝擊力極其迅猛。胡小天乾脆順水漂流，大概漂了兩里多的路途，方才帶著安平公主游向岸邊，安平公主早就已經精疲力竭，被胡小天推上河岸，躺在那裡感覺身體骨骸沒有一處不在疼痛，周身連一分力氣都使不出來。

胡小天隨後爬上河岸，他不敢在岸邊停歇，向周圍看了看，前方不遠處樹林茂密，應該是個可以藏身之處，於是抱起安平公主迅速進入密林之中。在靠近山岩的地方找到了一個躲避風雨的岩洞，胡小天將安平公主放在地上，又扶著她，讓她靠在後方的石壁上。幸運的是，兩人從高處落在水中都沒有受傷，安平公主接連嘔出了不少黃水，好一會兒方才緩過勁來，一雙美眸中蕩漾著淚光。她從小在皇宮中長大，養尊處優，還從未有過這樣驚心動魄的曲折經歷。

胡小天看到她惶恐的眼神，知道她仍然沒有從剛才的追殺中平復下來，柔聲道：「你不用怕，有我在，沒有人敢拿你怎樣！」

安平公主望著胡小天充滿自信的面龐，心中忽然安定了下來，她點了點頭，此時方才發現自己仍然緊緊攥住胡小天的右手，有些惶恐地鬆開他的大手，害羞地垂下頭去。可隨即又想到胡小天只是一個太監，自己這樣的反應未免有些過度了，將額前紛亂的秀髮理向後，不無擔心道：「他們還會不會追趕過來？」

胡小天搖了搖頭道：「不知道！那幫人不知什麼來頭，非常厲害。」

安平公主道：「不知七七怎樣了？」想起不知所蹤的七七，她的眼眸不由得紅了起來，關切之情溢於言表。

胡小天道：「我去外面看看。」

安平公主點了點頭，看到胡小天起身走出岩洞，又有些擔心害怕：「你快些回來！」胡小天轉身向她笑了笑，出去之後，又很快回轉，遞給安平公主一根手腕粗細的樹枝：「留著防身，真遇到了什麼麻煩，你就叫我的名字。」

安平公主道：「我還是和你一起去。」她站起身來，來到胡小天身邊再次抓住他的手臂。胡小天不禁笑了起來，這種環境下，自己無疑已經成為安平公主最大的依靠。

兩人走入樹林，再次來到河邊，此時雨霧已經消散了不少，胡小天的目力可以看清五十丈範圍內的情景，那七名武士似乎並未追趕而來，雨仍然沒完沒了的下著，河水已經被山上衝刷下來的紅泥染成了紅色，紅得就像血。

胡小天決定暫時返回岩洞調整休息，一切等到雨停之後再作打算。

樹林之中有不少的山楂樹，兩人採摘了一些山楂回到岩洞之中，目前也只有這些山楂可以用來填飽肚子了，山楂尚未完全成熟，只吃了一個，兩人都因為酸澀而愁眉苦臉，看到對方的窘態，同時笑了起來。

胡小天道：「這山楂是助消化的，越吃越餓。」

安平公主道：「希望咱們的人能夠儘快找來。」她的衣衫完全濕透，此時因為下雨，氣溫又下降了許多，不禁打了幾個噴嚏。

胡小天向她靠近了一些，並不是對她不敬，而是想用自己的體溫帶給她一些溫暖。

安平很小心地挨在胡小天的身側，默默咀嚼著手裡的那顆山楂果，卻聽胡小天道：「為什麼要跳下來？」

安平公主道：「不是你讓我跳下來的嗎？」

胡小天笑道：「我是說我敗了，你就跳下去。」

安平公主道：「我看到你跳下去了，於是就跟著跳了下來，現在看來，咱們的運氣還算不錯。」

胡小天點了點頭。

安平公主經歷了這麼多波折，早已疲憊不堪，不知何時便靠在胡小天的肩頭迷迷糊糊睡了過去。胡小天望著她清麗絕倫的俏臉，心中愛憐之意油然而生。外面的天色越來越暗，應該已經到了黃昏時候了，不知牧場的人是不是開始在谷中展開搜索？那七名殺手是不是已經離去？

身上的衣服漸漸變乾，外面卻已是夜色濃郁，雨停了，秋蟲呢喃的聲音此起彼伏，夜裡的溫度又下降了許多，安平公主在睡夢中抱住胡小天的手臂，將嬌軀緊緊貼在他的懷中。

胡小天不由得聯想起安平公主的命運，她雖然貴為金枝玉葉，可在皇宮之中和自己也沒有什麼太多的分別，一舉一動都要在別人的監視之下，仍然記得沙迦國十二皇子霍格，本來是要前來京都向她求親的，倘若沒有西川的那場變亂，或許老皇帝真會將她許配給霍格。身為皇室子女，他們所擁有的自由實在是少得可憐，甚至還不如尋常百姓家的孩子。

安平公主挪動了一下螓首，一雙星眸緩緩舒展開來，她意識到自己正趴在胡小天的懷中，慌忙坐正了身軀，整理了一下衣服，還好岩洞內一片漆黑，看不到她此刻尷尬的表情，過了一會兒，她方才小聲道：「我睡了多久？」

胡小天望著洞外：「兩個多時辰吧！」這期間周圍並沒有任何異常的動靜。

安平公主道：「外面好黑！」

胡小天道：「雨已經停了，應該還是陰天，沒有月光。」

「他們是不是已經走了？」

「希望已經走了，不過咱們不能冒險，等待的時間越久，他們離開的可能就越大。」胡小天這麼說是有根據的，他雖然是個小太監地位無足輕重，但是七七和安平公主失蹤必然會震動整個紅山馬場，樊宗喜肯定會集合整個馬場所有的人員傾巢而出尋找他們的下落，找到這座山谷應該不難，那七名殺手不可能長時間駐留於此。

安平公主沉默了下去。

「你是不是害怕？」

安平公主搖了搖頭，小聲道：「開始的時候有些怕，現在已經完全不怕了。」

胡小天笑道：「怕也沒用，所以索性把膽子放大一些。」

安平公主道：「西川李天衡不是你的未來岳父嗎？你留在西川應該安然無恙，為什麼要回來？」對胡小天的情況她顯然有過瞭解。

胡小天道：「我如果不會來，我們胡家可能難逃滿門抄斬的噩運，雖然現在也沒能倖免於罪，可畢竟我的爹娘還活著。」

安平公主道：「你救過七七，我親眼見到她向陛下求情，即便是你不回來，陛下應該也不會為難你家人。」

胡小天因安平公主的這句話而感到了她的單純，微笑道：「我只知道如果我躲在西川不來，那麼我這輩子都無法原諒自己。」他站起身舒展了一下雙臂：「這樣說並不是想證明我有多麼無私，多麼勇敢，身為人子，我只是做了該做的事。」

安平公主沒有說話，胡小天的話讓她想起了自己被羈留在西川的哥哥，想起了正軟禁在宮中的父親。面對親人的困境，她唯有歎息，卻無能為力，她沒有胡小天那樣的勇氣。

一顆淡綠色的晶瑩光芒冉冉升起在兩人面前，他們的目光被眼前的這一絲光亮所吸引，螢火蟲忽明忽暗，慢慢飛出岩洞。胡小天微笑道：「想不想出去看看？」

安平公主點了點頭，抓住胡小天伸過來的大手站起身來，兩人一起走向洞外。

一點兩點三點，越來越多的螢光閃爍在暗夜之中，宛如一顆顆星辰點亮了這沉悶的夜，安平公主被螢光照亮的俏臉上綻放出會心的溫暖笑意，她沉浸於眼前美妙的夜色之中。

胡小天的目光隨著漫天飛舞的螢火蟲投向頭頂的夜空，朦朧的月影出現在黑煙般的雲層後方，月光驅散了雲層，天空終於恢復了疏朗，圓月皎潔如同銀盤，靜靜將水銀般的光芒灑落在這靜謐的山谷中。

眼前的景象充滿了詩情畫意，胡小天差點沒把肚子裡的古詩詞掏出來賣弄一番，思量著是不是用一句但願人長久，千里共嬋娟叩開安平公主少女的心扉？這貨背過的詠月古詩詞實在太多，一時間才思如湧泉一般，一股腦湧了上來，反倒不知應該選哪一首格調最高。

安平公主卻道：「我聽說你對對聯很厲害。」

胡小天想不到自己在京城賣弄了幾次，就名聲在外，厚著臉皮謙虛道：「一般一般。」

安平公主道：「我有一個對聯你試試。」

胡小天點了點頭：「公主請出題。」

安平公主向前走了幾步，美眸凝望夜空中的那闕明月道：「天上月圓，人間月半，月月月圓逢月半。」

胡小天想都不想就答道：「今宵年尾，明日年頭，年年年尾接年頭。」對一個對聯愛好者來說，這種對聯只不過是小兒科。

安平公主美眸之中流露出嘉許之色，她又道：「一夜五更，半夜五更之半。」

胡小天道：「三秋八月，中秋八月之中。」

安平公主笑道：「都說你對聯厲害，果然名不虛傳。」

胡小天道：「公主又是從何處得知呢？」

安平公主嫣然笑道：「你不用問，總之我就是知道。」一笑百媚生，美麗的笑靨看得胡小天不禁為之一呆，他輕聲道：「小天斗膽，敢問公主芳名？」和安平公主認識了這麼久，他還不知道她的名字呢。

安平公主道：「你若是能夠答得上這個對聯，我就告訴你。」

胡小天深深一揖：「公主請出題！小天洗耳恭聽。」這古代泡妞就是麻煩，什麼看電影、送花、K歌之類的全都派不上用場，最流行的就是吟詩作對，這玩意兒才有格調，得虧胡小天過去沒少研究這些東西，所以多掌握一門學問總會派上用場的。

安平公主笑盈盈望著胡小天道：「我這上聯是：日在東，月在西，天上生成明字。」

胡小天呵呵笑道：「公主請聽好了，我這下聯是：子居右，女居左，世間配定好人。」

安平公主笑靨如花，點了點頭道：「果然好對，我的名字叫曦月。」龍曦月乃是她的本名。

胡小天道：「公主出了這麼多對聯考我，不如我也出一個上聯，你來試試。」

安平公主笑道：「我可沒你那麼大的本事，不過倒是可以試試。」

胡小天道：「日月兩輪天地眼。」

「讀書萬卷女人心！」

胡小天笑著點頭，整天都聽人說什麼才子佳人，這就是才子佳人的現實版嘛。

安平公主此時卻幽然歎了口氣道：「讀書萬卷又有何用，一個人就算讀了再多的書，也無法掌握自己的命運。」

胡小天道：「一個女人如果無力改變自己的命運，那麼就只剩下一個辦法。」

龍曦月有些好奇地望著他，不知他有什麼高見。

胡小天嘿嘿一笑道：「也沒什麼特別，就是找個好男人嫁了，讓這個男人幫她改變命運，你沒聽說過嫁雞隨雞嫁狗隨狗，嫁個猴子滿山跑嗎？」

龍曦月嗔道：「就會胡說。」不過也覺得有幾分道理，忍不住笑了起來。

胡小天道：「咱們今天就被追得滿山跑了。」

一句話將龍曦月的俏臉說得通紅，心想這小太監好大的膽子，這句話分明是在暗示自己什麼？不過她也沒有責怪胡小天不敬的意思，輕聲道：「如果不是被追得滿山跑，也看不到如此美麗的夜色。」雖然身處荒山野嶺，歷盡生死磨難，可此時回味起來卻感覺有趣得多，比起那死氣沉沉的皇宮，這一日的經歷顯得如此豐富多彩。

他們繼續向前走去，星星點點的螢火蟲縈繞在他們的身邊與他們一路相伴，月光透過樹蔭的罅隙投射下來，如同在林中扯出了一道道的薄紗，河水在夜色下已經變成了黑色，水流依然湍急，在落差和轉折的地方，激起大片白色的水花，遠遠望去，白得像雪，一層淡淡的薄霧懸浮在水面上，山風襲來，薄霧變換著形狀，有些薄霧被風吹到了岸邊，遮住了他們的雙腳，讓他們顯得似乎飄起在雲端。

龍曦月的芳心中忽然產生了一個大膽的想法，倘若能夠一生長留於此也不失為一種神仙日子。想到這裡，她的美眸不由得向身邊人望去，自己因何會產生這樣的想法？如果讓自己獨自留下，那麼她肯定是不敢的，這樣的想法，全都是因為胡小天在身邊的緣故。

此時遠處忽然傳來呼喊聲：「胡公公……公主殿下……」聲音雖然遙遠，可是胡小天卻聽了個清清楚楚。因為擔心有詐，兩人不敢回應，直到那聲音越來越近，看到十多支火炬出現在谷內。兩人方才小心翼翼前去查探，卻見那群人為首的就是御馬監少監樊宗喜，這才敢現身答應。

樊宗喜帶人已經四處尋找，最後才找到了這座山谷，雖然懷疑兩人落在了山谷內，卻無法進入谷中，又找來長索，這才摸黑進入谷底尋找。

樊宗喜看到安平公主無恙，心中的一塊石頭方才落地，一群人慌忙在龍曦月面前跪下：「屬下守護不力，驚擾了公主，還望公主贖罪。」

龍曦月淡然道：「這事不怪你們，回去再說！」臨行之時，她下意識地向藏身的那片樹林望去，心中竟然生出一絲不捨之念。

這山谷並無出路，想要離開，必須由原路返回。龍曦月一個弱質女流顯然沒有從下爬到崖頂的本事，樊宗喜讓人去找吊籃，胡小天讓他不用那麼麻煩，讓龍曦月趴在自己的身上，找來繩索將兩人牢牢綁在一起，背著龍曦月爬出谷去。

龍曦月趴在胡小天的背後，彷彿身處在一條晃晃悠悠的小船上，望著胡小天的側臉，她的唇角泛起一絲會心的笑意。

胡小天爬至中途，忽然道：「你怕不怕？」

龍曦月搖了搖頭，小聲道：「不怕！」她心中明白，正是胡小天給了她這份從未有過的踏實和溫暖感。沉默了一會兒，她低聲道：「若是將來我有什麼危險，你還會不會救我？」

胡小天繼續向上攀爬並沒有馬上回答她的話，龍曦月伸出手去，用手帕為胡小天擦去額頭的汗水。

胡小天道：「任何時候，任何地方，我都會去！」說話的時候，他已經成功登頂，上方兩名太監合力將他們拉了上去。

胡小天雖然身體健壯，可畢竟背負了一個人，從崖底爬到上面，體力損耗不小，放下龍曦月，自己便就地坐了下去，大口大口的喘息。可沒等他平復下來，屁股上已經挨了重重的一腳，胡小天雖然沒有回頭，已經知道這出腳的人是哪個，十有八九就是那刁蠻公主七七。

果然不出他的所料，七七叉腰站在他的身後，怒氣沖沖看著他，一副興師問罪的模樣：「小鬍子，你怎麼把我姑姑拐到山谷下去了？你知不知道我有多擔心？」

不等胡小天開口，龍曦月已經走過去將七七拉到一邊，小聲為胡小天解釋。

胡小天雖然無緣無故挨了一腳，可他並不生氣，以他的身分也沒資格生氣，以他的年齡也犯不著跟一個小女孩一般計較。

樊宗喜隨後爬了上來，來到胡小天身邊向他伸出手去，胡小天借著他的幫助從地上站起身來，一行人離開了山谷，樊宗喜故意和胡小天落在了後面，低聲道：「究竟發生了什麼事情？」

胡小天將進入谷口之後遭遇伏擊的事情向他說了，樊宗喜大驚失色，低聲道：「你可認出對方的身分來歷？」

胡小天搖了搖頭道：「他們全都蒙著臉，帶頭的那個人臉上戴著青銅面具，穿著甲冑，對了，他的背後可以伸展出一對金屬翅膀，能夠在空中滑行。」

樊宗喜面色凝重，壓低聲音道：「胡公公，此事非同小可，你千萬不可向外聲張，以免引起恐慌。」

胡小天道：「我當然不會說，只是安平公主那邊還需樊公公自己去打招呼。」

步行來到谷口，早有馬場的人等在那裡，眾人翻身上馬，胡小天此時方才想起自己的那匹大耳朵醜馬，四處望去居然不知所蹤，胡小天心中不由得有些失落，那灰馬雖然相貌醜陋，可是從之前的表現來看，卻是一匹不折不扣的寶馬良駒。

行至中途，又和另外一支搜索隊伍會合在一處，這支隊伍是由三皇子龍廷鎮帶隊，看到安平公主無恙，所有人都放下心來。

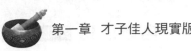

既然樊宗喜有言在先，胡小天就懶得解釋，跟著隊伍回到了馬場。

一切安頓下來已經是三更時分，當晚就留在紅山馬場露營，胡小天換了他們提供的乾淨衣服，吃了點宵夜，並沒有馬上入睡，獨自一人走出營帳。此時夜空已經完全放晴，圓月高懸在夜空之中，整個馬場被月光照耀得如同白晝，舉目望去，遠處一個小黑點正朝他的方向奔跑而來，走近一看，卻是那匹長耳朵的灰馬，胡小天又驚又喜，向牠招了招手。灰馬放慢腳步慢慢來到他的身邊，胡小天伸出手去親切地摸了摸灰馬的耳朵，笑道：「小灰，想不到你自己先回來了。真不夠義氣，遇到危險居然棄我而去。」

灰馬打了個響鼻，腦袋低垂下去親昵地蹭了蹭胡小天的腰間。

身後響起樊宗喜的聲音：「你要是喜歡，我就將這匹馬送給你了。」

胡小天轉過身去，看到樊宗喜身披黑色斗篷向自己走了過來，他拍了拍灰馬的腦袋，轉身迎了過去，笑道：「那我就謝謝樊公公的美意了。」

樊宗喜來到胡小天身邊，和他並肩而立，夜晚，馬場的風很大，吹起他的斗篷，宛如旌旗一般招展，在夜色中發出獵獵聲響。樊宗喜道：「你所說的那群人應該是飛翼武士，過去曾經隸屬於天機局。」

胡小天道：「天機局?他們怎麼敢對公主不利?」

樊宗喜道：「天機局共有三大部分，一為陣圖門，擅長佈陣設法，二為馭獸門，擅長驅使飛禽走獸，三為機關門，擅長製作各類機關工具，陛下登基之後，天機局內部發生了分裂，一部分人因為涉及當年刺殺皇上畏罪潛逃，所以如今的天機局已經不復昔日輝煌。」

胡小天點了點頭，他護送小公主前往燮州的途中，就遭遇了馭獸師的沿途阻擊，那群人就應該屬於馭獸門，看來天機局在沒有分裂之時實力還真是驚人。

樊宗喜道：「此事我已經向三皇子稟明，明日我會面見姬提督，將此事的詳細經過向他說明。」

胡小天心中警示頓生，樊宗喜口中的姬提督顯然是姬飛花無疑，難道樊宗喜是姬飛花派系的人，倘若真是如此，以後還需要和他保持適當的距離。胡小天故意歎了口氣道：「若非小公主逼著我跟她賽馬，今天的事情或許就不會發生。」

樊宗喜道：「這場暴雨來得突然，等我們去尋找你們的時候，你們三人都已經不見了。我們一直追到缺口處，發現馬蹄的印跡一直出了馬場。」

胡小天道：「都怪我過於冒失，所以才讓安平公主受驚。」

樊宗喜淡然笑道：「你不用自責，安平公主已經說明白了，是她強迫你去找小公主的，在這件事上，你無需承擔任何的責任。」

胡小天道：「當時小公主的坐騎突然受驚，安平公主也是擔心她的安危所以才要求我那樣做。」

樊宗喜道：「小公主的坐騎受了驚嚇，可是並沒有進入山谷，而是從谷外繞行到了馬場東南，還好她沒有遇到什麼危險。」說到這裡他停頓了一下，低聲道：

「其實那棵大樹是人為放倒的。」

胡小天心中一驚，向樊宗喜投過詫異的一眼。

樊宗喜道：「缺口的位置恰恰是馬場警界的盲區所在，當時風大雨大，有人想要趁機進入馬場。一定是沒等他們進入，就看到你和安平公主離開了馬場，於是追蹤你們的腳步一直到了陷空谷。」

胡小天此時方才知道他們今天遭遇險情的地方名為陷空谷。

樊宗喜搖了搖頭道：「所幸大家都沒有什麼事情，只是虛驚一場罷了，倘若安平公主出了什麼事情，只怕我等萬死也難辭其咎。」

胡小天歉然道：「小天無用，讓樊公公受驚了。」

樊宗喜伸手拍了拍他的肩膀道：「我應該感謝你才對，如果不是你拚死保護安平公主的性命，我此刻已經成為大康的罪人了。這件事我會記在心底，只是你千萬不要忘記剛才答應過我的事情。」

胡小天道：「樊公公放心，小天絕不會對其他人提起。」

不提才怪，胡小天可不認為他有什麼必要為樊宗喜保密。翌日離開紅山馬場，他並沒有選擇和樊宗喜同行，而是騎著樊宗喜送給他的那匹大耳朵灰馬直奔翡翠堂，他原本計畫今晨出宮採買，可昨天的這場意外讓他在紅山牧場耽擱了整整一個晚上。其實採買只不過是一個幌子，更重要的是，他還和權德安約好了上午相見。為了更方便和他見面，也為了掩人耳目，權德安將兩人的會面地點定在了臨近翡翠堂的四季乾貨店，胡小天打著採買的旗號，出入其間也方便一些。

前往會面之前，胡小天先去了翡翠堂，小鄧子已經先行抵達了這裡，昨夜胡小天徹夜未歸，雖然提前跟劉公公打了招呼，仍然有不少人為他擔心。見到胡小天，小鄧子舒了口氣道：「胡公公，剛才我出宮的時候劉公公還專門交代，讓我見到你就讓你辦完事情後儘快回去。」

胡小天點了點頭道：「知道了。」

事情其實已經辦完了，胡小天讓曹千山幫忙找個地方把自己的那匹灰馬暫時寄養，畢竟他現在長居皇宮，不可能帶著這匹灰馬出來進去。曹千山給胡小天辦事當然是求之不得，只不過他看到這匹像極了騾子的灰馬實在是有些納悶，胡小天怎麼會弄這麼一匹劣馬當坐騎？只要他開口，自己送給他一匹寶馬良駒就是。

把事情辦完之後，胡小天獨自一人去了四季乾貨店，在店老闆的引領下直接來到後院。

權德安獨自一人坐在銀杏樹下，秋風吹過，銀杏樹上金黃的葉子簌簌而落，宛如漫天翻飛的蝴蝶。

胡小天笑瞇瞇來到權德安的面前恭敬道：「權公公吉祥！」

權德安的目光仍然盯著虛空中翻飛飄舞的黃葉，喃喃道：「秋天來了……」

胡小天心中暗笑，這老太監難道也會觸景傷情？到底是少了根東西，性情上變得多愁善感起來。他接口道：「秋天來了，冬天就已經不遠。」

權德安深邃的目光終於落在了他的臉上，佈滿皺褶的臉上表情淡漠之極，看得胡小天有些心底發虛，腦袋耷拉了下去，乾咳了兩聲道：「權公公有何吩咐？」

權德安道：「你昨晚去了紅山馬場？」

胡小天點了點頭，福貴就在御馬監，那小子應該就是權德安佈置在宮中的另一枚棋子，自己昨天前往紅山馬場的事情當然不會瞞過他的眼睛。胡小天道：「原本是去御馬監致謝，樊少監邀請我去紅山馬場參觀，小天一時好奇就跟了過去，沒想到在馬場湊巧遇到了三皇子、小公主和安平公主他們。」因為知道這些事無法瞞過權德安，索性老老實實交代出來。

權德安道：「七七就是貪玩的性子，說起來，咱家也有些日子沒見到她了。」

胡小天悄然觀察權德安的表情，發現權德安並無異樣，應該是對昨天發生在紅山馬場的事情並不知情，他歎了口氣道：「要說這位小公主可真是不省心。」

權德安聽出胡小天話裡有話，瞇起雙目道：「她是不是又為難你了？」

「那倒沒有。」胡小天將昨天發生在紅山馬場的事情原原本本向權德安說了一遍，至於樊宗喜交代他要保密的事早就被他丟到一邊，他必須要取得權德安的信任，想要在皇宮活下去，他還要倚重權德安，必須不能讓老太監對他產生疑心。

權德安聽完，目光顯得越發深沉：「你是說，攻擊你的人背後生有雙翅？」

胡小天道：「不是真的翅膀，應該是某種機械裝置，他甲冑的前面有兩個拉環，只要拉下拉環，那兩隻金屬翅膀就會舒展開來，應該還有調節翅膀角度的裝置，利用那對翅膀，他能夠在空中滑翔。」

權德安點了點頭。

胡小天又道：「樊宗喜說那些人應該是出身於天機局的機關門。」

權德安呵呵笑了起來。

胡小天不知他為何發笑，怔怔地望著他。

等到權德安停住笑聲，方才道：「天下間懂得機關製造的工匠不計其數，豈能根據他的一對翅膀就斷定那殺手出身於天機局？」

胡小天道：「您老可得幫我保密，樊宗喜反覆交代，讓我不要向外聲張。」

權德安道：「樊宗喜的話也未必可信，你有沒有想過，他為何要突然邀請你前往紅山馬場？三皇子他們去馬場的事情難道他之前真的一點都不知情？馬場的圍欄為何偏偏在那種時候毀掉？」

胡小天道：「我也覺得奇怪，難道您懷疑這些事是他在背後策劃？」

權德安道：「樊宗喜和姬飛花過從甚密，姬飛花此人狼子野心，凡是跟他走得太近的總之都不是什麼好人。」

胡小天故意道：「我聽說皇上跟他也走得很近呢。」

權德安聞言面色一沉，怒道：「大膽！竟敢侮辱皇上！」

胡小天慌忙將腦袋耷拉了下去，心中卻不以為然，若非姬飛花和龍燁霖走得太近，你權德安也不會失寵，你讓我潛入宮中的目的已經明朗，應該是想利用我去對付姬飛花。

權德安道：「你此刻心裡在想什麼？」

胡小天道：「沒想什麼，只是聽說了一些風言風語，不知應不應該給您說。」

權德安暗罵這廝狡詐，他搖了搖頭道：「既然都說是風言風語那就不必說了，咱家懶得聽這些捕風捉影的事情。」

胡小天道：「那就不說，姬飛花那個人實在是有些囂張，他是內官監的首領，可劉公公也是司苑局的頭領，論地位兩人平起平坐，論聲望劉公公不知比他高出多少，他居然欺負到了司苑局的門上，那天幸虧您老人家及時趕到，不然還不知他要做什麼過分的事情呢。」

權德安瞇起雙目望著胡小天，猜度著他說這番話的用意。

胡小天道：「聽說姬飛花是您老一手扶植起來的？」這貨專挑權德安的痛處去捅刀子。

權德安知道他的用心，唇角露出淡淡的笑意：「咱家可以他扶上雲霄，一樣能夠將他打落塵埃。」話語中充滿了強大的自信。

胡小天心想你這老太監又開始說大話了，就憑現在姬飛花受到的寵信，和人家今時今日的地位，你想要將他打回原形只怕沒有那麼容易，嘴上卻道：「權公公若是想要對付此人，小天願盡犬馬之力。」其實這話說不說都一樣，胡小天算準了權德安早晚都會讓自己去對付姬飛花。與其等人家攤派任務，不如顯得主動一些。

權德安道：「就憑你？」言辭之間居然流露出一絲輕蔑之意。

胡小天暗忖，你不讓我出手更好，老子還懶得為你冒險呢。

權德安道：「化骨水是不是很好用？」一句話把胡小天問得脊背之上滿是冷汗，哪壺不開提哪壺，其實胡小天幹掉魏化霖的事情大家心知肚明，在胡小天看來，這件事挑明就沒意思了，可權德安偏偏當著他的面說了出來。

胡小天道：「不錯，就是少了一些，等用完了還望公公再送給我一些。」

權德安暗讚這小子夠無恥，提起這件事他居然面不改色心不跳，心態真是不錯。他低聲道：「要說魏化霖的武功也算不錯，居然會傷在你的手裡，所以說武功並不能代表一切，心智才重要。」

胡小天暗歎，其實這件事的始作俑者是七七，是她射殺魏化霖在前，自己只能算是幫兇，可現在看來這筆帳肯定要落在自己頭上了。想起七七，胡小天趁機進言道：「權公公，小公主太過貪玩，給我製造了不少的麻煩，其實我這邊倒沒什麼，只是害怕她終日異想天開，可能會在無意中壞了公公的大計。」

權德安道：「咱家沒什麼大計，小公主貪玩也罷，想報復你也罷，我一個下人是無權過問的，所以你招惹的麻煩只能你自已去解決。」他向胡小天湊近了一些，壓低聲音道：「你且記住，無論任何時候，都不可對小公主生出加害之心，否則咱家絕不會輕饒你。」

胡小天笑道：「權公公您只管放一百個心，小天分得清敵我，我對小公主呵護都來不及，又怎會生出加害之心。」

權德安心中冷笑，換成過去他或許不會擔心，可自從魏化霖死在了胡小天的手裡，他開始意識到胡小天還真是心狠手辣，雖然他在地窖之中也看到了暴雨梨花針的痕跡，也估計到七七曾經到過那裡，正是為了掩飾證據，他方才果斷出手震裂酒桶，不過他對七七的事情是隻字不提。權德安道：「沒有最好！」他的右手輕輕摩挲著左手上的玉扳指道：「我讓你查的事情怎樣了？」

胡小天道：「那密道錯綜複雜，因為時間緊迫，我只查看了其中的一條。」

權德安點了點頭，示意他繼續說下去。

胡小天道：「我沿著那條密道走到盡頭，發現全都是水，只能折返回來。」

「全都是水？」

「是，我進入水中，沒多久水就淹沒了我的腰部，因為我水性不好，所以不敢繼續向前探察。」

權德安並沒有產生疑心，喃喃道：「全都是水？莫非那密道和瑤池相通？」

胡小天道：「不如權公公改日找個機會去司苑局酒窖，我帶著您老親自去查看一下。」

權德安斥道：「胡說八道，咱家在宮中的一舉一動有無數人都在盯著，若是我跟你進入酒窖，恐怕所有人都會懷疑其中藏有秘密。」他想了想道：「現在劉玉章的位子短期內不會有變化，他對你非常的信任，你務必要利用好這個機會，將密道通往何方的事情查個水落石出。」

胡小天點了點頭，他又道：「天機門是不是有個洪先生？」

權德安聽他問起此人，不由得皺了皺眉頭道：「你是說洪北漠？」

胡小天道：「我也不知道他叫什麼，只是在陷空谷被追殺的時候，那個鳥人曾經提到洪先生。」胡小天並沒有將實情坦然相告。

權德安道：「此人已經失蹤了，過去曾經是天機局的首席智者。」

胡小天道：「權公公，您交給我的那點功夫好像不夠厲害，在陷空谷我險些死在那個鳥人手裡。」

「不是功夫不夠厲害，是你修為不夠！」

胡小天笑道：「不如您老再送給我幾盒暴雨梨花針，萬一遇到什麼麻煩也能夠派上用場。」

權德安道：「你當那是小孩子過家家的玩具？我隨便就能得到？再者說，若是讓人發現你有那種暗器，肯定會追查此物的來歷，到時候會有意想不到的麻煩。」

胡小天知道他說得很有道理，點了點頭道：「那還是算了，要不您老再教我兩手武功。」

權德安冷哼一聲：「貪多嚼不爛，你如果能將玄冥陰風爪練好就已經足夠。」

胡小天道：「我本以為仰仗著您老的十年功力，不說打遍天下無敵手，怎麼也得橫掃皇宮沒問題，可現在看來我的這點功力根本不夠看，別說是橫掃，連保命都有很大的問題呢。」

權德安冷冷望著這廝，他焉能聽不出胡小天表面上在自我菲薄，其實是在寒磣他的內力不行。權德安點了點頭道：「武功之道，人外有人天外有天，放眼天下誰敢真正當得起天下無敵這四個字，即便是你單打獨鬥可以睥睨天下，又怎能敵得過千軍萬馬？」

胡小天道：「即便是打不過，總得有個法子逃得掉，您老有沒有什麼拉風點的輕功步法啥的？」

「沒有！」權德安乾脆果斷的一口回絕。

胡小天笑道：「權公公您武功蓋世，威震天下，您說不會輕功，怎麼可能？咱倆雖無師徒之名，可是咱們早就有了師徒之實，您又何必那麼小氣，再說了，我要是以後被人抓住，連逃都逃不掉，真要是問起我是誰的徒弟，我一不小心把您老給供出來，你老這面子往哪兒擱啊？」

權德安充滿鄙視地望著胡小天，這小子寸功未立卻索求無度，貪得無厭都不足以形容他。

胡小天仍然厚顏無恥笑容可掬。

權德安不緊不慢道：「也不是咱家不想教給你，其實我都老了，收個關門弟子將所有武功傾囊相授倒也無妨，只是咱家大多數的武功都不適合你修煉，如果你真心學武，那就必須得淨……」

「拉倒吧，我還是不學了。」胡小天不等權德安將淨身兩個字完全說出來就一口拒絕。

權德安內心中暗自發笑，任何人都有短處，這小子也不例外，關鍵時刻只要提起淨身，他馬上就變得老實起來，看來不讓他淨身也有不淨身的好處，當初真要是把他切了，這小子說不定會破罐子破摔，再沒什麼好怕了。

權德安道：「咱家給你七天時間，務必查清司苑局地下密道的秘密，將詳細的地圖繪製給我。」

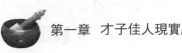

胡小天道：「七天太短，我又不是沒有其他事情要做，為了掩人耳目，探察地道也只能在夜深人靜之時，這地下密道又錯綜複雜，還請您老寬限幾天。」其實七天已經足夠他去查探，胡小天習慣了討價還價，當然不會輕易答應。

權德安道：「也罷，十天，十天之後還是這個時候還是在這裡，咱家靜候你的消息。」

第二章

黑虎鞭

胡小天按照劉玉章的吩咐找到抽屜裡面的東西，
是用金色錦緞包裹的一根棒狀物，胡小天也沒那麼老實，
打開錦緞看了看，裡面包著的卻是一根虎鞭，
胡小天心中不由得好奇，這太監要虎鞭做什麼？

倘若沒有權德安給他的壓力，胡小天在皇宮中的日子是越來越舒坦了，最近他已經成了司苑局的紅人，雖然他的職位只是一個小小的監工，可權力卻僅次於劉玉章，司苑局內也有僉書、掌司之類的管理，可劉玉章對這些人並不信任，自從發生了姬飛花上門挑釁的事情之後，劉玉章更是存了小心，司苑局內唯一信任的就是胡小天。

劉玉章受傷半個月之後，皇上總算想起了這位從他小時就照顧他的老太監，差遣貼身太監榮寶興帶著禮物過來慰問。榮寶興如今負責照顧皇上日常的飲食起居，他四十多歲年紀，長得慈眉善目，臉上時刻掛著暖融融的笑意，看起來頗為和善，帶了一個小太監過來探望劉玉章。

劉玉章和榮寶興在房間內談了約有一個時辰，這才差人將胡小天叫了過去，吩咐他推著自己前往藥庫。

藥庫那邊早已交給了小卓子負責看管，不過和酒窖這邊不同，這邊鑰匙始終還控制在劉玉章自己的手裡，小卓子只是負責守門，從未有機會進入藥庫。

胡小天推著劉玉章來到藥庫門前，劉玉章這才將鑰匙遞給胡小天讓他去開鎖，這種鎖單靠鑰匙是打不開的，還需要密碼，上面有三排字任意組合，劉玉章附在胡小天耳邊將密碼告訴了他，這才將大門打開。

胡小天心中暗忖，看來這藥庫裡面存放的東西要比酒窖內還要重要得多，難怪劉玉章至今都不肯放手。

推著劉玉章進入藥庫之中，一股濃烈的藥材氣息撲面而來，向前走了十餘丈，便到了台階處，和酒窖不同，酒窖是建在地下，而藥庫卻整個都是建在地面，劉玉章瞇起雙目，借著燈籠微弱的光線望向上方，低聲向胡小天道：「你去三層樓梯右側第三個櫃子，中間第二行從上往下數第五格，將裡面的東西給我拿出來。」

胡小天應了一聲，按照劉玉章的吩咐找到抽屜裡面的東西，卻是一根用金色錦緞包裹的一根棒狀物，胡小天也沒那麼老實，先打開那錦緞看了看，裡面包著的卻是一根虎鞭，胡小天心中不由得好奇，這太監要虎鞭做什麼？吃了也沒用？這玩意兒又不能嫁接。更何況風乾多年，早已失去了生物活性。劉玉章已經在下面催促他，胡小天趕緊將虎鞭重新包好，帶著虎鞭走了下去。

劉玉章接過那包東西，當著胡小天的面打開了，胡小天明知故問道：「咦！公公這是什麼東西啊？」

「虎鞭！」劉玉章說話的時候帶著一種前所未有的威勢，看來這根東西果然充滿陽氣，連太監抓住它都變得中氣十足。

胡小天道：「虎鞭啊，我見過！」意思是沒什麼稀奇，其實他還是尚書公子的時候家裡的確也有這玩意兒。

劉玉章嘿嘿笑道：「虎鞭常見，可是黑虎鞭卻是極其少見，這根虎鞭乃是大雍國主贈給太上皇的，黑虎乃是極陽之物，生在苦寒之地，我大康疆土雖廣，卻見不到一隻，即使是大雍現在也已經相當罕見。」

胡小天道：「如此說來倒是個稀罕物。」

劉玉章歎了口氣道：「榮公公說要幫皇上拿過去。」言語之中顯得頗為不捨。

胡小天觀察入微，低聲道：「皇上也需要壯陽了？」

劉玉章忍俊不禁，斥道：「胡說八道，這種話若是讓別人聽去，搞不好是要掉腦袋的。」

胡小天道：「這黑虎鞭如此厲害，卻不知皇上降不降得住？」

「此話怎講？」

胡小天道：「我聽人說過，但凡大補之物都有弊端，補一處便傷一處，而且每個人的體質不同，在不清楚自身情況的前提下如果強行進補，非但起不到想要的效果，反而很可能會損害自身，正如人參是好東西，可有人吃了卻要流鼻血，更何況大雍和大康兩國之間關係不睦，他們送了一根黑虎鞭過來，未必是什麼好意。」

劉玉章聽胡小天這樣說感覺很有道理，不由點了點頭道：「可皇上差人來拿，咱家豈能不給。」

胡小天道：「其實看上去黑虎鞭和尋常的虎鞭似乎沒有任何分別呢。」真是一語驚醒夢中人，劉玉章向胡小天道：「你去原處找到第三行，再去拿一根。」

胡小天應了一聲，轉身去了，來到劉玉章所說的地方，拉開抽屜發現那一行抽屜之中全都擺放著虎鞭，當然肯定不會有那麼多的黑虎鞭，悄悄轉身望去，卻見劉玉章已經小心將黑虎鞭收好了，看來對那根黑虎鞭頗為珍視，原來黑虎鞭傳聞還有一個功效，可以讓太監枯木逢春，重新變回一個真正的男人，這一節劉玉章並未向胡小天言明，其實每個太監都藏著一顆渴望變回男人的心，劉玉章也不例外，否則也不會幹出這種偷樑換柱的事情，此事若是敗露，那便是欺君。

胡小天找了一根大號的虎鞭回來，劉玉章仔細檢查了一遍，相信並無破綻，這才讓胡小天推著他離開藥庫。途中告訴胡小天，這藥庫之中所存放的大都是各國各部進貢過來的藥材和補品，這些東西皇上是很少用的，畢竟很難保證這些東西之中是不是暗中藏毒，所以就常年存放在這裡，有的藥材已經失效，太醫院偶爾會過來求幾味稀有的藥材，可更多的時候這藥庫就是個擺設，處於無人問津的狀態。

至於榮寶興打著皇上的旗號過來索要黑虎鞭，這件事細細推敲還是有些可疑的，劉玉章也懷疑榮寶興假借皇上需要為名，實則是他自己想要私吞，經胡小天的分析，於是堅定了魚目混珠的決心。

胡小天所說的沒錯，從外觀上根本分不出真假，榮寶興得了虎鞭樂得眉開眼笑，帶著那根虎鞭喜孜孜的離去。

胡小天陪著劉玉章來到房內，本想告辭離去，劉玉章卻將他叫住。胡小天以為劉玉章可能擔心自己洩密，正準備表表忠心讓劉玉章安心的時候。卻聽劉玉章道：「小天，咱家在這世上也沒什麼親人，在我眼中你便是我的親人一般。」

胡小天以為老太監要以懷柔政策對付自己，心中暗笑，這沒什麼必要，就憑劉玉章對自己的關照，自己是無論如何不會出賣他的。

卻沒料到，劉玉章居然將那根黑虎鞭拿了出來遞給他道：「你將這東西收好了。」

胡小天愕然道：「劉公公，我要這有何用處？」他首先想到的就是掩飾，畢竟自己對外已經宣稱淨身，一個太監要虎鞭又有何用？

劉玉章道：「這黑虎鞭之所以珍貴，皆因傳聞它還有一個功效，據說服用之後可以讓我等這種人重新變成一個真正的男人。」

胡小天此時忽然感到鼻子一酸，有種眼淚就要奪眶而出的衝動，無論這黑虎鞭有沒有這樣的功效，劉玉章對自己如此厚愛真是讓他感動了，胡小天真誠道：「小天何德何能，怎敢接受公公這麼貴重的禮物，還是公公留下來自己用吧。」他倒不是客氣，自己原本就沒淨身，是個假太監，沒必要吃這玩意兒，如果無效倒還罷了，真要是有效，萬一多長出一根豈不是成了怪胎。

劉玉章笑道：「傻孩子，咱家眼看就是古稀之年，即便是它真的有效，我要來也派不上用場了，反倒是你正值青春年少，大好人生豈能就這樣結束，小天，你千萬要收好了，雖然你們胡家暫時遭難，可是這朝堂上風雲變幻，誰又知道明天會發生什麼，若然你們胡家還有翻身之日，這件東西或許還能派上用場。」

胡小天雖然不信什麼斷根重生的傳說，可是劉玉章對他的這片厚愛已經讓他感激涕零，接了那黑虎鞭，恭恭敬敬在劉玉章面前跪下，給老太監磕了三個響頭，大恩不言謝，此時說多了反而顯得矯情。

劉玉章道：「咱們這司苑局雖然不是什麼重要地方，可是已然被別人惦記上了，咱家已經是風燭殘年，等我傷好了，我便要告老出宮，相信陛下應該不會留難我，在我離開之前，也要為你安排一個去處。」

胡小天道：「公公盛情，小天永銘於心。」

劉玉章道：「咱家本以為陛下登基之後，能夠一掃昔日頹勢，勵精圖治，振奮朝綱，可現在看來……」他黯然歎了一口氣，沒有繼續說下去，可內心中已經對眼前的現狀極其失望。

胡小天道：「英明的君主應當親君子遠小人，陛下不該對姬飛花之流委以重任，任憑這幫奸佞橫行。」

劉玉章道：「朝廷上的事情咱們沒能力去管，也無需去管，小天，你是不是聽說了什麼？」

胡小天道：「只是最近有些風言風語，說皇上自從登基之後，幾乎沒有寵幸過任何嬪妃，而是終日和姬飛花在一起。」他的意思非常明顯，龍燁霖十有八九在跟姬飛花搞基情，這位新君居然是個不愛紅裝愛武裝的玻璃貨。

劉玉章眉宇之間籠上一層濃重的憂色，低聲歎了口氣道：「小天，外面的傳言聽就聽了，千萬不可在外面多說。」

胡小天道：「也就是在公公面前我才說，在其他人面前我是隻字不提的。」

劉玉章點了點頭道：「你頭腦靈活，孰輕孰重你是知道的，不用我操心。」他將藥庫的鑰匙遞給胡小天道：「這鑰匙你也替我收著吧，這根東西你放在身邊並不穩妥，還是先存在藥庫裡面，何時想用何時帶走。」

胡小天依著劉玉章的話，將黑虎鞭重新放回了藥庫，不過這小子還是多長了個心眼，這麼好的東西當然不能放歸原位了，藥庫之中堆積著數百年來積累的各類藥材，甚至比起太醫院的藥房種類都要繁多，只是裡面多數的藥品都已經過期，功效怎樣不知道，有沒有副作用也很難說。

胡小天也顧不上細看，反正鑰匙在他手中，想什麼時候來就什麼時候來，只要劉玉章在司苑局坐鎮一天，他的權力就不會被收走。相較而言，反倒是權德安交給他的任務有些急迫了，必須要在十天內查清密道的內部走向。

這其中還有一個憂慮，那就是王德勝既然繪製了那麼一幅地圖，想必之前已經探查過，這件事卻不知他有沒有告訴王德才？這段時間王德才又來過幾次，都是追問他兄弟的下落，可王德勝如今已經被胡小天用化骨水化了個乾乾淨淨，連一根毛也找不到，別說他，就算是姬飛花興師動眾也沒有查到魏化霖的下落。

王德才似乎認定了弟弟出了意外，從他望向自己怨毒的眼神，胡小天猜測到這廝早晚還會生出事端。

葆葆和自己攤牌之後，兩人內心中漸漸達成了心照不宣的默契，隔不幾天葆葆就會打著林貴妃的旗號過來，胡小天知道她醉翁之意不在酒，想要借助自己找到地道，可胡小天也沒那麼容易就將自己知道的秘密全都交代出來。

在史學東看來，這位美麗宮女和自己的結拜兄弟應該有一腿，且不說她沒事總來找胡小天的事情，單單他就兩次目睹葆葆穿著裙子進去換了太監服出來，只要是有腦子的就能夠想到其間發生了什麼，那是必須要經歷脫衣和穿衣的過程，話說胡小天都淨身了，即便是兩人都脫光了又能做出什麼事情來？豈不是更難受？史學東不知胡小天會不會很難受，總之他很難受，殘留在體內的那顆睪丸畢竟還是有那麼點的作用，這貨最近臉兒都紅紅的，硬生生被憋出來的。

眼睜睜看著葆葆跟在胡小天的身後進酒窖了，史學東吞了口唾沫，要說葆葆這腰身這屁股還真是誘人呢。葆葆似乎背後長了眼睛，霍然轉過身來，怒斥道：「看什麼看？信不信我將你的這對賊眼給挖了。」

史學東眨了眨眼睛：「我是太監啊……」太監看女人通常不帶有特別顏色的。

葆葆道：「太監也沒幾個好東西。」說話的時候一雙美眸卻望著胡小天，指桑罵槐的意思非常明顯。

胡小天只當沒聽見，舉步進了酒窖，葆葆跟著進去，然後史學東在外面鎖了門，這貨很忠實地履行著看門望風的義務，一是因為胡小天和他是把兄弟，二是因為現在他必須要跟在胡小天的身後混，目前來看這日子混得還算舒服。

進入酒窖，葆葆就沒了那麼多的顧忌，她質問道：「你不是說過要帶我探查密道，可過去那麼多天，為什麼都沒有兌現承諾？」

胡小天道：「司苑局又不是只有我一個，雖然酒窖裡面只有咱們兩人在，但是待的時間太久別人必然生疑。」

葆葆道：「有什麼好懷疑的？」

胡小天道：「懷疑咱倆之間有私情。」

「我呸，你一個太監，我怎麼可能跟你有私情……」連葆葆自己都感覺到自己說話的有氣無力，胡小天雖然沒有承認，可是她憑感覺也知道這廝是個假太監。

胡小天道：「地道倒是有一個，今天我便帶你去看。」

葆葆聽聞他終於答應將地道的秘密告訴自己，心中不禁又驚又喜。

胡小天道：「你跟我來！」他也是思前想後方才決定將地道的秘密告訴葆葆，雖然葆葆必然有很多的事情瞞著他，不過兩人之間既然是合作，就必須表現出一些誠意，倘若此女從自己的身上始終得不到什麼好處，不排除她一拍兩散，拚個魚死網破的可能，想要讓她信任自己，最簡單的辦法就是跟她擁有共同的秘密，其實這件事也瞞不過她，上次兩人聯手幹掉王德勝，葆葆就對酒窖生疑。

胡小天帶著葆葆來到預先發現的入口處，挪開酒桶，然後又揭開了地面上的青石板，一個黑魆魆的洞口出現在兩人的面前。葆葆看到這洞口不由得驚喜萬分，聲音也比剛才溫柔了許多：「小天，你何時發現這個洞口的？」

胡小天嘿嘿笑了一聲，心想老子何時跟你這麼熟了？低聲答道：「就是你被襲擊的那天晚上，我思來想去，那小子肯定是從另外入口爬到了地窖之中，於是找了一遍，總算讓我找到了。」其實他是從王德勝身上發現了地圖，不然也不會這麼順利就找到密道入口。

胡小天在前面先行，葆葆跟在他身後也爬了進去，來到開闊地帶總算可以直起腰來兩人並行。胡小天舉起手中的燈籠照亮前方，低聲道：「最先發現這個秘密的應該就是他了。」他所指的自然是王德勝。

葆葆道：「現在只有咱們兩個。」

胡小天卻搖了搖頭道：「很難說他沒有將這件事情洩露出去。」

此時已經來到道路的分叉處，葆葆看了胡小天一眼，她顯然不知道這三個洞口分別通往何方。

胡小天舉起燈籠，在最左側的洞口旁找到了他之前所畫的，低聲道：「這三個洞口只有最左側的我進去過，另外兩個一直沒有機會進入。」

葆葆道：「反正今天咱們有的是時間，乾脆將這兩個洞口都探查一遍。」

胡小天道：「你出來這麼久，不怕家人擔心你？」

葆葆道：「我沒家人，也沒人會擔心我。」看到胡小天一臉的同情狀，忍不住道：「我覺得你比我可憐多了。」

胡小天嘿嘿冷笑，指著剩下的兩個洞口道：「你說咱們是選中間那個洞還是右邊那個洞？」

「把燈籠給我！」葆葆已經毫不猶豫地向右邊的洞口走去，胡小天搖了搖頭，男左女右，果然很有道理啊。往裡走了半里多路，葆葆發現這密道絕非一路坦途，和剛才進來的時候不同，前方的道路越走越是狹窄，先是低頭前進，再往後就得弓腰前進，葆葆有些後悔自己走在了前面，倘若在平時倒還罷了，現在胡小天跟在自己身後，這廝是個假太監啊，這樣的姿勢豈不是等於將屁股整個撅起來了。

胡小天跟在後面，借著微弱的燈光，仍然可以欣賞前方渾圓挺翹的曲線，真可謂是大飽眼福了。

葆葆前方忽然停下了腳步，胡小天只顧著盯著看得出神，一不留神，臉就挨在了葆葆的屁股上。葆葆在前方嚶的一聲！反應自是不小，她第一個念頭就是胡小天占了自己便宜。

胡小天卻是無心，這貨在後面咳了一聲道：「我說你倒是打聲招呼，險些沒把我鼻子給撞出血來。」他說話的時候嘴唇上明顯帶著壞笑，要說這親密接觸的感覺還真是不錯，彈性十足呢。

葆葆咬了咬櫻唇，又行了幾步總算到了一處能夠直腰的地方，她這次學了個乖，先說了聲停下，然後慢慢轉過身道：「你在前面引路。」

胡小天點了點頭，明白葆葆存著防備自己的心思，其實按說自己雖然不是什麼坐懷不亂的柳下惠，也不至於趁著機會施展鹹豬手，剛才純屬意外。

在狹窄的地洞內交換位置並不是件容易的事情，葆葆選擇的地方高度雖然夠了，可是寬度實在太過狹窄，兩人想要錯身而過，可仍然被面對面卡在了一起，葆葆真是尷尬到了極點，一張俏臉熱得燙人，越是用力向後挪，兩人反倒更加緊密地貼在一起，胡小天道：「喂，你別動，你千萬別動。」跟一位性感尤物肌膚相貼的感覺雖然很好，同時也是一種煎熬，胡小天暗自吸了一口氣，把身體貼近牆壁。

葆葆趁機向後掙脫了一下，左腿雖然拔了出去，可小腹又跟他靠在了一起。於是又清晰感覺到胡小天某處的膨脹，咬了咬櫻唇，低聲道：「你也別動。」

胡小天真是哭笑不得了，老子倒是不想動，可問題是它不聽我話啊，他低聲道：「你往上爬一點，屁股太大卡住了。」

「我呸！你屁股才大呢！」葆葆羞怒交加地抗議了一聲，心中暗忖還不是你那根東西將我絆住了，俏臉卻因為這個想法紅了起來，自己還是未嫁之身，豈不是被這廝占盡了便宜。嬌軀向上挪動了一下，總算製造出一些空隙，胡小天艱難地錯過身軀到了前方，感覺胯下被揉搓得火辣辣發熱。接過燈籠，轉過身去，葆葆這才敢抬起頭來，看到胡小天崛起於自己前方的臀部，自然能夠聯想到自己剛才的姿勢，心中更是害羞，怪只怪自己考慮不周，方才讓這廝占了這麼大的便宜。

又向前走了幾步，葆葆忽然聞到一股惡臭襲來，慌忙捂住了鼻子，噁心得就快吐了出來，抗議道：「你好沒風度，居然放屁！」

胡小天這個冤枉啊，還真不是他放屁，當下也沒顧得上解釋，舉起燈籠向前方照了照，卻見前方不遠處有一團灰乎乎的東西，心中不由得一凜，走進一看，果然是一具屍體，葆葆剛才聞到的味道就是這屍體的臭味。

此時地道重新變得空曠起來，葆葆捂著鼻子，心知冤枉了胡小天。

胡小天從腰間掏出一副鹿皮手套，小心翼翼將那屍體翻轉過來，卻見那屍體面目都已經潰爛看不出本來面目，不知死了多久，上面爬滿蛆蟲，葆葆看到這般情景，轉身嘔吐起來。

胡小天檢查了一下那太監身上，從他的腰牌上發現了他的來歷，腰牌上鐫刻著藏書閣三個字，應該是來自於藏書閣的小太監，從服飾來看，級別不會太高。

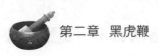

胡小天忍著惡臭將屍體拖到了一邊，然後從懷中取出化骨水，滴了一滴在屍體上。

葆葆遠遠看著那屍體在眼前融化，驚得目瞪口呆，實在是忍受不了這噁心恐怖的場面，又轉身吐了起來，等她恢復過來，屍體已經化成了一灘膿血，胡小天回到她的身邊，低聲道：「沒事了，你要是覺得不舒服，咱們就回去。」

葆葆道：「沒事，咱們繼續走。」

前方密道變得越來越寬敞，兩人並行已經沒有任何問題，葆葆這會兒沉默了下來，想起剛才的情景實在是尷尬，終於主動打破沉默，小聲道：「不好意思，剛才冤枉你了。」

胡小天笑道：「怨不得你，我其實也以為剛才你是賊喊捉賊，只是顧及你女孩子家的面子，所以將這個屁給認了下來。」

葆葆嬌嗔著伸手在他肩膀上輕捶了一拳，一雙美眸在黑暗中顯得光彩奪目，再往前走已經來到了盡頭，抬頭望去，發現洞口筆直向上。胡小天打起了退堂鼓：「好高啊，咱們只怕爬不上去。」

葆葆道：「做事情豈能半途而廢，你不爬我來爬！」

胡小天用燈籠照了照四壁，發現洞口每隔一段距離都會有一個凹坑，顯然是供手足攀爬的地方。葆葆這次又勇於爭先，已經攀爬了上去，爬了一小段，伸出手示意胡小天將燈籠交給她，胡小天沒奈何只能跟著她爬了上去，兩人輪番交換持燈，爬到中途蠟燭就快要燃盡，胡小天又換了根蠟燭，心中暗忖，到底不比過去，弄個強光手電筒，什麼問題都解決了。

向上攀爬了七丈左右，右側現出一個孔洞，葆葆湊在孔洞內望去，裡面漆黑一團看不到東西，從胡小天的手裡要過燈籠，正準備將燈籠湊近一些，突然聽到孔洞中傳來咳嗽聲，她慌忙吹滅了燈籠。

卻聽裡面傳來一連串的咳嗽，過了好一會兒咳嗽聲方才停住，聽到一人說道：「李公公，這是邱大人剛剛完成的《大康通鑑》的第五卷，您先收好了。」

胡小天聽不清楚，又向上爬了一些，肩膀已經貼在了葆葆的大腿上。

葆葆黑暗中瞪了他一眼，心中產生了一腳把這廝給踹下去的念頭，可又恐露餡，只能隱忍不發。

一個陰陽怪氣的聲音道：「《大康通鑑》嘿嘿，卻不知邱大人是怎樣寫的。」

此人顯然是李公公了。

最先說話的那人道：「自然是照實寫。」

李公公嘿嘿笑了兩聲，顯然是對這句話一點都不信。

孔洞中有光線射進來，葆葆趴在孔洞內向裡面望去，看到兩個模糊的背影，其中一人將一箱東西放下，又道：「李公公，我聽說這藏書閣內有太宗皇帝親手抄寫的《般若波羅蜜多心經》，不知可否讓在下一睹聖跡？」

李公公又桀桀笑了起來：「藏書閣這一百年內五次失火，大半書籍都毀於火災之中，你說的那份《般若波羅蜜多心經》確實曾經收藏在藏書閣內，可是在七年前，太上皇帝就差人拿了過去，由他收藏在身邊，這件事很多人都知道。」

「哦？」聲音顯得有些失落。

李公公道：「藏書閣早已不復昔日之輝煌了，柳統領，咱們走吧。」

孔洞中的光線變得越來越暗，直到完全消失。

葆葆低聲道：「這裡是藏書閣。」

下方傳來胡小天不屑的聲音道：「還用你說。」

葆葆道：「你在這裡等著，我爬上去看看！」沒等胡小天回應就已經向上爬去，向上爬了兩丈左右就到了盡頭，發現牆上並沒有任何的通道可以抵達藏書閣內，這才失望地返回地面，回到剛剛那個孔洞處，發現下面亮起了燈光，卻是胡小天已經先行回到了地面上，重新點燃了燈籠。

葆葆在距離地面還有三丈的地方一躍而下，低聲道：「上面沒有通道了。」

胡小天道：「可能就是挖到這裡。」

葆葆道：「奇怪，為什麼會通往藏書閣？難道這其中藏著什麼寶貝？」

胡小天道：「反正我對讀書沒什麼興趣，時間不早了，咱們是不是該走了？」

葆葆道：「還有兩條通道呢。」

胡小天道：「一口吃不成一個胖子，飯要一口一口吃，事情要一件一件的查。太久了容易引起懷疑，還是先回去再說。」

葆葆雖然恨不能一次將這地道的秘密全都查清，可是也明白胡小天所說的很有道理。

對胡小天而言，唯一沒有查清的地方就是中間那條通道了。權德安給他下了最後通牒，十天之內必須要將這地下密道的事情查清楚，胡小天回到自己的房間內找出王德勝當初留下的那張地圖，在右側通道處畫上了一個書本，王德勝之前並沒有明確的標注，看來他或許還沒有來得及查清這個地方。

回想起當初王德勝發動襲擊情況，他很可能是通過中間那條密道進入地下酒窖之中。藏書閣和地道之間尚未貫通，通往瑤池的那條密道因為有水的緣故，王德勝如果經由那裡進入，身上的衣衫肯定會全部濕透。唯一可能的就是中間這條密道。而地圖上，中間密道並沒有做出任何標記，和藏書閣類似，唯一可能的解釋就是，王德勝發現這條密道也沒有太久的時間，還沒有來得及告訴其他人。

胡小天正在畫圖的時候，外面傳來史學東的聲音，卻是馨寧宮有人過來找他。

胡小天首先想到的就是王德才，馨寧宮乃是簡皇后的住處，王德才又是簡皇后身邊貼身服侍的太監，出門一看卻不是王德才，乃是馨寧宮一個叫趙進喜的太監，趙進喜見到胡小天眉開眼笑道：「胡公公！在下馨寧宮趙進喜這廂有禮了。」

胡小天看到對方的穿著，就知道他和自己一樣都是一個普通的太監，在皇宮之中，太監也是有明確的品階劃分的，位高者如權德安、劉玉章、姬飛花之流，他們都是四品總管太監，位低者就是像胡小天這一種，沒有品階的小太監，宮廷中以他這種小太監最多，可即便是沒有品階，也有高低貴賤之分，平日裡掃地打雜的小太監當然不能和胡小天這種手握實權的採買太監相比，而胡小天又無法和趙進喜這種皇后的貼身太監相提並論。

胡小天趕緊上前拱手問候道：「趙公公好，不知您大駕光臨，有失遠迎，還望贖罪，快請裡面坐！」

趙進喜笑起來小眼睛瞇成了一條縫：「胡公公，我就不進去了，皇后娘娘讓我請胡公公去馨寧宮一趟。」

胡小天眨了眨眼睛，他和簡皇后可從未打過什麼交道，上次去馨寧宮還是七七打著簡皇后的旗號將他騙了過去，難道這妮子又故技重施？胡小天道：「不知皇后娘娘召我過去有什麼事情？」

趙進喜笑道：「皇后娘娘的事情，我一個做奴才的怎麼敢問？還請胡公公這就跟我過去，等到了馨寧宮你自會知道。」

胡小天點了點頭，簡皇后親自傳召，他一個小太監又豈敢不去，他向趙進喜道：「趙公公還請先回去覆命，我交代一下這就過去。」

趙進喜道：「皇后娘娘說了，要我一定要和胡公公一起過去，現在就過去。」

胡小天心中暗叫不妙，簡皇后找自己十有八九不是什麼好事，他想了想，將史學東叫到了一邊，低聲道：「東哥，你速去儲秀宮，將我前往馨寧宮的事情告訴小公主。」

史學東道：「她豈肯見我？」

胡小天道：「你就說胡小天讓你來的，她自然會見你。」

史學東點了點頭，慌慌張張去了。

胡小天這才回到趙進喜的身邊，微笑道：「趙公公，咱們走吧。」之所以讓史學東去找七七，是因為他擔心簡皇后會對自己不利，七七雖然刁鑽古怪，可是她對自己應該沒有加害之心，目前在皇宮之中，唯一能夠求助的也只有她了。

胡小天跟著趙進喜來到馨寧宮，走入馨寧宮的院子就看到王德才在門前站著，目光中流露出極其怨毒的光芒。

胡小天心中暗叫不妙，今天看來只怕沒那麼容易脫身。

王德才冷冷道：「把人交給我吧，皇后娘娘這會兒正在休息呢。」

趙進喜點點頭，向胡小天笑道：「胡公公請稍待，這位王公公你應該認識。」

胡小天呵呵笑道：「認識，當然認識，不知今兒是皇后娘娘找我呢？還是王公公找我？」

趙進喜笑瞇瞇看了王德才一眼，他並沒有說話，轉身就走。

王德才道：「當然是皇后娘娘找你，胡小天，你不至於懷疑皇后娘娘撒謊吧？」

胡小天道：「豈敢豈敢，皇后娘娘何等高貴人物，怎麼可能做這種事情，我就怕有些人打著皇后娘娘的旗號做出假傳懿旨的事情來。」

王德才怒道：「大膽！混帳東西，你不看看這裡是什麼場所，豈是你信口雌黃的地方？」

胡小天神情不見絲毫恐慌，微笑道：「混帳東西是王公公所說，信口雌黃的也是王公公，我從頭到尾連一個髒字都沒說呢。」

王德才向他走近了一步，壓低聲音道：「胡小天，你不要以為我不知道你的底細，一個逆賊之子，搖尾乞憐進了宮中保全性命，你看看你的樣子活得連一條狗都不如。」

胡小天道：「王公公是說我活得不如你嗎？那倒是，皇后娘娘身邊的一條狗也比我要尊貴得多。」

「你……」王德才氣得滿臉通紅，單憑口舌之利他遠不是胡小天的對手。

此時一名身穿藕色長裙的宮女從裡面走出，向王德才道：「小德子，皇后娘娘問人來了沒有？」

王德才變臉極快，剛剛還是滿臉怒容，見到那名宮女頓時就春風拂面，微笑道：「芸香姐姐，人來了，我這就帶他進去。」

胡小天也笑瞇瞇望著那位宮女道：「芸香姐姐好，我叫胡小天，司苑局的，以後姐姐想吃個時令鮮果啥的，只管差人去找我，我即刻就給姐姐送來，咱們認識認識。」這貨伸出手去準備和人家握手，多年養成的社交習慣，一時半會兒還真改不過來。

芸香掩住櫻唇笑道：「我記住了！」

王德才狠狠瞪了胡小天一眼，心想這廝哪有那麼多的廢話。

胡小天說話的時候左顧右盼，發現七七仍然沒有過來，覺得事情有些不對，剛才明明讓史學東儘快過去找人，而且他和趙進喜前來馨寧宮的途中，他故意消磨了不少時間，史學東應該早就到了，難道這廝沒有找到七七？

事到如今，也只能硬著頭皮去見簡皇后了。

跟著王德才進入馨寧宮中，宮室陳設華麗奢侈，胡小天卻無心欣賞，耷拉著腦袋，一雙眼睛悄悄左顧右盼，內心中著實有些忐忑不安。

前方一道金色的珠簾擋住了後方的宮室，透過珠簾隱約看到有道身影在後面，王德才讓他在原地等著，緩步來到珠簾前，恭敬道：「啟稟皇后娘娘，司苑局的胡小天到了。」

珠簾後傳來一聲冷淡的回應：「嗯！」

胡小天慌忙跪在地上，大聲道：「胡小天叩見皇后娘娘千歲千歲千千歲。」

「胡小天！你入宮有多久了？」

胡小天恭敬答道：「回皇后娘娘，前前後後大概也有兩個多月了。」

「聽說劉玉章將司苑局的大權全都交給了你，現在司苑局內要數你的權力最大。兩個多月居然就在司苑局混得風生水起，還真是有些本事。」

單從這句話，胡小天就能判斷出簡皇后對自己不懷好意，他笑道：「娘娘，哪有的事情，只是劉公公不慎扭傷了腳踝，所以才將一些事情放手交給我去做，其實我也只是負責跑腿，所有的事情還都是劉公公在拿主意。」

簡皇后冷哼一聲：「你是說本宮在說謊話了？」

胡小天跪在地上老半天都沒有獲准平身，心中暗罵，老子招你惹你了？你一個堂堂皇后為何要跟我一個地位卑微的小太監過不去？其實胡小天心中明白，簡皇后找上自己十有八九是受到了王德才的唆使。胡小天叩首道：「皇后娘娘母儀天下，絕代風華，萬眾敬仰，小天心中崇敬都來不及，豈敢有這種不敬的想法？」

簡皇后道：「果然是巧舌如簧，本宮聽說，你在背後說我教女無方呢。」

胡小天滿頭冷汗，老子何時說過？真是欲加之罪何患無辭，簡皇后擺明了是要陰我，胡小天慌忙解釋道：「皇后娘娘，小的從未說過這樣的話。」

簡皇后冷笑道：「看你油頭滑腦的樣子就不老實，諒你也不會承認，你告訴我，前幾天你是不是去儲秀宮去了？」

胡小天道：「的確有這件事。」

簡皇后又道：「你去儲秀宮後發生了什麼？」

「呃……這……」胡小天暗自盤算了起來，她既然這樣問，想必已經掌握了一些事情，自己究竟是應該照實說呢，還是應該說謊話？

簡皇后道：「你不用想怎麼應對我，本宮叫你過來原沒打算冤枉你，七七是不是讓一幫太監將你捆了起來？」

胡小天暗忖，看來這老娘們什麼都知道了，那天明明是老子在儲秀宮吃了虧，可我若是說實話，等於將七七賣了出來，我要是不說實話，這老娘們十有八九要趁機治我一個欺上瞞下的罪名。事到如今，胡小天唯有恭敬道：「皇后娘娘明察秋毫，小的對娘娘之景仰如長江之水滔滔不絕。」

簡皇后道：「話說得好聽，雖然七七招惹你在先，可你有什麼委屈只管向我說，為何要在背後說我教女無方，說七七刁蠻任性頑劣不堪？」

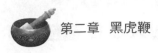

胡小天叫道：「娘娘我冤枉啊！」目光朝王德才看了一眼，發現他唇角露出一絲得意的冷笑，心中料定十有八九是這孫子在背後顛倒黑白，故意誣陷自己。

簡皇后道：「你這種信口雌黃搬弄是非的奴才，我若是不懲罰你，只怕以後難以服眾，來人！」

王德才向前一步道：「小的在！」

胡小天卻道：「皇后娘娘，小的不服！」

簡皇后怒道：「你這奴才居然還敢頂嘴！」

胡小天道：「原本皇后娘娘要教訓小的，無論怎樣小的都不該說半個不字，可皇后娘娘說了這麼多的理由，說我在背後詆毀娘娘，即便是皇后娘娘回頭要打死我，小天也得把這件事弄個清楚，打我認了，可道理必須要講。冤枉了我沒關係，可一旦將來證明皇后娘娘是被人蒙蔽，那麼豈不是有損於娘娘的威儀。」

「你……」

王德才怒道：「大膽！來人，將這個狂妄之徒拖出去，杖責三十。」

胡小天道：「大膽的是你，娘娘都未說罰我，你又算個什麼東西？難道在這馨寧宮中做主的是你嗎？」

王德才惱羞成怒衝上去抬腳照著胡小天的胸口踹去，胡小天的用意就是將他激怒，看到王德才這一腳踹來，他胸口向後一縮，對方的力量就被他卸去了大半，可在旁人看來，王德才卻是一腳踹了個正著，胡小天的身體就勢在地上連續打了幾個滾，雙手一攤，雙腿一蹬，白眼一翻，渾身上下抽搐不已。要說裝死，一般人還真演不過他。

王德才心想我這一腳怎麼這麼厲害，把這貨踹成了這種德行。

幾名太監也聞訊趕了進來，其中就有將胡小天帶到這裡來的趙進喜，看到眼前情形，趙進喜驚慌失措道：「壞了，千萬不要出了人命。」

王德才冷哼一聲道：「這小子向來詭計多端，我看他十有八九是在使詐。」

珠簾後傳來簡皇后的聲音：「他怎麼了？」

王德才道：「啟稟皇后娘娘，他在裝瘋賣傻。」

此時宮門大開，卻是小公主七七大步走了進來，怒道：「我看誰敢動他！」

胡小天聽到七七的這番話啊，心中真是滿滿的溫暖，救星總算及時趕到了，七七啊七七，不枉老子捨生忘死將你送到燮州，你這孩子還算有些良心。

幾名太監看到七七到來，一個個全都慌忙行禮：「參見公主殿下！」

簡皇后也挑開珠簾，輕移蓮步走了出來，她三十多歲年紀，氣度雍容華貴，只是眉宇間帶著隱隱憂色，看到女兒闖了進來，她輕聲道：「七七，你怎麼來了？」

七七指著地上的胡小天道：「怎麼回事兒？誰把他抓過來的？啊？我不是跟您說過了，他胡小天是我的救命恩人，就算你不幫我，也不能恩將仇報吧？」

胡小天心裡這個舒坦，既然七七來了，老子算是逃過一劫，也沒必要表演得那麼誇張，雙眼一閉，直挺挺躺在地上裝死。

簡皇后道：「七七，你這孩子怎麼不懂事，我叫他過來是因為他在背後說我教女無方，所以……」

七七道：「可不是教女無方嗎？從小到大你何時管過我？其實你也不是我親媽，也用不著管我！」

「這……」

「母后，您貴為後宮之主，身分尊崇，犯得著和一個小太監一般見識？這件事傳出去，您難道不怕被人笑話。」七七咄咄逼人，絲毫不給這位皇后面子。

胡小天聽得清楚，真是心花怒放，這七七肯定不是簡皇后親生的，不過以她的身分畢竟是晚輩，怎麼敢當著那麼多人的面斥責簡皇后，而且看起來，這位皇后娘娘對她還表現得頗為忌憚，居然沒有發火。奇怪了啊，按說這簡皇后是後宮之主，七七只不過是一個小公主，又不是她親生的閨女，何以會如此放肆？難道皇上心裡七七比皇后還要重要得多。

簡皇后歎了口氣道：「你這孩子是怎麼跟我說話的，算了，算我多事，小喜子，你將他送回去吧。」她顯然沒心情和七七發生爭執。

趙進喜應了一聲，可看到胡小天仍然一動不動地躺在那裡，不禁面露難色。

七七對胡小天算是了解頗深了，知道這廝肯定是裝的，抬腳在他身上踢了一下，提醒這廝要懂得見好就收。

胡小天故意長舒了一口氣，揉著胸口裝腔作勢道：「疼死我了……」

七七道：「還不謝過皇后娘娘不殺之恩。」

胡小天一骨碌爬了起來，趕緊叩頭道：「小天謝皇后娘娘不殺之恩。」

簡皇后冷冷道：「本宮何時說過要殺你？若是真想殺你，你以為七七保得住你嗎？」望著胡小天，她恨得牙根癢癢。

胡小天道：「皇后娘娘宅心仁厚，寬宏大量，以後有用得著小天的地方，小天上刀山下火海萬死不辭……」話沒說完，耳朵已經被七七給揪住：「少廢話，趕緊走吧。」

望著胡小天和七七離去的背影，王德才目光中幾欲迸出火來，他向簡皇后道：「皇后娘娘，此子陰險狡詐，蠱惑公主，還望皇后娘娘明鑒。」

簡皇后怒道：「王德才，什麼話都是你說的，你以為本宮看不出來，你今天是要借本宮之手以泄私憤！」

王德才嚇得撲通一聲跪倒在地：「皇后娘娘，小的絕沒有那個意思。」

簡皇后怒極，猛然拂袖轉身離去，甚至懶得再向他看上一眼。

第三章

皇家婚姻的背後

這是政治婚姻，真正決定這場婚姻的人是大康皇帝龍燁霖，
簡皇后只不過是命令的執行者罷了。
龍曦月抬起明眸，望著空中的那闕明月，
今日並非滿月，不知為何想起了墜落在陷空谷那晚情景，
月亮中彷彿浮現出一張熟悉的笑臉。

胡小天跟著七七離開了馨寧宮，回頭看了看，確信沒人跟過來，這才抬起手用衣袖擦去額頭上的冷汗。

七七停下腳步：「喂，你沒吃虧吧？」

胡小天道：「只是被王德才踹了一腳。」

七七嘻嘻笑了起來，白璧無瑕的臉上流露出和她年齡極不相稱的陰險表情。

胡小天道：「我說公主殿下，咱能別這麼笑嗎？我看著有點心慌。」

七七壓低聲音道：「那他豈不是死定了？以你陰險毒辣睚眥必報的性情，肯定對他起了殺心。」

胡小天趕緊向周圍看了看，拉著小公主來到僻靜之處，苦著臉道：「我的小公主，小祖宗，您能別亂說話嗎？」

「我說錯了？胡小天啊胡小天，不用我提醒你魏化霖和那個……」

胡小天一伸手把她的嘴巴給捂住了，七七氣得抬腳就照著他襠下踹了過去，胡小天早就料到她會有這一招，右腿抬起擋住她的飛來一腳，然後鬆開她的嘴巴，向後退了兩步道：「小公主，今天的事情多謝您了。」

七七看到他一副守禮君子的樣子，反而覺得沒勁了，搖了搖頭道：「沒意思，胡小天，你不想報仇啊？」

胡小天道：「小姑奶奶，咱能別在這兒說嗎？」

七七笑道：「那好，你來儲秀宮。」

胡小天想起之前七七在儲秀宮設計懲治自己的情形不由得猶豫起來，他笑道：「出來太久了，我也該回去了，不如改天再說。」

七七道：「膽小鬼，還不是害怕我找人對付你，放心吧，我姑姑也在。」

胡小天聽她這樣說頓時來了精神，七七的姑姑可不就是安平公主，想想龍曦月那個小美妞，心中還真是有些神往呢。沒理由拒絕啊，沒理由不去啊！

拿定主意之後跟著七七向儲秀宮走去，來到儲秀宮外看到史學東仍然候在那裡，要說這位結拜兄長自從當了太監之後還算夠意思，關鍵時刻能夠派上用場，胡小天向他使了個眼色道：「東哥，你先回去吧。」

史學東看到胡小天無恙，一顆心也完全放了下來，笑了笑轉身去了。

七七道：「他是史不吹的兒子吧？」

胡小天知道七七雖然年齡很小，性情刁蠻，可她智慧超群，什麼事情都做到心中有數，很多時候的刁蠻任性或許也只是一種表面偽裝罷了，點了點頭道：「是，跟我一樣，為老爹贖罪，入宮當了太監。」

七七道：「也沒什麼不好啊，你們這種人過去也沒幹過多少好事啊。」

胡小天心想史學東是罪有應得，老子是真心冤枉好不好。

進入儲秀宮，方才發現安平公主根本就不在這裡，胡小天知道七七又在騙自己，可人家是公主，自己總不能找她的晦氣，更何況剛剛她還把自己從簡皇后那裡救了回來。

七七把一幫宮女太監全都打發走了，指了指椅子道：「坐！」

胡小天假惺惺道：「在公主面前，小的不敢坐！」

七七冷笑道：「裝，讓你裝！你是個什麼樣的人，我還不清楚？」

胡小天笑瞇瞇沒說話。

七七指著他的鼻子道：「殺人犯！別忘了你手裡有兩條人命！」

胡小天在心裡幫她糾正，三條，王德勝也讓老子幹掉了好不好！小丫頭，你最好別惹我，惹毛了我一樣把你幹掉，有化骨水在手，那叫神不知鬼不覺。可權德安陰森可怕的面孔此時浮現在腦海中，想起他對自己的警告，胡小天不寒而凜，其實他也就是想想，真要是讓他幹掉七七，他恐怕還真是下不去手。

七七又道：「一臉的壞笑，你是不是心裡特恨我，肯定又在罵我騙你。」

胡小天搖了搖頭道：「不敢。」

七七道：「我叫你過來是想跟你商量一件事，我準備將你調到我身邊服侍我，你意下如何？」

胡小天道：「小公主，你都說我陰險毒辣，睚眥必報，真要是有這樣一個人日夜守在你的身邊，難道你就不害怕？」

七七搖了搖頭道：「不怕，反而覺得很有趣呢，胡小天，我倒要看看你有什麼本事害我？」

胡小天真是哭笑不得了。

七七道：「你要是乖乖答應，我就幫你想個辦法將那個王德才殺掉！」

胡小天原本對王德才已經動了殺念，可是七七這麼明目張膽地說了出來，他反倒打消了這個念頭，乾咳了一聲道：「小公主誤會了，我可沒有那個意思，王德才是皇后身邊的紅人，我可不敢得罪他。」

七七冷笑道：「皇后又怎樣？大不了連她一起幹掉就是！」

胡小天驚得目瞪口呆，七七跟皇后之間有多大仇啊，這種大逆不道的話也說得出來。胡小天道：「公主說話還請小心了，這種話我聽到就算了，若是被別人聽到，恐怕會引起不小的麻煩。」

七七哼了一聲道：「你真是個虛偽至極的傢伙，剛才在馨寧宮的時候，你心底是不是也想過把她給殺了？」

胡小天道：「天地良心，我絕無一丁點這樣的心思。」

七七道：「你別怕，如果你真有這樣的心思，我也不會出賣你。」

胡小天感覺這位小公主絕對是個危險暴力分子，跟她相處有點與狼共舞的意思，搞不好什麼時候就會被她連累，縱使不被她連累或許也會被她所傷，他也沒工夫陪她在這兒胡鬧，躬身告辭道：「我該走了。」

七七也沒有攔著他，等他走了兩步之後方道：「如果我今晚把王德才給殺了，你猜別人會不會把這筆帳算在你頭上？」

胡小天聽到這句話，不由得又停下腳步，七七的性情喜怒無常，換成別人可能就是說著玩玩，可她既然說得出來就敢幹出來，真要是把王德才幹掉，這筆帳十有八九會算在自己頭上了。胡小天道：「公主到底想我怎麼做？」

七七道：「沒想你怎麼做，就是無聊，我想你陪我好好玩玩。」

胡小天道：「殺人還不容易，可殺人要做到神不知鬼不覺那才是真正的高明，那才叫好玩。」他轉過身去。

七七一雙美眸變得異常明亮：「說來聽聽，你想怎麼做？」

胡小天看到她聽到殺人非但沒有感到害怕，反而顯得異常興奮，心中暗罵這小妮子變態，可對付七七這種人，必須要投其所好，胡小天道：「此時不可操之過急，你給我三天時間，我將此事好好計畫一下，總之殺人這件事，我肯定會叫上你一起。」

七七道：「一言為定！」

胡小天向她伸出手去，兩人擊了擊掌。

……

胡小天決定儘快查清地下密道的真相，他原本也沒打算等葆葆一起，從馨寧宮返回司苑局當晚，胡小天就一個人進入酒窖之中，因為他現在的職權，並沒有人對他出入酒窖產生疑心，酒窖這邊晚上是無人值守的，鑰匙又控制在他自己的手裡，所以出入其間方便得很。

三條通道已經查清其二，正中的那條通道尚未查清，胡小天沿著中間這條通道一路前行，發現這條通道比起其餘兩條要長上許多，足足在地下走了三里多路，方才看到前方現出一個出口，他探出頭去，發現出口卻是在一個井壁之上，距離下方水面只有一丈左右的距離，距離井口距離不短。井水中映照著一個清晰的月影，水面月亮的反光將井內照得異常明亮。

胡小天將燈籠留下，沿著潮濕的井壁向上攀爬，倘若在過去，他是沒本事爬上去的，可得了權德安的十年內力，又修煉了玄冥陰風爪，他的身手在不知不覺中提升了數倍，十指如勾，扣住井壁上的磚縫罅隙，輕輕鬆鬆就已經爬到了井口處。

來到井口，並沒有急於爬上去，而是傾耳聽了聽外面的動靜。暗夜之中聽到一個女孩的說話聲：「公主，聽說皇后娘娘正在為您操辦終身大事呢。」

旋即響起了一聲幽然的歎息聲，這歎息聲聽在耳中居然極其的熟悉，竟像極了安平公主龍曦月。胡小天心中真是又驚又喜，沒想到鑽地洞居然鑽到了龍曦月住處，緣分啊，真是緣分！不過僅憑著這聲歎息還不能斷定。等了一會兒，方才聽到那聲音再度響起：「紫鵑，你不要聽外界捕風捉影的話。」此時胡小天已經完全能夠斷定，說話的就是龍曦月無疑。

紫鵑道：「公主殿下，這可不是捕風捉影，聽說有不少人向公主提親呢。」

龍曦月沒有說話。

紫鵑道：「奴婢覺得並不是什麼壞事，太上皇當年曾經興起過將您遠嫁沙迦的念頭，如果不是西川叛亂，恐怕這件事就已經成為現實了，公主若是被遠嫁到沙迦那種荒蠻之地，豈不是抱憾終生，這輩子都沒有幸福可言了。」

龍曦月道：「嫁到哪裡還不是一樣。」

紫鵑道：「不一樣，我大康人傑地靈物寶天華，當然不是那幫蠻夷可比，我聽說沙迦人一輩子都難得洗一次澡，骯髒死了。」

龍曦月禁不住笑了起來：「紫鵑，沒親眼見過的事情未必是真的。」

紫鵑道：「奴婢這輩子都不可能親眼見到沙迦人洗澡了。」說到這裡，主僕二人同時笑了起來。

此時忽然聽到一個細聲細氣的聲音通報道：「皇后娘娘到！」

胡小天雙手攀在井壁之上，這會兒也有些雙臂痠麻了，本準備退回去，可聽到簡皇后到了，頓時又來了精神，且聽聽這老娘們說些什麼？該不是真來給龍曦月做媒的吧？

四名宮女手持宮燈前方開路，後方四名太監跟在身後護衛，簡皇后緩步走在其間，雖然之前跟著龍燁霖顛沛流離了不少年，其間也遭遇了不少的白眼冷遇，可畢竟她還是跟著龍燁霖挺了過來，現如今龍燁霖當了皇上，也沒有忘記這個同甘共苦的糟糠之妻，將她冊封為皇后。

簡皇后顯然沒有什麼治理後宮的經驗，也沒有令後宮敬仰的威儀，自從被封為皇后之後，更多的時間都是在理順這紛亂的後宮事務，自從當上皇后之後，她見皇上的機會也變得越來越少，皇上甚至都沒有在馨寧宮內留宿過一夜，不過也沒見他寵幸過別的嬪妃。

龍曦月率領宮女太監移步相迎，恭敬道：「曦月參見皇后娘娘。」

簡皇后快步上前抓住她的手臂道：「妹子，這裡沒有外人，何必如此拘禮。」

龍曦月柔聲道：「尊卑有別，宮裡的規矩是一定不能壞的。」

簡皇后轉身看了看周圍道：「你們都退下！」

一幫宮女太監全都退了出去，只剩下她們兩人在紫蘭宮的花園內，月下金黃色的菊花開得正豔。

簡皇后握著龍曦月的手仍然沒有放開，笑瞇瞇打量著她，看得龍曦月有些不好意思地垂下螓首，簡皇后輕聲感歎道：「沉魚落雁，閉月羞花也不足以形容妹妹的美貌！」

龍曦月道：「皇后過獎了，曦月蒲柳之質，哪當得起皇后的誇讚。」

簡皇后道：「若是七七能有你一般溫柔懂事，本宮也省心不少。」

龍曦月道：「皇后請宮裡坐。」

「不了，整天都在宮室裡待著，白天見不到陽光，晚上見不到星月，今晚月色如此美好，在這裡欣賞著月色聞著花香，本宮感覺到整個人都輕鬆了許多。咱們姑嫂兩人就在院子裡說兩句知心話吧。」

龍曦月嗯了一聲，兩人絕想不到，就在距離她們不遠處的古井裡面，有人正如壁虎一般趴在井壁之上，傾聽著她們的對話。

簡皇后道：「曦月，我記得你是臘月十五的卯時三刻生的吧？」

龍曦月恭敬道：「承蒙皇后娘娘厚愛，將曦月的生辰記得那麼清楚。」她芳心中卻意識到這位皇后娘娘將自己的生辰記得這麼清楚，絕不是出自於對自己的關愛，而是另有他圖。

簡皇后道：「曦月，晨曦之月！你的名字就是因此而來。」她微笑望著龍曦月道：「若是父皇當年有未卜先知的本事，應當給你起名為羞月才對，閉月羞花，人間絕色。」

胡小天聽到這裡禁不住想笑：「羞月，這老娘們倒是蠻能整詞兒，明明是閉月，可無論是羞月還是閉月都不如曦月來得好聽，來得更有詩意，看來老皇帝龍宣恩也不是一無是處，給女兒起名字倒是一把好手。」

龍曦月道：「皇后娘娘過獎了。」

簡皇后道：「不是本宮在誇你，而是你美名遠播，這天下間誰人不知誰人不曉我妹妹的美貌，說句絕不誇張的話，最近前來提親的人已經將咱們皇宮的門檻都踏破了。」

龍曦月聽到她終於將話題引到自己的婚姻大事，心中不禁有些忐忑，雖然早就意識到自己的命運無法被自己所掌控，可是她卻希望改變命運的時刻來得越晚越好。她輕聲道：「曦月從小生長在大康，從未離開過京城，也從未考慮過自己的婚姻大事。」

簡皇后微笑道：「男大當婚女大當嫁，哪有女孩子不嫁人的道理，其實父皇當年在位的時候就想將你許配給沙迦國的王子，這件事本宮一直都是不贊成的，我如此溫柔可人的妹子豈可嫁去那蠻夷之地。」

龍曦月咬了咬櫻唇沒有說話，她料定簡皇后還有下文。

簡皇后道：「本宮是真心疼愛你這個妹妹，就算要嫁，也一定要精心挑選一個門當戶對的好人家。」

龍曦月道：「皇后娘娘是不是不想讓曦月在宮中住了？」

簡皇后道：「傻丫頭，這是從何說起，你便是在宮中住上一輩子，我這個做嫂子的也不會說半個不字，只是女人韶華易老，本宮也不想看著妹子神仙一樣的人物在皇宮之中孤獨終生。」

「曦月從未感覺到孤獨。」龍曦月的抗爭也顯得軟弱無力。

簡皇后道：「若非陛下堅決反對，此刻你已經嫁入了沙迦。在陛下心中最疼的就是你這個妹妹，我是最清楚的，對你的婚姻大事，他比任何人都要緊張，過去就經常跟我說一定要給你找一個門當戶對的人家，要讓你下半輩子活得開心風光。」

龍曦月道：「人活在世上開心就好，什麼風光我是從來都沒有想過的。」

簡皇后道：「人活在塵世之中，終究不可能只為了自己活著，大雍國差使臣前來為七皇子薛傳銘提親，薛傳銘今年二十五歲，智勇雙全，勇冠三軍，十九歲就已經因為戰功顯赫被破例封為大雍水軍提督，至今尚未娶妻，他仰慕你的美貌和品德，所以特地派遣使臣前來提親。你今年十七歲，和他正可謂是郎才女貌，門當戶對。大雍如今國力強盛，和我大康以庸江為界分治南北，你若是成了大雍的皇子妃，身分地位比起在大康絕不會有半點的降低，而且兩國之間有了你們這層姻親關係，必可結盟友好，免去一場兵戈之爭。」簡皇后最後的一句話才是重點，想促成龍曦月和薛傳銘的婚事真正的原因，還是想要通過這種和親的方式達到兩國暫時友好相處的效果。

龍燁霖登基不久，大康國內便鬧出了李天衡擁兵自立的事情，西川獨立不說，沙迦和李天衡之間也迅速以和親的方式達成了聯盟，這讓李氏暫時沒有後顧之憂。

龍燁霖原本也有過即刻發兵征討李氏儘快收復西川的打算，可是在周睿淵的極力勸說之下暫時打消了這個念頭，對他來說坐穩皇位才是當務之急。和大雍和談，穩固北方的後防，方能騰出手來肅清大康國內的亂局。剛巧大雍過來提親，等於主動向大康拋出了橄欖枝，龍燁霖自然沒有拒絕的理由。

這場婚姻的背後是政治，真正決定這場婚姻的人是大康皇帝龍燁霖，簡皇后只不過是命令的執行者罷了。

龍曦月抬起明眸，望著空中的那闕明月，今日並非滿月之夜，不知為何她忽然想起了墜落在陷空谷那晚的情景，月亮中彷彿浮現出一張熟悉的笑臉，那是胡小天陽光燦爛的面孔。

簡皇后輕聲道：「曦月，你覺得怎樣？」其實根本沒必要徵求龍曦月的意見，皇上已經決定的事情，龍曦月即便是身為皇妹也無法改變。

龍曦月清麗絕倫的俏臉風波不驚，從她的表情上看不出她究竟是喜是憂，輕輕點了點頭道：「曦月全聽皇后娘娘的……」說出這番話的時候，她芳心之中無限酸楚，當真是柔腸寸斷，自己只不過是在風雨之中任憑吹打的無根浮萍罷了，他們將自己往哪裡推，自己就朝哪裡去。

簡皇后微笑道：「我就知道我這妹妹是最通情達理，最善解人意的。」

胡小天趴在井中雙臂已經累得痠麻，可是因為想聽清她們究竟在說什麼，只能強忍著，聽到這裡心中暗罵，簡皇后這娘們兒真不是東西，根本就是要龍曦月往火坑裡推，什麼門當戶對，什麼郎才女貌，狗屁！歸根結底還不是想犧牲龍曦月，鞏固她男人的統治。

簡皇后道：「我這就回去，皇上那裡還等著我回話呢，妹妹，我先恭喜你了，等以後妹子若是成了大雍的皇后，千萬不要忘了姐姐辛苦做媒的功勞。」

龍曦月默不作聲，她唯一能夠表露出來的反抗也就是這樣了。

簡皇后並沒有久留的打算，說完正事兒，得到了龍曦月的答覆，即刻就離開了紫蘭宮。龍曦月一個人站在院落裡，紫蘭宮的宮女太監也都察覺到自從皇后來過這裡之後她的心情變得不好，無人敢留在花園內打擾她的寧靜。

龍曦月站在菊花叢中，佇立良久，竟緩緩向胡小天藏身的那口古井走來。雖然腳步輕柔，靜夜之中仍然無法瞞過胡小天的耳朵，胡小天原本打算悄悄溜回地道，可是聽到龍曦月的腳步聲他也不敢動作了，整個身體貼伏在井壁之上。

龍曦月望著井口，兩行晶瑩的淚珠兒順著皎潔的俏臉滑落，胡小天在黑暗中揚起面孔，他不由得有些擔心，這妮子該不會想不開吧，真要是投井自盡，自己又該如何？臉上突然感覺到兩點沁涼，卻是龍曦月的眼淚滴在了他的臉上，胡小天的內心為之一顫，曦月的性情終究是柔弱了一些，既然心中不情願，為何不敢奮起和命運抗爭，此時若是落在七七那刁蠻公主的身上，只怕她惡膽從邊生，連捅了簡皇后的膽子都有。

龍曦月幽然歎了一口氣道：「即便是跟著你滿山跑，也好過待在這不見天日的地方。」

胡小天心中一驚，還以為龍曦月看到了他，可轉念一想，根本沒有任何可能，自己宛如一隻壁虎一樣趴在黑漆漆的井壁上，龍曦月的目力再好也看不到他。

龍曦月在井沿上坐了下去，採擷了一支菊花，將花瓣揉碎，一片片扔到了井內，胡小天昂頭望著伊人在月下的剪影幾乎醉了，卻沒有想到一片花瓣居然飄落到他鼻翼上方，鼻子癢癢的異常難受，一時間忍不出，阿嚏！這聲噴嚏打得可謂是驚天動地，因為是在夜裡，胡小天又處在井洞之中，井洞起到了絕佳的擴音效果。

龍曦月根本沒有料到這井內還有人在，嚇得花容失色，嬌軀一顫，本想轉身逃走，慌亂間腳下一滑，竟然從井口之中跌了進去，胡小天眼疾手快，伸出右臂一把將她攔腰抱住，左手深深插入井壁的石縫之中，用盡全身之力方才避免和龍曦月一起墜入井下。

龍曦月發出一聲尖叫，剛一出聲，就聽一個熟悉的聲音道：「別叫，是我！」

龍曦月從聲音中判斷出是胡小天，心中又驚又喜，可馬上又從短暫的欣喜中清醒過來，他怎麼會出現在這裡？她的美眸漸漸適應了井內的黑暗，借著從井口透入的月光，清晰地辨認出眼前人確是胡小天無疑。

胡小天傾耳聽去，外面並沒有動靜，看來龍曦月的這聲尖叫並沒有引起太多人的注意，他壓低聲音道：「我托你爬上去。」

龍曦月小聲道：「你怎麼會在這裡？」

「此事說來話長，你先上去再說！」

胡小天讓龍曦月沿著自己的身軀攀爬上去，龍曦月努力了一番，沿著他的後背爬到了他的肩頭，雙腳踩住胡小天的肩頭，雙手攀住井口，胡小天慢慢向上攀爬，托著她一點點爬了上去。龍曦月終於成功從井口爬了出去，經過這番折騰也已經雲鬢蓬亂，俏臉緋紅。此時遠處一個人影匆匆走了過來，卻是她的貼身宮女紫鵑。

龍曦月本想伸手幫胡小天爬上來，看到紫鵑過來，趕緊咳嗽了兩聲，示意胡小天不要在這時候爬上來。

紫鵑看到龍曦月坐在井沿之上不由得有些驚慌道：「公主，您為何坐在那裡，趕快起來，萬一掉下去那可就麻煩了。」

龍曦月起身道：「我只是想一個人靜靜，你不用管我，我可以照顧自己。」

紫鵑還想勸說，向來溫柔嫻靜的龍曦月居然生氣起來，斥道：「你沒有聽到我的話嗎？你們全都給我出去，今晚我不需要你們侍奉，只想一個人好好靜一靜。」

紫鵑顯然被龍曦月的無名怒火給嚇住了，她低下頭去，怯怯道：「公主不要生氣，奴婢這就告退。」

紫娟離開之後，龍曦月走過去將內院的院門給關上，方才重新回到井邊。胡小天這會兒就快脫力，龍曦月向井口中探出手去，小聲道：「我拉你上來。」

胡小天搖了搖頭道：「算了，省得別人疑心，我改天再來找你。」這貨一邊說一邊向下方退去，退了兩步又想起了什麼，低聲向龍曦月道：「這件事千萬不可告訴其他人知道，不然我性命難保。」

龍曦月咬了咬櫻唇，雖然對他如何來到這裡極其好奇，也猜到這井下十有八九有密道相通，可她知道憑著自己的身手根本不可能跟隨他前去一探究竟。只能在井口望著下面胡小天的身影越來越遠，芳心中呢沒來由生出一種惆悵，衝著井內道：「你要小心……」

胡小天唇角流露出會心一笑，龍曦月叮囑自己小心，那就是肯定不會出賣自己，自己這魅力還真是不同凡響，以太監的身分都能讓公主為自己生出如此好感，倘若她要知道自己是個堂堂正正的男子漢，那不得對自己愛得死心塌地？

人在自我感覺良好的時候心情就會好，心情好了，疲憊頓時一掃而光，胡小天身輕如燕，一轉眼功夫就爬回到密道之中，臨走之前，不忘抬頭看了看井口，龍曦月的俏臉早已模糊，可她仍然在那裡望著自己。

返回司苑局已經是夜深人靜，胡小天打開酒窖的大門，帶著一罈酒出門。剛剛來到自己的房間前，就看到史學東和小卓子兩人風風火火地趕了過來，史學東上氣不接下氣道：「不……不好了……」

小卓子也喘得不輕，不過比起史學東要好些，他接著史學東的話道：「小鄧子被人打了！」

胡小天眉頭一皺，小鄧子被派去負責維護皇家林苑，也就是王德勝過去負責的那一塊，最近很少到司苑局這邊來，那小子平日裡待人和善，也頗有眼色，怎麼會突然挨打？

「犯什麼事情了？」胡小天的第一反應就是小鄧子做錯了事所以受到了懲罰。

小卓子搖了搖頭道：「沒犯什麼事兒，據說是把簡皇后最喜歡的那棵菊花給弄死了，所以才會被打。」

胡小天心中暗怒，又是簡皇后，那老娘們可真不省心。靜下心一想，這件事應該並不尋常，簡皇后沒理由會為難一個底層的小太監。

史學東這會兒總算緩過氣來，他憤然道：「是王德才那孫子帶人打的，他去那邊找王德才，小鄧子說話的時候得罪了他，於是他和他的那幫同夥便一擁而上，把小鄧子打了一頓，連手臂都打折了，他們下手可真夠狠的。」

胡小天道：「小鄧子呢？」

小卓子道：「送到太醫院接骨，骨頭接好了，讓他暫時留在太醫院裡面養傷。只是這件事我們拿不定主意，要不要告訴劉公公。」

胡小天皺了皺眉頭道：「劉公公自己的麻煩都不少，還是別給他添心事了。」

史學東道：「兄弟，王德才始終懷疑是咱們把他兄弟給藏了起來，無時無刻不在想著對付我們，咱們不能總是這樣忍讓啊。」

胡小天道：「他是皇后身邊的紅人，咱們總不能把他給殺了。」心中卻在琢磨，是時候要清除這個麻煩了，目前還不知道王德才是不是清楚地下密道的事情，從目前的情況來看，王德勝應該沒有來得及將這個秘密告訴他，可凡事都必須考慮周全。王德才既然今天既然能夠利用皇后將自己傳召到馨寧宮，以後還不知會生出怎樣的麻煩，明槍易躲暗箭難防，在這皇宮之中討生活原本就不容易，哪還有精力時刻提防這個小人。

胡小天想來想去，最靠譜的辦法還是和七七聯手，只要七七願意幫忙，剷除王德才不費吹灰之力。

胡小天最先要應付的還是權德安，眼看就要到他給自己的最後通牒，胡小天帶著畫好的地圖在約定的時間去了四季乾貨店。權德安果然在那裡等他，胡小天將地圖雙手奉上。

權德安看了看這幅地圖，不禁皺起了眉頭，指向中間的密道低聲道：「這條密道通往的可是一個井口？」

胡小天點了點頭道：「是！」

「何處的井口？」

胡小天苦笑道：「權公公，這皇宮之中不知有多少口井，我是深更半夜摸到了井洞之中，哪知道是在什麼地方？更何況那井壁潮濕滑膩，我這點微末道行您應該清楚，根本沒有爬上去的本事，要說這事兒還得怪您。」

權德安皺眉頭：「干咱家何事？」

「我上次便求您教我點輕功，也沒想學什麼踏雪無痕登萍渡水的高超武學，只求學個爬屋頂翻牆頭的本事，可您老實在是太小氣了，居然對我藏私，可憐我有心為您查一個水落石出，只可惜沒那個本事，最後也只能望井興歎鎩羽而歸。」

權德安冷哼一聲，這廝的口才實在是太彪悍了，老太監也沒有跟他理論的心情，知道自己也辯不過他，鳥爪般的手指點了點圖上的另外一條密道：「這裡通往什麼地方？」

胡小天隱瞞了紫蘭宮這重要的一節，對其餘兩處地方可不敢撒謊，低聲道：「這裡我查探得清清楚楚，乃是通往藏書閣。」

「藏書閣？」權德安深邃的雙目中閃過一絲異樣的神彩。

胡小天點了點頭。

「你進去了？」

「沒有，我爬到盡頭，發現只有一個孔洞和藏書閣相通，那孔洞只有碗口粗細，我又不是一隻老鼠，如何鑽得進去？」

權德安瞇起雙目道：「你知不知道那孔洞到底通往藏書閣的第幾層？」

胡小天搖了搖頭道：「不清楚，不過我聽到裡面有人說話，一個是李公公一個是姓柳的統領。」

「說什麼？」權德安對這件事顯得極為關注。

胡小天道：「那個姓柳的統領是前往送《大康通鑑》的，他還說要找李公公借什麼《般若波羅蜜多心經》，說是太宗皇帝親筆抄寫的。」

權德安道：「《大康通鑑》是太史令邱青山所編撰，目前寫到了第五卷，目前應該是存在藏書閣的三層。」

胡小天從未見過太史令邱青山，但是過去曾和他的兩個兒子打過交道，說起來還是在煙水閣參加筆會的時候，狠狠懲戒了他的兩個兒子邱志高和邱志堂兩兄弟。

胡小天道：「那位李公公說好像太上皇之前已經將《般若波羅蜜多心經》取走了，現在藏書閣內已經沒了那件東西。」

權德安想了想方才道：「小天，你必須儘快查清那條密道是否和藏書閣的七層相通。」

胡小天愕然道：「藏書閣有七層？」

權德安點了點頭道：「那藏書閣的七層，只有皇上才有鑰匙。」

胡小天忽然想起在地道中遇到的小太監屍體，那小太監就是來自於藏書閣，可那天自己明明沒有找到通往藏書閣的密道，如果藏書閣沒有道路和密道相通，那小太監又因何進入了密道之中？

權德安看到胡小天此時的表情，不禁有些生疑，低聲道：「你是不是有什麼事情還瞞著我？」

胡小天搖了搖頭道：「沒有，我對您是知無不言言無不盡。」心中卻補了一句，才怪！

權德安道：「這樣最好。」

胡小天向他湊近了一些：「權公公，小公主口口聲聲要將我弄到儲秀宮去。」

權德安道：「你不用管她，就算她想，其他人也不會答應。」

「您老應該知道她的性子，向來是不達目的誓不甘休。」

權德安呵呵笑了起來：「你怕她？」

胡小天道：「不是怕，是擔心她壞了咱們的大計。」

權德安道：「她雖然年齡小，可是心裡有數，不會做得太過分。」

胡小天道：「我似乎得罪了簡皇后。」

權德安將胡小天繪製的地圖收好了，表情古井不波道：「你怎麼會得罪她？」

「確切地說應該是得罪了王德才，那混帳東西整天在皇后面前進言，皇后受了他的蠱惑所以才會針對我，上次如果不是小公主為我解圍，只怕我十有八九要死在馨寧宮了。」

權德安道：「你究竟在打什麼主意？」

胡小天道：「王德才懷疑他弟弟失蹤跟我有關，視我為不共戴天的仇人，終日尋找機會想要對我下手，連司苑局的小太監也被他打傷了。」

權德安道：「說說你的想法。」

胡小天道：「小公主想要為我打抱不平，我正有些猶豫呢。」

權德安聽到他這麼說，頓時明白了他的意思，冷冷道：「胡小天，你最好給我牢牢記著，你想幹什麼？想殺誰，最好不要將小公主牽扯進來。」

胡小天道：「權公公，其實不是我牽扯她，而是她……」

「嗯！」權德安悶哼了一聲，雙目怒視胡小天。

胡小天歎了口氣道：「那王德才實在是太礙眼了，要不您老幫我解決一下。」

權德安道：「他風光不了太久，你暫且不理他就是。」他緩緩站起身道：「你將我教你的功夫使出來給我看看。」

胡小天脫下外袍，緩步來到院子裡，凝神靜氣，七七四十九式玄冥陰風爪從頭到尾施展了一遍。

權德安本以為這小子只是聰明過人，卻沒有想到他在修煉武功方面的確下了一番苦功，看他將玄冥陰風爪打完，發現這小子居然有了幾分火候，看武功同樣要看細節處理和過渡轉換，胡小天對這套爪法的理解和領悟實在是讓他感到驚奇了。

胡小天練完之後，笑瞇瞇來到權德安的面前：「權公公感覺怎樣？」

權德安道：「倒不枉了我一番心血栽培。」

胡小天心中暗自腹誹，師父領進門修行在個人，你花費個毛的心血，只是教了我一次，我能有現在的成就全都源於我的勤學苦練。

權德安又道：「憑你現在的爪力，爬上井口應該不難。」

胡小天暗罵老太監陰險，還以為他真心想考校自己武功，搞了半天他是要試探自己底細，薑是老的辣，在權德安面前必須要多個心眼。胡小天滿臉堆笑道：「您老高看我了，那井壁連個縫隙都沒有，我就是想爬，也得找到可以攀附之處。」

權德安道：「我教給你的調息吐納的功夫，你練得如何了？」

胡小天道：「練倒是練了，可沒什麼感覺。」

權德安道：「那就接著練。」他的右手忽然毫無徵兆地伸了出去，直接扣向胡小天的咽喉，胡小天意識到他出手時已晚了，權德安的手指已經搭在他的喉頭。

權德安咳嗽了一聲，緩緩收回鳥爪一樣的右手，握拳抵在唇前，劇烈咳嗽了幾聲方才道：「不要以為會了點功夫便沾沾自喜，須知道人外有人天外有天。遇到真正的高手，你只有任人宰割的份兒。」

胡小天道：「真要是那樣，我就把師父您給供出來，讓天下人都知道是您教出了這麼膿包的徒弟。」

權德安桀桀冷笑了一聲道：「你不用激我，你也不是我徒弟，咱們之間的關係就是相互利用。」

胡小天有些不好意思地笑道：「您老何必說得那麼白，其實咱們之間還是有些感情的。」

權德安道：「小子，你心裡怎麼想咱家自然清楚，你又何必在我的面前演戲！」他拍了拍胡小天的肩膀道：「你幫咱家辦事，咱家若是不給你點好處，想必你心中不會舒坦，也罷，咱家便傳你一套金蛛八步。」

「金豬八步？呃……這金豬走八步得花上不少時間吧。」

權德安瞪了這插科打諢的小子一眼：「蜘蛛的蛛，不是豬頭的豬。」

胡小天笑道：「蜘蛛倒是貼切一點，蜘蛛爬牆的功夫的確一流。」

權德安道：「最早這套步法的名稱的確是叫做蜘蛛爬牆的。」

胡小天心中暗忖，但凡和皇宮聯繫在了一起，必須要彰顯出帝王特色，鑲金戴銀，披紅掛綠是免不了的，金蛛八步，聽起來真是浮華啊。

權德安道：「你仔仔細細地看，咱家從頭到尾慢慢地演練給你看。」權德安邁開步伐，雖然他表面上看來是個垂暮老人，可一旦動作起來，便看不出絲毫老態，但見他腳踏乾坤，時而龍行虎步，時而兔起鶻落，當真是靜若處子，動如脫兔。

五步走完，權德安來到院中的那棵銀杏樹前，沉聲道：「抓！」十指如鉤深深陷入樹幹之中，銀杏樹堅韌的樹幹在他的手指前竟然如同朽木。

「提！」佝僂的身軀宛如狸貓般躥升到樹幹之上。「縱！」權德安宛如靈貓，但見他瘦小的身軀如履平地般沿著樹幹攀援而上。

胡小天看得目瞪口呆，這哪裡是個斷了腿的殘廢老者，簡直跟老猴子似的。爬到中途，權德安又道：「纏！」他的身軀如同靈蛇一般圍繞樹幹盤旋而上，轉瞬之間已經來到樹冠處。單臂抓住銀杏樹的主幹，一個回身望月，佝僂的身軀和挺直的樹幹組合成一張弓的形狀。

在胡小天的眼中，權德安瘦削的體內蘊藏著無窮無盡的力量，此時的權德安正如一張拉滿的強弓，蓄勢待發。

樹枝在權德安的拉扯下慢慢彎曲，倏然崩的一聲，樹枝繃直，權德安的手在同時放開了樹枝，身體如彈子般彈了出去，伴隨著漫天飛舞的銀杏樹葉，乾枯的身軀飛速旋轉，十百片樹葉如同金色的蝴蝶一般圍繞著他的身體旋轉飛舞，一股強大的飆風以權德安的身體為中心迅速擴張開來，胡小天感覺到有種無形的牽引力牽扯著他的身體向權德安衝去，他向前踏了一步，身軀保持著後仰的姿勢，全力對抗著因老太監旋轉而產生的強勁吸力。

權德安當然不會盡力而為，右腳落在地上，蓬的一聲青磚斷裂，塵土飛揚，胡小天慌忙閉上眼睛，沙塵打在他臉上火辣辣的，那股吸力突然消失，胡小天原本竭力抗衡，驟然失去的牽引力讓他因慣性而向後退去，接連退了五步方才穩住身形。

再看老太監權德安，背著雙手站在那裡，彷彿一切都未發生過一樣，臉上的表情風輕雲淡，在他的腳下有一個直徑約一丈的金色圓圈，全都是飄落的銀杏葉堆積而成。

胡小天愣了足有半分鐘，方才用力鼓掌，這絕不是在故意拍權德安的馬屁，而是實實在在被權德安高超的武功折服了，行家一出手，就知有沒有，權德安根本沒對他出手，胡小天就已經被逼退數步，這老太監的武功還真是深不可測，要知道，權德安現在斷了一條腿，而且之前還傳了十年功力給自己。胡小天心中暗歎，倘若武功能夠修煉到權德安這種地步，那該是如何的拉風，如何的威武霸氣。

可胡小天只是悠然神往了一小會兒，馬上就重新回到現實中來，即便是武功如權德安這般強橫，還不是在蓬陰山被人打斷了腿，還不是要求助於自己這個不懂武功的小子，最關鍵的一點是，他即便是武功卓絕，還不是得夾著尾巴跟在龍燁霖身後當奴才。所以武功不是關鍵，真正起到決定作用的還是頭腦。

第四章

不愛紅妝愛武裝

陽光從窗口投射到姬飛花身上，彷彿給他籠上一層金色光暈，
胡小天不得不稱讚姬飛花長得美麗，眉目如畫肌膚勝雪，
如果不是一口公鴨嗓子，真會以為他是個傾國傾城的大美女。
也難怪能夠魅惑住當今皇上，讓龍燁霖不愛紅妝愛武裝。

無論胡小天怎樣想，可學點保命防身之術已經成為當務之急，別看這小子平日裡稀裡馬虎，可該認真的時候態度絕對認真，絕對夠投入。

權德安再一次被這小子的武功天分所折服，金蛛八步，胡小天不到半個時辰就已經掌握。

胡小天現在也終於明白權德安教給自己玄冥陰風爪的原因了，倘若沒有玄冥陰風爪的基礎，是不可能學習這套金蛛八步的，必須擁有了一定火候的爪力，方才能夠在短時間內將金蛛八步上手。

權德安交給胡小天的下一個任務，就是要將密道的事情徹底搞清。

胡小天離開四季乾貨店之後前往了翡翠堂，倒不是為了公事，這次是特地前往那邊探望自己的那匹沒尾巴馬，御馬監少監樊宗喜在紅山馬場將那匹灰馬送給了他，胡小天因為身在宮中的緣故，沒辦法將灰馬帶回到宮內去，所以只能將這匹馬暫時寄養在翡翠堂。

因為翡翠堂的掌櫃曹千山有求於他，所以對這位採買太監的吩咐極為重視，專門在翡翠堂後院的馬廄之中開闢了一片地方飼養這匹灰馬。雖然只是十多天沒見，原本又髒又瘦的灰馬，如今已經吃得膘肥體壯。而且灰馬身上的泥漿被洗刷乾淨。現出本來的花紋，奇特的是牠身上長滿了斑斑點點，如同豹紋，四蹄上方的毛色烏黑。前額處生有一片月牙般的純白毛色。若非那雙耷拉的大耳朵，胡小天幾乎認不出眼前的就是紅山馬場那匹。

曹千山出門談生意去了，並不在翡翠堂，馬倌將胡小天引領到那匹灰馬面前，胡小天圍著這灰馬轉了一圈，發現灰馬的尾巴長出來一截，大概有半尺左右，仍然顯得有些不倫不類，不過比起之前在馬場的時候已經順眼了許多，兩隻耳朵耷拉著顯得沒精打采，耳朵也是純黑色。

胡小天道：「怎麼突然變得那麼肥？」

那馬倌笑道：「胡公公，有道是馬無夜草不肥，我們家掌櫃特地交代了，這匹馬是胡公公的愛駒，讓我務必要小心伺候著，這些日子，我都是挑選最好的草料餵牠，要說牠的飯量著實是不小，比起其他的馬要多吃一倍以上。」

胡小天雖然對養馬沒什麼經驗，可一看就知道這匹馬是被圈養了，這段時間只吃不動，難怪胖了這麼多，真要是這樣下去，即便是千里馬也得被這廝養廢了。有些馬天生就不適合伏櫪。胡小天拍了拍灰馬的腦袋，那匹灰馬似乎提起了精神，兩隻長耳朵支楞了起來。

馬倌笑道：「胡公公，俺養了這麼多年的馬，這樣的馬我還是第一次見到，耳朵這麼長，初開始的時候，我們都以為是頭騾子呢。」

胡小天道：「是騾子是馬，拉出去溜溜就知道了。」

馬倌也看出了胡小天的不悅，他解釋道：「胡公公，倒不是我不想帶牠出去溜溜，可是我們一旦走近牠，牠就又踢又叫，凶得很，今兒也就是您來了，牠突然變得溫順起來。」

胡小天拍了拍灰馬的鬃毛，輕聲道：「把轡頭馬鞍給套上，回頭我騎牠走。」馬倌應了一聲，說實話他是真沒看出這匹馬好在哪裡，整一個醜怪的傢伙，而且額頭上還有那麼一大塊白斑，他雖然不敢說，可心底卻覺得這匹醜馬不是個吉祥之物，搞不好是會剋主人的。

說來還真是奇怪，灰馬看來和胡小天果然有緣，見到胡小天之後便聽話得很，老老實實讓人給套上了轡頭馬鞍，胡小天翻身上馬，灰馬緩緩出了翡翠堂，在大門口處遇到了前來尋他的史學東和小卓子。

最近史學東跟著胡小天也出宮買辦了幾次，到目前為止史學東都非常懂事，每次都老老實實按照胡小天的吩咐去做，沒有私自去探望父母，沒敢給胡小天惹太多的麻煩。

胡小天讓他們兩個先回宮，自己還要去辦點事。

史學東望著這匹醜馬，忍不住笑了起來：「我說兄弟，你這匹馬也忒醜了點兒，到底是馬還是騾子呢？」

胡小天道：「御馬監樊公公送給我的禮物，這馬雖然長得磕磣點，不過腳力還是很好的。」因為和慕容飛煙有約，他並沒有多做解釋，輕輕在馬屁股上拍了一巴掌道：「跑起來給他們這幫肉眼凡胎的傢伙看看。」

灰馬仍然四平八穩地邁著緩慢的步伐，這下連小卓子都跟著笑了起來。

胡小天感覺在手下人面前失了面子，揪住灰馬的耳朵，低聲道：「小灰，你不給我面子，小心我把你送回去增肥。」

不知這灰馬是不是聽懂了他的話，前蹄在地上一頓，猛然狂奔起來，胡小天差點沒被牠給甩下背去，趕緊抓住馬韁，灰馬風馳電掣般瞬間就從史學東和小卓子兩人眼前消失，他們兩人眨了眨眼睛，然後相互對望，目光充滿了震驚之色。

灰馬一路狂奔，自然引來不少路人的驚詫目光，可多數人都沒看清這位在城內縱馬狂奔的是誰，皆因馬速太快。胡小天來到鳳鳴西街甲三十二號胡同，這裡是慕容飛煙的住所，他勒住馬韁讓小灰停下腳步，將馬韁栓在慕容飛煙家門的大樹上，此時方才發現慕容飛煙的房門上著鎖，看來她還沒有回來，抬頭看了看太陽，應該是自己來早了，還沒有到兩人約定的時間。

胡小天看了看牆頭，決定施展一下自己剛學會的金蛛八步翻入牆內，給慕容飛煙製造一個小小的驚喜。他潛運內息，來到牆邊，輕輕一縱，雙手便抓住院牆上方，雙臂用力，身體騰空而起，在半空中直接一個翻轉，穩穩落在院牆內，這貨心中成就感爆棚，看來自己真是一個武學奇才，正在沾沾自喜得意洋洋的時候，卻感覺身後一根硬梆梆的東西頂在了他的後心位置，胡小天整個人頓時呆立在了原地。

院子裡居然有人！難道是慕容飛煙故意躲在這裡跟自己開玩笑，轉念一想並不可能，她還沒有無聊到把她自己反鎖在家裡的地步。

胡小天暗自感歎，還覺得自己武功有了大幅度提升呢，居然別人藏在院子裡都沒有發覺，他低聲道：「朋友，別開玩笑了。」

身後那根硬梆梆的東西非但沒有撤去，反而向前頂了一下，胡小天判斷出頂在自己後心的絕不是刀劍之類的力氣，否則以這樣的力度，早就刺破自己的衣衫，刺入自己的血肉了。

身後一個低沉沙啞的聲音道：「雙手抱頭，慢慢轉過身來。」

胡小天將雙手緩緩抬起，眼角的餘光瞥向地面，從地面上的投影來看，對方的身材要比自己高上一些，抵在自己後心的應該是一柄刀，不過刀未出鞘。胡小天雙手抬到中途的時候，身體突然向前傾斜，以右腳為軸，順時針旋轉，左手彎曲如勾抓向對方的手腕。

對方似乎頗感詫異，咦了一聲，右手一動，帶著刀鞘的朴刀豎起，化解了胡小天的這一抓。而胡小天此時也看清了對方的容貌，卻見那人身軀高大魁梧，紫面虬鬚，竟然是自己的結拜大哥周默。

胡小天此驚非同小可，一時間也忘記了出手，愣在了原地。

周默哈哈大笑，將手中朴刀隨手就扔在了地上，搶上前去，雙手扶住胡小天的肩頭，用力拍了拍，充滿感觸道：「三弟，為兄找得你好苦！」

望著滿面風塵之色的周默，胡小天內心中不由得感到一熱，這世上畢竟還是有人在關心自己的安危，他抿了抿嘴唇，用力握緊了周默的大手，低聲道：「大哥，你怎麼來了？」

周默道：「此事說來話長。」

兩兄弟就在院內坐了下來，周默將自己前來京城的緣由娓娓道來，胡小天護送周王前往燮州，他們方方面面都做足了準備，天狼山的馬匪應該是掌握了他們的動向，所以放棄了途中襲擊的計畫。不久就傳來李氏擁兵自立的消息，西川各大州縣紛紛向李氏宣佈效忠。很快就傳出李氏將周王龍燁方軟禁於西州，昭告天下，討逆勤王，可是李天衡並沒有急於發兵征討，而是立足於西川站穩腳跟，先和沙迦和親，將二女莫愁許配給沙迦十二王子霍格，締結姻親之好，穩固西方邊境，隨即又和南越國締結兄弟盟約，這樣一來他就將西方和南方兩地暫時穩固下來。而在李天衡自立之後，西川自然掀起了許多反對之聲，為了平定西川內部，鞏固自身的統治，李天衡不惜鐵手鎮壓，在西川掀起了一場腥風血雨。

讓周默沒有想到的是，一直固守天狼山的馬匪閻魁，竟然在這時候接受了李天衡的招安，宣誓向周王龍燁方效忠，李天衡將青雲、紅谷一帶交給閻魁管理，並封他一個歸德郎將的官職。在蕭天穆的建議下，周默決定和兄弟們暫時離開西川躲避風頭，順便尋找胡小天的消息，他們得悉胡小天逃出了燮州，估計胡小天可能返回了京城，於是便輾轉來到了康都尋找他的下落。

周默一行抵達京城之後，很快就聽說胡小天為了拯救胡氏一門，自願入宮，代父贖罪的事情。他們雖然很想去找胡小天，可皇宮戒備森嚴，並不是他們隨便進入的地方，於是便想起了慕容飛煙。輾轉找到了她的住處，周默之所以選擇翻牆而入，也是不想引起外人的注意，卻想不到，他前腳進來，胡小天後腳就跟了進來。剛開始看到胡小天的身手，周默吃了一驚，在他的印象中，胡小天是不懂武功的，可胡小天剛才表現出的幾手都頗具功底，周默絕不相信一個人可以在這麼短的時間內武功進步如此神速，除非是他吃了什麼靈丹妙藥，又或是胡小天在一開始的時候就隱藏了自己的實力。

兄弟二人相見甚歡，要說的話實在太多，至於武功這件事反倒顯得不值一提了。胡小天聽說周默和那幫兄弟一起過來了，不由得驚喜道：「二哥也來了嗎？」

周默點了點頭道：「來了！我們都暫住在京城的景宏客棧，老二的眼睛不方便，而且出來進去的人太多反而容易引起別人注目，所以我就一個人過來了。」

此時門外傳來馬嘶之聲，胡小天和周默對望了一眼，兩人從門縫向外望去，卻見一個少年出現在門外，卻是高遠，他一出現就驚動了門前的那匹灰馬，所以那匹馬發出嘶鳴聲。

高遠看了看那匹醜馬，也感覺有些好奇，乍一看還是分不出究竟是騾子還是馬，他警惕看了看周圍，並沒有發現馬的主人在這裡，於是打開了門鎖，推門一看，方才看到有兩個人已經在院落之中，胡小天他當然是認識的，至於周默他從未見過，不過既然和胡小天在一起，應該也是自己人。

高遠笑道：「胡大哥，我還以為你沒來呢。」

胡小天道：「慕容姑娘呢？」

高遠道：「我來這裡就是為了這件事，慕容姐姐今兒一早就被神策府給召了過去，說是有緊急事務要處理，她擔心無法及時赴約，所以讓我在這個時候過來，跟你說一聲，讓你不要久等了。」

胡小天點了點頭，將周默介紹給高遠認識：「小遠，這是我跟你說過的，我的結拜大哥周默。」

高遠趕緊跪倒在地給周默磕頭，周默慌忙上前將他從地上拉了起來：「小兄弟，用不著這麼大的禮。」

高遠道：「胡大哥是我的恩公，您是他結拜大哥也是我的恩人。」

周默呵呵笑道：「都是一家人，你叫我周大哥就是。」他向胡小天道：「三弟，咱們一起去景宏客棧吧，你二哥若是見到了你，一定會欣喜萬分的。」

胡小天道：「我也很想去見二哥，可是今天還得回去覆命，不能在宮外逗留太久。」

周默聽到這句話，心中忽然想起胡小天已經淨身當了太監，望著胡小天英俊的面龐，他不由得生出憐意，這位兄弟實在是命運多舛，做太監就意味著失去了男人最起碼的尊嚴，世上沒有比這更痛苦的事情，周默原本就不善言辭，一時間也不知應該如何安慰胡小天，心中默默想到，只怪我這個當大哥的沒有在兄弟落難的時候及時趕到他的身邊，以後我一定竭盡所能照顧我的這個兄弟。

胡小天出門之後，來到自己的灰馬面前，輕輕拍了拍灰馬的腦袋，向高遠道：「小遠，這匹馬是我的坐騎小灰，你帶回去好好幫我照看，平日裡幫忙蹓蹓，這貨只知道吃，眼看就要得肥胖症了。」

高遠笑著點頭，胡小天解開轡繩，扯住灰馬的耳朵向牠道：「小灰啊小灰，以後我就將你交給我的兄弟照管了，你要乖乖聽話。」

灰馬打了個響鼻，一雙大耳朵耷拉了下去。

周默道：「這匹馬相貌奇特，不過從牠的骨骼肌肉來看，應該腳力不錯。」他在相馬方面很有一套。

胡小天道：「能跑，就是長得特別了一些。」

高遠道：「我也是頭一次見到這樣的品種，剛開始還以為牠是頭騾子呢。」

三人同時笑了起來，胡小天向周默抱了抱拳道：「周大哥，我先走了，你跟二哥說一聲，後天上午巳時我去你們落腳的景宏客棧找你們。」

周默重重點了點頭道：「去吧，有什麼話，等咱們兄弟見了面再說。」

胡小天的目光又回到高遠身上。

高遠道：「胡大哥，您放心吧，昨天我剛剛去探望了胡伯伯和伯母，他們身體都好得很，胡伯伯還讓我給你帶來了一封信。」他將一封信掏出來遞給了胡小天。

胡小天展開一看，卻見上面只有一句話：「天將降大任於斯人也。」沒有問候，沒有感慨，只是這簡單的一句話，可這封信的特別卻是用鮮血寫成，可謂是字字泣血，乍看上去，這句話是提醒自己要忍耐，可仔細品評，其中又似乎蘊含著強烈的不甘，難道老爹因胡家此次的噩運，而對大康王朝產生了強烈的怨念？

高遠道：「胡伯伯說讓你安心在宮中做事，保重身體是最主要的，還有，他讓你不要去他的住處探望他們，朝廷的人仍然在監視他們。」

胡小天點了點頭向兩人告辭離去。

回到司苑局，卻見門前有兩名太監等在那裡，其中一人看著有些眼熟，仔細一想，竟然是前些日子隨同姬飛花前來搜查的一個，此人叫李岩，是姬飛花的得力助手之一，目前在內官監做事。

胡小天看到他們在這裡，心中暗叫不妙，難道又是為了調查魏化霖的事情而來？

李岩今天的表情頗為和藹，和那天過來時的冷漠判若兩人，看到胡小天出現，遠遠就迎了上去，拱手行禮道：「胡公公！」

胡小天不免有些受寵若驚了，自己只是個最低等級的小太監，李岩是內官監的少監，對自己原用不著客氣。他趕緊上前行禮道：「見過李公公，不知李公公今日前來有何指教？」

李岩白淨的面龐上宛如春風拂面，微笑道：「不是我找你，而是姬提督找你，我來這裡是特地請胡公公過去。」

胡小天聽說要讓他去內官監，頓時心中發毛，雖然李岩表現得非常客氣，還用上了一個請字，可姬飛花是何許人物，胡小天如今已經有了一些瞭解，這個如今皇宮內的實權人物，為何會主動想起接見自己這個地位卑下的小太監？胡小天認為不是好事，十有八九不是好事。上次簡皇后傳召自己還能找到七七為自己解圍，可現在又該找誰給自己撐腰？胡小天笑道：「我剛剛才從宮外採買回來，得向劉公公覆命，不如李公公在這裡稍等……」

李岩笑道：「我看胡公公就不用去了。」

胡小天愣了一下，不知他是什麼意思？

李岩道：「我剛剛去探望劉公公，才知道劉公公今天去太醫院復診了。」

胡小天愕然道：「怎麼？他腳傷還沒好呢。」

李岩道：「胡公公莫非不相信咱家嗎？」他向一旁側了側身子，胡小天匆匆去了劉玉章的房間，劉玉章果然不在，胡小天這下心中更是忐忑，今兒麻煩大了，假如姬飛花真要對付自己，只怕自己絕對難以倖免。兩人之間地位懸殊，實力一天一地，自己根本無力抗衡。

李岩察覺到胡小天此刻的猶豫，微笑道：「胡公公不必多慮，提督找你過去只是想跟你敘敘舊。」

胡小天點了點頭，事到如今，他只能硬著頭皮迎難而上了，希望姬飛花對自己沒有產生殺念。

跟著李岩來到內官監，這是位於皇宮西北角的一片小院落，在宮中這樣的院子再尋常不過，其實太監就是皇宮裡的傭人，無論地位如何，終究脫不了這個事實。走入內官監的前院，發現這院子比起司苑局還有不如，不過打掃得乾乾淨淨一塵不染，沿著正中的漢白玉廊道走入內院，李岩指了指正中的房間道：「你進去吧，提督就在裡面等你呢。」

胡小天應了一聲，緩步來到門外，深深吸了一口氣，調整了一下心情，這才小心翼翼道：「胡小天特來求見姬公公。」

裡面響起一個慢吞吞的聲音道：「進來吧。」

得到應允之後，胡小天方才慢慢走了進去，室內佈置的相當雅致，姬飛花正在窗前書案之上畫著什麼，一旁有一個十四五歲的小太監正在幫忙磨墨。陽光從側方的窗口投射到姬飛花的身上，彷彿給他籠上了一層金色的光暈，即便是站在男人的角度上，胡小天也不得不稱讚姬飛花長得美麗，眉目如畫肌膚勝雪，如果不是一口的公鴨嗓子，真會以為他是個傾國傾城的大美女。

也難怪這廝能夠魅惑住當今的皇上，讓龍燁霖這個變態不愛紅妝愛武裝。

姬飛花抬起一雙明澈的眼眸在胡小天臉上瞄了一眼，然後向身邊的小太監道：「你先下去吧。」

那小太監唯唯諾諾退了下去。

姬飛花在畫卷上描了一筆，目光盯在畫卷之上，陰陽怪氣道：「傻站著幹什麼？還不過來幫咱家磨墨？」

胡小天趕緊走了過去，來到姬飛花面前行禮之後。站在剛才小太監所處的位置上，一邊幫忙磨墨，一邊向畫案上望去，卻見姬飛花筆走龍蛇，傾情潑墨，畫的卻是一幅鷹擊長空，畫卷之上一隻蒼鷹昂首振翅，搏擊長空，一輪紅日從牠的身後冉冉升起，大好河山盡在牠的身下，天之彷彿全都在牠的掌控之中，畫得端的是精彩之極。

無論胡小天心中對姬飛花此人如何評價，也不得不承認姬飛花的畫畫得實在是精妙絕倫，看他比女人還要柔美的容貌，是無法想像此人能夠畫出如此霸氣側漏的一幅畫卷，他繪畫的風格大開大闔，波瀾壯觀，站在一旁觀看，不由得產生一種胸懷日月氣象萬千的感受。

姬飛花放下畫筆，撚起狼毫，在畫卷上留下落款，最後指了指一旁的印章，胡小天幫忙將印章沾上朱紅色的印泥，姬飛花接過穩穩在畫卷上印上了自己的字號——流花廢人。

胡小天看到廢人兩個字，不禁若有所思，姬飛花自稱為廢人，應該是和他淨身為奴有關，這幫皇宮裡的太監每個人都有一段傷心史。

姬飛花將毛筆擱在筆架上，胡小天極有眼色，將早已準備好的那方潔白無瑕的毛巾拿起，雙手奉上，

姬飛花接過毛巾揩了揩手，水波蕩漾的雙眸在胡小天的臉上瞥了一眼，然後露出了一個足以顛倒眾生的嫵媚笑容，胡小天腦袋垂得更低，難怪新皇帝被迷得連後宮佳麗都不要了，姬飛花真是一個禍國妖孽啊！

姬飛花道：「你好像很怕咱家啊！」

胡小天一雙目光瞧著地面上，恭敬道：「不是怕，是敬！」

「有什麼分別嗎？」姬飛花轉身走向窗前，仰起頭望著碧澄如洗的天空，一雙明澈的雙目倒映出天空的藍色，顯得深不見底變幻莫測。

胡小天當然明白自己是害怕不是尊敬，他對姬飛花還是戒備得很，眼前的這個不男不女的怪物正在取代權德安的一切，成為皇宮內最有權勢的太監。

姬飛花道：「咱家在過去和你父親也有過數面之緣，雖然我們算不上朋友，可絕對稱不上敵人。」他轉過身向胡小天道：「坐吧！」

胡小天道：「罪臣之子，不敢坐！」

姬飛花呵呵笑了起來，他搖了搖頭道：「咱家讓你坐，你就只管坐。」他指了指一旁的椅子。

胡小天看到姬飛花先行坐下，自己這才小心翼翼地坐下了，拿捏出侷促不安誠惶誠恐的表情。

姬飛花道：「咱家留意你有一段時間了，你是個聰明的小子。」

胡小天恭敬道：「提督過獎了，小天不敢當。」

姬飛花微笑道：「不敢當有兩種可能，或是因為不敢承認自己聰明，或是的確我看錯你了，你所謂的不敢當究竟是什麼意思？難道說是咱家的眼光有問題？」

胡小天被問得心底一陣發虛，這姬飛花果然不簡單啊，他慌忙俯首作揖道：「提督的眼光怎會有錯，只是小天覺得自己還擔不起您的這番褒獎。」

「誇人聰明也未必都是褒獎，木秀於林風必摧之，聰明人也有聰明反被聰明誤的時候，你說對不對？」

胡小天道：「提督指教得是。」和姬飛花這種多智近妖的人相處，務必要處處陪著小心，稍不留神，若是得罪了這位高高在上的實權人物，只怕自己就會小命不保。不過從現在姬飛花的表現來看，他對自己頗為隨和，難道姬飛花將自己叫到這裡並非是要針對自己，而是要收買人心？

姬飛花道：「劉公公的傷勢怎樣了？」

胡小天道：「畢竟年紀大了，恢復的速度有些緩慢。」

姬飛花點了點頭道：「是啊，年紀大了，連自己都照顧不好了，又怎麼能夠照顧皇上呢？」

胡小天知道姬飛花對劉玉章素來不敬，這種話當然不方便接口，更不能當面反駁，所以保持沉默是最好的。

姬飛花道：「司苑局的事情，現在大都由你來做吧？」

胡小天道：「我初到皇宮，很多事都不懂，都是劉公公說什麼，我做什麼。」

姬飛花微笑道：「看來劉公公對你不錯啊，你對他尊敬得很呢。」

胡小天聽出他話中另有深意，笑道：「小天對提督您也尊敬得很。」他回答得非常巧妙，意思是你也要對我好些才行。

姬飛花道：「照你看，咱家和劉公公，哪個對你更好一些呢？」

胡小天頭皮一緊，你這不是廢話嗎？我跟你總共才見過幾次面？你何嘗對我好過？魏化霖第一天到了地窖就想把我幹掉，該不是受了你的主使？你居然還腆著臉和劉玉章相比？可胡小天馬上又意識到，姬飛花絕不會無緣無故地問這種問題，此人心機深重，顯然是通過這個問題來試探自己。胡小天道：「提督是想聽真話還是假話？」

姬飛花唇角浮現出一絲冷笑，即使是冷笑也顯得頗為動人，他的五官輪廓比起多數女人都要精緻一些：「當然是真話！」

「真話就是劉公公對我更好一些。」

姬飛花哈哈大笑起來，點了點頭道：「咱家忽然又想聽假話了。」

胡小天微笑道：「假話就是，劉公公一直對我都很好。」

姬飛花道：「一直？的確很假，這世上什麼都熬不過時間，任何人都會有生老病死，他即便是想一直對你都好，以後只怕也是有心無力。胡小天，咱家很欣賞你，你以後願不願意為我做事？」

胡小天其實剛才就已經預感到了這一點，現在姬飛花終於坦白說了出來，他打心底鬆了口氣，姬飛花既然想籠絡自己，就證明自己還有被他利用的價值，姬飛花暫時不會加害自己，他恭敬道：「只要小天力所能及，提督一聲差遣，小天必效犬馬之勞。」連胡小天自己都覺得這番話太獻媚，太肉麻，可是形勢所迫，不說不行。

姬飛花點了點頭道：「其實咱家也沒什麼事情讓你做，司苑局那邊你幫我暫且看著。劉玉章年紀已經大了，總不能老霸著那個位子，是時候讓出來給你們這些年輕人了。」

胡小天心中暗歎，姬飛花真要是讓自己頂了劉玉章的位子，這不是要自己成為千夫所指嗎？劉玉章對自己有知遇之恩，自從來到司苑局之後，老人家對自己百般照顧，關懷備至，自己豈能做這種忘恩負義的事情？低聲道：「提督，小天履歷尚淺，只怕沒這個資格。」

「自古英雄出少年，履歷是淺了一些，可資格已經有了，你也不用表現得如此誠惶誠恐，就算咱家讓你去當掌印太監，恐怕其他人也不會心服，咱家的意思是，既然劉玉章重用你，你就做好你的本分，在司苑局好好做，順便幫我留意一下，劉玉章和權德安兩人之間到底有什麼秘密。」

胡小天恭敬道：「是！」

姬飛花又道：「那日我在司苑局的地窖之中偶然發現了一物，這件東西不知是不是你的？」他伸出手去，一根牛毛般粗細的鋼針在他的指尖閃爍著寒芒，胡小天看到這根鋼針，內心不由得一沉，這根本就是暴雨梨花針，原來姬飛花終究還是發現了。胡小天眨了眨眼睛，故意向前湊近了一些：「這好像是一根針啊！」

「暴雨梨花針！」姬飛花說話的時候仔細觀察著胡小天的表情，緩緩道：「你過去有沒有見過？」

胡小天道：「見過，過去曾經見小公主用過。」他決定不說謊話，否則決計瞞不過姬飛花，即便是你身為內官監的總督，只怕也不敢將當朝公主怎樣。

姬飛花道：「咱家敢斷定，這酒窖之中必然發生過一些事情，小天，你願意將這些事幫咱家查一個水落石出嗎？」

胡小天毫不猶豫地點了點頭。

姬飛花道：「那就去查。」

胡小天準備告辭離去的時候，姬飛花忽然又道：「對了，聽說你們司苑局有個小太監失蹤了，有沒有查到他的下落？」

胡小天心中越發忐忑，姬飛花所說的這個小太監是王德勝無疑，他不由得想到，王德勝會不會是姬飛花布在司苑局的一顆棋子？倘若自己的猜測屬實，那麼姬飛花很可能對地下密道的事情有所耳聞，胡小天道：「這個人失蹤很久了，他有個同胞哥哥總是來找我麻煩，認定了他失蹤的事情跟我有關。」

姬飛花微笑道：「既然和你沒關係，就不用給他面子。」

胡小天道：「他是簡皇后身邊的紅人啊。」

姬飛花淡淡然道：「你幫我好好做事，咱家為你撐腰。」風波不驚的表情背後隱藏著一顆何其狂妄的內心，姬飛花一個內官監的提督居然傲慢到不將簡皇后放在眼裡。

胡小天回到司苑局，前往太醫院復診的劉玉章已回來，聽說他被叫去了內官監，劉玉章也是頗為焦急，正準備去內官監找人，看到胡小天平安無恙地回來了也是心中釋然，他將胡小天叫到房內，關切道：「怎樣？姬飛花有沒有為難你？」

胡小天搖了搖頭道：「為難倒是沒有，只是問了我一些事情。」

劉玉章並沒有接著追問下去，只是歎了口氣道：「平安回來就好。」

胡小天道：「劉公公不想知道他跟我說了什麼？」

劉玉章淡然笑道：「無非是一些籠絡人心的話，一計不成又生一計罷了，你這麼聰明，他當然想將你招納到他的陣營之中。」

胡小天忽然發現這位和善的老人也並不簡單，劉玉章只是性情淡泊，與世無爭，對於皇宮內的勾心鬥角，他早已洞悉，只是不願摻和進去罷了。

劉玉章道：「等咱家養好傷之後，就會請辭。」

胡小天道：「為何一定要走？」

劉玉章道：「皇宮內沒多少太平日子可過了，權德安和姬飛花之間早晚都會有一場爭鬥，到時候這皇城之內必然掀起腥風血雨。咱家已經老了，皇上也已經不需要我去伺候，與其等到別人將我趕走，不如我現在自己走得好。」

胡小天默然無語，劉玉章的離去未嘗不是一種幸運，假如他繼續堅持留在皇宮，姬飛花早晚會著手對付他。劉玉章洞察世情，他不想夾在權德安和姬飛花之間左右為難。

劉玉章能夠選擇離去，胡小天卻無從選擇，他唯有繼續在皇宮中繼續奮鬥下去，權德安和姬飛花，一為猛虎，一為惡狼，跟他們兩人相處必須要處處賠著小心，稍不留神可能就會被其所傷。

劉玉章從胡小天的表情察覺到了他此時內心的糾結，輕聲道：「有些時候就算你不想選，卻不得不選，人在風雨之中，想要獨善其身，絕無任何可能。」

胡小天點了點頭，恭敬道：「劉公公您休息吧，我出去看看。」

劉玉章意味深長道：「走路的時候一定要看清腳下。」

起風了，胡小天的腳下落葉紛飛，霜染紅葉，深秋將至，嚴冬已然不遠，可以預見這宮廷中的權力爭鬥將會變得越發激烈。權德安和姬飛花無論哪一個他都得罪不起。

遠處傳來史學東殷勤的聲音：「葆葆姑娘，您來了。」

胡小天抬頭望去，卻見葆葆穿著一身紅色宮裝婷婷嫋嫋走了過來，這妮子最近來得也忒勤了一些，每次都打著要楊梅酒的旗號，每次都跟自己往酒窖裡鑽，也不怕別人說閒話，雖然自己是個太監，可一樣會有流言蜚語。

葆葆沒有搭理史學東，來到胡小天身邊淺淺道了一個萬福，嬌滴滴道：「胡公公好。」

胡小天道：「不好，今兒心情很不好。」

葆葆笑靨如花道：「那葆葆就不耽擱胡公公的時間了，取了楊梅酒就走。」

史學東一旁聽著，心中這個奇怪啊，兩人每次都借著取楊梅酒進入酒窖勾搭，卻不知他們孤男寡女躲在裡面到底在幹些什麼？

胡小天只能帶著葆葆去了酒窖，史學東那是必須要去守門的。

進入酒窖關上大門之後，胡小天不由得苦笑道：「我說小姑奶奶，您這三天兩頭地往我這兒鑽，也不怕別人說閒話？」

「不怕，你是太監啊！」葆葆的話多少有些底氣不足，這貨不是太監，根本是個假太監。

胡小天道：「本公公雖是太監，一樣能讓女人懷孕，離我太近還是危險的。」

「我呸！你真不要臉！」葆葆怒嗔道。

胡小天道：「以後你還是儘量少來這裡。」

「你不要忘了咱們是合作關係。」

胡小天道：「姬飛花已經盯上了這裡，今天他將我叫過去問我王德勝的事情，還親口在我面前承認，王德勝就是他埋在這裡的一顆棋子。」

葆葆美眸圓睜：「真的？」

胡小天道：「我為何要騙你，他對我產生了懷疑，司苑局內部肯定還有他的眼線，你每次過來都要進入酒窖，別人既不是傻子也不是瞎子，你的一舉一動瞞不過他們的眼睛。密道的事情暴露了並不可怕，若是被他們發現了你的事情，恐怕他們肯定不會饒了你。」

葆葆道：「你在恐嚇我。」

胡小天道：「我沒必要嚇你，這地下密道也沒什麼了不得的秘密，我既然答應了幫你查清就一定會做到。你沒必要總是往這兒跑，搞到最後咱們要是一起暴露了，誰都討不了好去。」

葆葆也明白胡小天說得有道理，她終於點了點頭，輕聲道：「你取些楊梅酒給我，我這就走。」

胡小天看到她終於不再堅持親自查探，也暗白鬆了口氣，取了楊梅酒，正準備離去的時候，卻聽外面大門被砸得蓬蓬響，兩人不由得對望了一眼，閃過驚詫的目光，難道他們的計畫這麼快就敗露了？

胡小天上前拉開了大門，卻見七七站在門外，史學東耷拉著腦袋站在外面，半邊臉孔仍然印著清晰的掌印，顯然是被小公主剛剛賞賜了大耳光，就憑他還真攔不住七七的腳步。

七七一雙眼睛上下打量著葆葆，甜甜笑道：「孤男寡女共處一窖，你們在裡面搞什麼？」

葆葆當然認得這位刁蠻公主，慌忙跪了下去：「奴婢不知公主到來，還望公主恕罪。」

七七道：「你倒是說說自己犯了什麼罪？」

葆葆道：「奴婢葆葆，是在凌玉殿伺候林貴妃的，皆因貴妃娘娘喜好喝楊梅酒，所以奴婢才奉命前來找胡公公索求一些。」

七七道：「是來要酒的。」

葆葆點了點頭，胡小天為她解圍道：「葆葆姑娘，這罈楊梅酒你自己帶過去吧，若是晚了，貴妃娘娘又要責怪你了。」

葆葆嗯了一聲，卻不敢起身，畢竟七七還沒有發話。

七七一雙眼睛在葆葆的臉上打量了一遍，嘖嘖讚道：「長得還真是俊俏啊，你有沒有見過我父皇？」

葆葆搖了搖頭。

七七單純的小臉上浮現出一個天真明媚的笑意：「要不要我介紹你認識呢？若是我父皇看到了你，一定會非常喜歡，將你納入宮中也未必可知。」

葆葆內心不寒而慄，這位小公主小小的年紀怎地如此歹毒？她這番話明顯是想要將自己敬獻出去。葆葆顫聲道：「奴婢何等身分，豈敢驚擾聖駕。」

七七道：「身分無所謂，林貴妃出身也不怎麼樣啊。要說她還真是有些私心呢，身邊有這麼漂亮的宮女都不讓我父皇見識一下。」

胡小天對七七的陰險毒辣早有領教，這小妮子雖然年紀不大，可是論到心腸之狠，心機之重，可謂是當世少有。即便是自己都未必能夠占得到便宜，看到她對葆葆步步緊逼，不依不饒，胡小天開始為葆葆有些擔心起來。

就在葆葆陷入困境之時，安平公主龍曦月到了，七七總算放過了葆葆，笑著迎向龍曦月道：「姑姑，你怎麼這會兒才到？」

胡小天趁機向葆葆道：「這裡沒你事了，你先走吧。」

安平公主看到葆葆不禁有些驚奇：「葆葆，你也在這裡。」原來她是認得葆葆的。

葆葆慌忙行禮道：「公主殿下！」

七七道：「姑姑你認得她？」

龍曦月看到葆葆有些惶恐的神情，已經猜到剛才她一定是受到了七七的刁難，輕聲道：「在林貴妃那裡見過。」她向葆葆溫婉笑道：「你先去吧，幫我問候林貴妃，改日有空我會去凌玉殿看她。」

葆葆如釋重負，又向她們一一行禮之後方才離去。

等到葆葆離去之後，龍曦月一雙動人心魄的美眸朝胡小天看了一眼。

胡小天恭敬道：「小天給安平公主請安了。」

七七道：「胡小天，你剛才跟那個宮女躲在酒窖裡幹什麼？」

胡小天道：「就是拿酒。」

七七冷笑了一聲，她繞過胡小天大步向酒窖內走去，胡小天也不敢阻攔，只能跟在她的後面，龍曦月也跟著一起進去了，其他人看到如此情景，一個個老老實實待在外面，沒有人敢跟著進去湊熱鬧。

七七走得飛快，遠遠將胡小天和龍曦月兩人甩在身後，胡小天打著燈籠為龍曦月照亮，關切道：「公主小心腳下的台階。」

龍曦月小聲道：「這裡和紫蘭宮相通嗎？」

胡小天內心一驚，忽然明白龍曦月前來司苑局的真正目的，她雖然平時很少表露，可是秀外慧中，內蘊芳華，以她的智慧，推測出紫蘭宮的井下有密道和司苑局相通並不困難。對龍曦月，胡小天並沒有隱瞞的必要，他默默點了點頭。

兩人跟到了底層，七七打著燈籠四處搜尋，還不停吸著鼻子，這麼漂亮一小姑娘扮什麼不好非得扮演一獵犬。

龍曦月環視了一眼這酒窖道：「沒什麼好看的，七七，咱們還是回去吧。」

七七道：「不急，我要找找看有什麼證據，姑姑，你有沒有覺得這裡有股奇怪的味道？」

龍曦月道：「可能是通風不好的緣故吧。」

胡小天望著七七煞有其事的樣子心中暗罵，小丫頭片子，就讓你裝，明明在這裡咱們一起將魏化霖和他的跟班幹掉，兩條人命，有點死人味兒也是正常的，他笑道：「公主說得是，這裡通風的確不好，平日裡就算在這兒放個屁，沒有十天半月也散不乾淨。」

七七道：「不對，一股騷味兒。」又吸了吸鼻子，剪水雙眸望定了胡小天。

胡小天道：「小公主鼻子真是靈敏，實不相瞞，我平日裡來不及去茅廁，經常在這裡方便。」

龍曦月萬萬沒有想到他居然說出這種荒唐的話來，一張俏臉羞得通紅。七七卻格格笑了起來：「胡小天，你臉皮可真夠厚的。」

龍曦月道：「咱們還是走吧。」

胡小天道：「這裡有上好的葡萄酒，兩位公主需不需要帶走一些嘗嘗？」

龍曦月馬上把螓首搖了搖，似乎當真相信了胡小天在這裡方便的話。

七七道：「我從不喝酒的。」

胡小天道：「也對，你年紀小，未成年還是不喝為妙。」

七七向他揚起粉拳道：「信不信我痛打你一頓？」

「信，小公主若是真想打我，我也只能受著，不過我只有一個請求，千萬別打我臉。」

七七冷笑一聲，作勢揮拳要打，胡小天慌忙捂住面孔，冷不防七七抬起腳來，照著他的襠下就是狠狠一腳，嘴上居然還叫道：「撩陰腳！」

胡小天是真沒想到七七說打就打，可憐胡小天尚未練成提陰縮陽的神功，這一腳踢了個正著，這貨痛得當時臉色就變了，撲通一聲跪倒在地上，捂著褲襠蜷曲躺在了地上。

七七歎了口氣道：「不好玩，沒意思。」她轉身就走。

龍曦月看到胡小天如此模樣，慌忙上前扶住他的肩頭，關切道：「你覺得怎樣？要不要緊？」

胡小天痛得滿頭大汗，緊咬牙關說不出話來。

龍曦月看到他這般情景，不由得慌亂起來：「你等等，我去叫人……」

胡小天卻一把抓住了她的手腕，慢慢搖了搖頭。

龍曦月望著胡小天，美眸中露出迷惑的光芒。

七七道：「不對啊，你明明是個太監，權公公說過，撩陰腳對太監是沒用的，你怎麼會中招呢？除非……」她一把抓住胡小天的衣領，唇角露出一絲奇怪的笑容：「難道你是個假太監？」

胡小天嚇得魂飛魄散，此事若是敗露，只怕他多少顆腦袋都不夠砍。

龍曦月美眸中充滿震驚之色，她有些驚詫地捂住了櫻唇。

胡小天道：「公主……別開我……玩笑了……」

七七道：「開你玩笑？呵呵，那你把褲子脫了，讓我驗證一下。」

胡小天心中暗罵，你這丫頭能矜持一點嗎？

龍曦月率先受不了了，紅著俏臉嗔道：「七七，不要胡鬧了。」

七七道：「那我就叫別人來驗。」她起身道：「我這就去叫人……」話沒說完，胡小天忽然從地上彈射而起，右手如鉤一把就扼住了七七的咽喉。

胡小天這一出手，等於變相承認了他是個假太監的事實。

龍曦月看到眼前情景，頓時慌得手足無措，看到一旁木桶上放著一個酒罈，她雙手捧起酒罈顧不上多想，照著胡小天的後腦勺就是一記，胡小天被砸得天旋地轉，咚的一聲暈倒在地。

七七這才得以從他的魔爪中脫身，捂著喉頭，粉頸之上已經被胡小天抓住五道淤青的指痕，足見這廝下手之狠，分明是想要將她置於死地，殺人滅口的做法，七七望著昏倒在地的胡小天，心中又怒又恨，從腰間摸出一把寒光凜凜的匕首，還沒有等她走到胡小天面前，龍曦月已經攔在了她的身前：「七七，你想做什麼？」

七七怒道：「姑姑，我要殺了這惡賊，他居然敢對我不敬。」

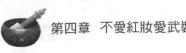

龍曦月道：「七七不要胡鬧了。」此時她看到胡小天的腦後有鮮血流出，不由得大驚失色，驚呼道：「他流血了，流了好多血！」

七七聽她這樣說也低頭望去，果然看到胡小天的腦後有鮮血流出，龍曦月剛剛救人心切，所以隨手操起一個酒罈子就砸了下去，胡小天並無防備，被她砸得頭破血流，暈倒在地。

七七咬牙切齒道：「活該，這等惡賊死不足惜。」語氣比剛才卻軟化了不少。龍曦月摸了摸胡小天的脈門，發現他脈搏仍在。七七也湊過來，伸手去摸胡小天的脖子。龍曦月誤會了她的意思，以為她要報復胡小天，慌忙道：「七七，你不可再傷害他。」

七七小嘴一撅道：「可不是我把他打成這番模樣的。」

龍曦月聽她這樣說，心中越發內疚起來，剛才她只是急於救下七七，出手沒輕沒重，看到胡小天這番模樣，再想起胡小天之前捨生忘死救她於險境之中，心中越發難過，鼻子一酸，眼圈紅了起來，因為擔心被七七笑話，所以迅速轉過身去，仰起頭，強忍著眼淚沒有落下來。

七七看到龍曦月的動作，已經猜到她一定非常的難過，小聲道：「姑姑，你放心吧，這混蛋命大得很，死不了的。」

龍曦月站起身來向台階走了兩步，忍住悲傷的情緒道：「我去找人救他。」其實走到黑暗之中，悄悄抹去腮邊的兩滴清淚。

此時卻聽到七七尖叫了一聲，龍曦月慌忙又轉過身去，這會兒功夫七七竟然將胡小天的褲子給扒了下來，胡小天的褲子被扒到了膝蓋，裡面只剩下一條底褲，僅靠那條單薄的底褲，自然掩飾不住這廝胯下鼓囊囊的一團。

龍曦月羞得嬌呼了一聲，雙手蒙住了眼睛。雖然七七剛才就說要給胡小天驗身，可她只是出聲恐嚇，龍曦月自然想不到她居然真敢這麼做。

七七望著胡小天胯下的那團不由得呆在那裡，她咬了咬嘴唇，忽然伸出手去在上面捏了一下。很快她就親眼見證到眼前發生了變化，因為她的一捏，胡小天的內褲被茁壯成長的某處頂成了一個帳篷。

七七嚇得猛然站起身來，逃到龍曦月的身後，抱住她的嬌軀，指著胡小天：「姑姑……他……他……那裡是不是藏著一條蛇……」

龍曦月咬了咬櫻唇，小聲道：「你別胡鬧！先去幫他將衣服穿好。」七七用力搖頭，彷彿受驚一樣，說什麼都不願意過去了。她從小到大最怕的就是蛇，認定了胡小天在褲襠裡藏了一條蛇，逃走的心都有了。

龍曦月深吸了一口氣，排遣心中羞怯，壯著膽子來到胡小天身邊。看到胡小天此時的模樣，羞得恨不能找個地縫鑽進去，七七並沒猜錯，他根本就是個假太監。

龍曦月克服少女的矜持，瞇上眼睛，將胡小天的褲子幫他提了上去，提到中途，卻想不到胡小天突然睜開了雙眼，嚇得龍曦月花容失色，一時間呆在那裡，手足無措，不知如何是好，甚至連害羞都忘記了。

酒窖之中，三人呆呆對望著，足足靜了有一盞茶的功夫，三人方才如夢初醒一般同時發出了大叫。胡小天嚇得連滾帶爬想從地上起身，慌亂中整條褲子全都掉落下去，腳下一絆，身體失去平衡，直挺挺撲倒在龍曦月的身上。

七七看到胡小天褪了褲子將她姑姑壓在身下，這還了得，再也顧不上害怕，挺起匕首就衝了上去，咬牙切齒道：「淫賊，竟然敢侮辱我姑姑。」

「噗！」匕首照著胡小天的右肩就扎了下去，小妮子下手實在夠狠，胡小天痛得身體向前猛然一挺。

「啊！」龍曦月敏銳覺察到雙腿間強而有力的壓迫，芳心中又羞又急，腦海中卻是一片空白。

保命要緊，胡小天哪還顧得上什麼尊卑有別，哪還顧忌什麼金枝玉葉，一反手抓住七七的頭髮，全力一扯，將她的身軀整個拎了起來，七七痛得大聲尖叫，然後感覺被胡小天全力摜了出去，身軀撞在酒桶之上，痛得她周身骨骸欲裂。

第五章

臥虎藏龍的皇宮

胡小天目瞪口呆，他之所以吃驚不是因為老太監雷霆震怒，
而是李公公出手之快，簡直可以用翩若驚鴻來形容，
這看來萎靡不振垂暮之年的老太監居然是一個武功高手，
大康皇宮之中果然是臥虎藏龍。

胡小天從龍曦月嬌軀之上爬了起來，咬緊牙關，強忍疼痛將刺在右肩的匕首拔了出來，七七畢竟臂力有限，匕首被肩胛骨擋住，並沒有刺入他的體內。胡小天此時頭髮蓬亂，滿臉是血，肩頭也是鮮血淋漓，他先把褲子提了起來，然後匕首從左手交到了右手，在燈籠昏黃光芒的照耀下，一步步向龍曦月走去，他知道自己的秘密已經徹底暴露，想要保住秘密唯有滅口。

龍曦月從地上坐了起來，俏臉之上滿是紅暈，美眸低垂下去，黑長的睫毛宛如蝴蝶翅膀一樣輕輕顫動，並非是因為害怕，而是因為害羞。

胡小天看到她如此表情，心中忽然猶豫起來，他抿了抿嘴唇，目光投向不遠處的七七。

七七也是頭髮蓬亂，半靠在酒桶之上，一手支撐在地面上，一手捂著胸口，一雙明眸中流露出驚恐的光芒，她意識到胡小天想要做什麼，顫聲道：「大膽賊子，你敢對我不敬？」

龍曦月聽到七七的話方才抬起頭來，看到胡小天殺氣凜然的樣子，芳心不由得一沉，她和七七知悉了胡小天的秘密，假扮太監乃是欺君之罪，一旦暴露，只怕是要誅滅九族的，胡小天一定是對她們產生了殺念，此時龍曦月方才感到害怕起來，她緩緩站起身擋住胡小天的去路，揚起俏臉道：「你不可以傷害七七……」這種時候她首先想到的還是七七的安危。

胡小天望著龍曦月楚楚可憐的目光，剛剛硬起的心腸突然又軟化了下去，他歎了口氣，忽然將匕首調轉過來，手柄遞向龍曦月道：「我死罪難逃，你們要殺便殺，我只有一個請求，不要牽連我的家人。」

龍曦月靜靜望著胡小天，過了良久方才慢慢抬起手來，接過了他遞來的匕首。胡小天的身體晃了晃，忽然又一頭栽倒下去，龍曦月眼疾手快，張開手臂將他的身軀抱住，匕首也落在了地上，嬌聲道：「七七，還不過來幫忙？」

七七走了過去，從地上拾起匕首，卻遭遇到龍曦月警惕的目光。龍曦月道：「你若是敢傷他，我這輩子都不會原諒你。」

七七還是頭一次見到溫柔如水的姑姑對自己發怒，她輕聲道：「我又沒說要殺他。」

龍曦月的美眸之中噙著淚水，小聲道：「他救過我的性命，我若不死，必保他平安，七七，你給我記住了，今天的事情，你知我知，不可告訴第三人知道，不然我們之間恩斷義絕。」她這番話說得斬釘截鐵，斷無迴旋的餘地。

七七道：「姑姑誤會了，我本來就沒有殺他之心，他是你的救命恩人，也救過我，七七從來都不是一個恩將仇報的人。」她看了躺在龍曦月懷中的胡小天一眼，低聲道：「我出去叫人過來幫忙，姑姑，你在這裡先照顧他。」

龍曦月點了點頭。

七七整理好衣衫頭髮，走了幾步卻又回過頭來，提醒龍曦月道：「姑姑需要小心此人，他陰險狡詐詭計多端，你千萬不要被他的花言巧語所蒙蔽。」

胡小天其實這次根本就是裝暈，剛才的局面陷入僵局，他的確產生過殺人滅口的念頭，可是如果殺了這兩位公主，大康皇宮之中就再也待不下去了，除了遠走高飛逃之夭夭，就再也沒有其他的選擇，即便是他僥倖逃了，他爹娘家人怎麼辦？更何況這兩位都是金枝玉葉，殺了她們，天下之大，哪裡又有他的藏身之地？再者說胡小天根本不捨得殺龍曦月，不是憐香惜玉，而是他在不知不覺中對這位秀外慧中的公主產生了強烈的好感，至於七七那個刁蠻丫頭，他倒不甚在乎她的死活。

在剛才那種情況下，唯有暈倒才是最好的選擇，聽到龍曦月那番真摯深情的話語，胡小天心中實則是感動萬分，恨不能即刻就將她擁入懷裡，恣意愛憐一番。聽到七七要出去求援，胡小天擔心此事聲張出去不好，於是又及時醒了過來：「小公主……你暫且留步。」

七七冷冷看著胡小天，她聰穎過人，一眼就識破胡小天剛才是裝暈，心中暗罵這廝狡詐。

龍曦月當然也明白了這一點，悄悄推開胡小天，俏臉又是一陣發熱。人和人的感覺非常奇怪，過去一直都以為胡小天是個太監，所以相處的時候沒有那麼多的忸怩和不自然，現在突然得知了真相，他居然是個假太監，龍曦月的感覺頓時奇怪了許多。

胡小天咳嗽了一聲道：「我在這地窖裡存著不少替換衣服，還有一些傷藥。」

七七伸出手指點著胡小天：「早就看出你不是個好東西。」她的衣服不需要換，龍曦月的衣裙之上染上了不少的血跡，自然不能穿成這個樣子走出去。胡小天更是麻煩，渾身上下到處都是血跡。

他拿出藏在這裡的藥匣，裡面有葆葆上次遺留下來的金創藥和墨玉生肌膏，他脫下衣服，龍曦月按照他的指點，將金創藥為他塗上，又用墨玉生肌膏將傷口黏合。身上好說，頭上也被龍曦月用酒罈砸出了一道半寸長的血口，胡小天讓龍曦月將創口處的頭髮剃乾淨，再用烈酒清洗傷口，然後才上了金創藥和墨玉生肌膏。

處理完傷口之後，胡小天取了一身衣服躲到酒桶後換了，至少在表面上看不出太多異樣，要說葆葆留下的這些藥物還是非常靈驗的，抹上之後疼痛即刻消失。

龍曦月也取了一套太監服去僻靜的地方換了。

她去換衣服的時候，七七望著胡小天道：「胡小天，你老實交代，究竟是如何混入皇宮之中的。」

胡小天歎了口氣道：「此事說來話長。」

七七冷笑道：「一定是權公公幫你疏通關係對不對？他對你還真是不錯，居然瞞天過海將一個假太監送進了皇宮之中。」

胡小天低聲道：「小公主，此事萬萬不可告訴權公公，否則我性命難保。」想起老太監的手段，胡小天不禁心中一陣發寒。

七七呵呵笑道：「我既然答應了為你保守秘密，就任何人都不會說，不過你以後要乖乖聽我話，我讓你做什麼，你便做什麼。」

胡小天躬身行禮道：「恭敬不如從命，小公主放心，以後但有用得上我胡小天之處，必赴湯蹈火在所不辭。」心中卻暗自冷笑，老子先敷衍你一下，等以後有了機會，我一刀將你喀嚓了，也省卻了那麼多的麻煩。

三人將酒窖收拾好，方才走了出去。史學東真真正正是被震撼到了，兩位公主跟著胡小天進入酒窖這麼老半天，出來的時候安平公主居然也換上了一身太監服，也就是說她在裡面脫了衣服，這其中到底發生了什麼？我這位兄弟到底有多大魅力，居然能讓公主在裡面乖乖脫衣服呢？不過這貨也只能想想，斷斷是不敢說的。

胡小天將兩位公主送出了司苑局，趁著七七走遠，低聲向龍曦月道：「多謝公主殿下。」

龍曦月俏臉之上嬌羞未褪，咬了咬櫻唇道：「你不用謝我，你自己以後要好自為之。」說完之後也覺得自己這番話說得奇怪，何謂好自為之？

胡小天看到她嬌羞無限的嫵媚表情，更覺得心癢難耐，低聲道：「方便的時候，我會去探你。」這句話說得極其大膽，龍曦月顯然為之一驚，美眸圓睜，旋即向遠處的七七看了一眼，她的第一反應不是生氣，而是害怕被七七聽到。

胡小天身軀一躬，作行禮狀，壓低聲音道：「明晚二更，古井邊等我。」他說完之後便向後退去。

龍曦月呆呆站在那裡，一時不知如何回應，直到七七過來叫她，才回過神來。

胡小天雖然今天流了不少血，可是他卻自感收穫更多，雖然龍曦月和七七都已經知道了他的真實身分，可是她們都願意為自己保密，尤其是安平公主龍曦月，甚至不惜和親侄女反目來保護自己，心念及此不由得溫暖萬分，人非草木孰能無情，看來這位高貴的安平公主對自己也動了一些真情，想要保住自己的秘密就必須要趁熱打鐵，甚至不惜和龍曦月將生米做成熟飯，到了那時候，她對自己情根深種，又豈肯出賣自己？反倒是七七成了一個難題，這小丫頭陰狠毒辣，雖然嘴上答應了龍曦月，焉知她不會出賣自己？

胡小天將心一橫，大不了就是一死，有些事情擔心也是無用，還是今朝有酒今朝醉為好，有了這樣的想法，人頓時變得坦然起來。

劉玉章已經開始為自己的退隱做準備，他叫了兩名小太監將自己房間內的東西分類整理，在宮內待了這麼多年，積累的物品自然也有不少，胡小天進來的時候，劉玉章正在指揮小太監將書架上的書籍打包，他向胡小天招了招手道：「小天，你來得正好，這裡有幾本書，你幫我給藏書閣的李公公送過去。」

胡小天湊過去一看，卻是三本《詩詞大觀》，想不到劉玉章居然還是個雅人。

劉玉章道：「剛剛收拾的時候才看到，說起來已經借來半年多了，一直都沒時間看完，你幫我給李公公送去。」

胡小天道：「藏書閣的李公公？」

劉玉章點了點頭道：「不錯，就是藏書閣的管事李雲聰。」

胡小天將那三本書拿起，劉玉章又道：「你這就給他送過去，昨個去太醫院的時候遇到他，他提起這件事。」

胡小天嗯了一聲，心中不由得想起了酒窖下方的密道，其中有一條就是通向藏書閣，在其中還發現了一具死去多年的藏書閣小太監的屍體。本來他就想去藏書閣一探究竟，這次剛好有了藉口和機會。

藏書閣位於御花園西南，是皇家收藏圖文資料的地方，其背後的鳳鳴山為皇家花園的一部分，藏書閣的七層主樓依山而建，氣勢恢宏，為皇宮中僅次於縹緲山的高點。

胡小天用黃綢包裹了這三本《詩詞大觀》徑直向藏書閣而來，雖然司苑局和藏書閣都位於皇宮之中，彼此間卻有近三里的距離，胡小天一路走來也經過了不少的卡口，如今的胡小天在宮內已經日漸熟路，因為經常出入皇宮的緣故，他也認識了不少宮內負責警戒的侍衛，平日裡一有機會便拿出一些果品和美酒招待他們，關係相處得非常不錯，這一路自然是暢通無阻，一直到藏書閣的院門前方才遇到了阻攔。

一是因為藏書閣這邊的侍衛他是不認識的，還有一個原因，藏書閣乃是皇宮重地，藏有不少世間少見的珍貴典籍，不少都能夠稱得上無價之寶，這邊的守衛自然森嚴一些，按照這邊的規矩，除了皇上之外，任何人出入其間都要經歷搜身盤查。

胡小天自從在酒窖被七七和龍曦月識破真身之後，也變得小心了不少，平日只要出門就會用繃帶將小弟弟裡三層外三層地包裹起來，以免露出破綻。在藏書閣外說明了自己的來意，兩名侍衛開始對他進行搜身，然後又解開黃綢看了看裡面的書籍，確信沒有任何疑點，方才放他通過。

藏書閣的管事太監李公公正在藏經閣的院子裡曬太陽，他睡在躺椅上，一名小太監蹲在他的身邊為他捶打著雙腿。

胡小天在一名小太監的引領下來到李公公面前，恭敬道：「司苑局胡小天奉劉公公之命，特來拜見李公公。」

李公公的白眉動了一下，卻並沒有馬上睜開雙目，嘴巴囁嚅了一下道：「劉公公讓你過來幹什麼？」

胡小天笑道：「自然是還書。」

李公公嗯了一聲，眼睛總算啟開了一條縫，看到胡小天一手拎著黃綢布的包裹，看形狀裡面包的應該是書，另外一隻手還拎著一罈酒，目光頓時變得明亮起來，終於落在了胡小天的臉上。

胡小天的笑容春天般溫暖，他的樣子非常陽光，很容易給人留下良好的印象。

李公公擺了擺手，示意捶腿的小太監站到一邊，然後慢慢從躺椅上站起身來。

胡小天將書先送了過去，李公公接過來，看都不看就遞給了那小太監，手指了指胡小天手中的那罈酒道：「這是……」

胡小天道：「劉公公特地差我給您送來的美酒，讓您老好好嘗嘗。」

李公公頓時變得眉開眼笑，要過了酒罈：「什麼酒？」

「窖藏五十年的玉堂春！」酒窖之中不僅只有自釀的果酒，還有一片區域專門收藏了一些陳年美酒，胡小天打聽到李公公嗜酒如命，所以特地投其所好，至於送酒，和劉玉章並無關係，完全是他自己的意思。

李公公呵呵笑了起來，他將那罈酒交給那小太監，小太監還沒來得及將黃綢包裹放下，手上一滑，那罈酒卻向地上直墜而去。

胡小天暗叫可惜，眼前突然一晃，卻見李公公右腳閃電般伸了出去，穩穩墊在酒罈下方，足背向下一沉隨即一挑，酒罈復又向上飛起，他右手穩穩將酒罈托住，然後揚起左手給了那小太監一記響亮的耳光，怒道：「廢物，這麼點小事都做不好！」

那小太監嚇得噗通一聲就跪倒在了地上，磕頭如搗蒜道：「小的該死，小的該死。」

胡小天被驚得目瞪口呆，他之所以吃驚卻不是因為老太監雷霆震怒，而是李公公出手之快，簡直可以用翩若驚鴻來形容，這看來萎靡不振垂暮之年的老太監居然是一個武功高手，大康皇宮之中果然是臥虎藏龍。

李公公搖了搖頭，轉向胡小天又變成了一臉的笑容：「讓你見笑了。」

胡小天今次前來只是為了跟李公公認識一下，混個臉熟，想要進入藏書閣看來沒那麼容易，正準備告辭離開的時候，卻有一個老相識到了，原來是御馬監的少監樊宗喜，樊宗喜拎著一個食盒過來，他和李公公原是有親戚的，李公公是他的舅舅，當然這層關係很少有人知道。

看到胡小天也在這裡，樊宗喜也是頗感意外，倘若沒有樊宗喜出現，胡小天此時就要走了，已經到了午飯時候，樊宗喜此次前來就是為了找舅舅把酒談心，看到胡小天要走，他提出邀請讓胡小天一起留下來吃飯。

胡小天原本是有心留下的，想和李雲聰套套關係，可心中一琢磨，自己和人家只是初次相識，而且說不定人家兩人有隱秘的事情要談，自己倘若在場，肯定諸多不便，他笑道：「我趕著回去還有事情要做呢。」

樊宗喜聽說他有事只能作罷，李公公道：「小鬍子，以後想看什麼書只管來我這裡。」他只是隨隨便便的一句話，卻不知給了胡小天一個冠冕堂皇的藉口。胡小天笑道：「謝謝李公公的美意，我還真是想找幾本書看看呢，平時晚上無聊，也好打發一下時光。」

李公公聽他這樣說，點了點頭道：「你想看什麼書？」

胡小天道：「隨便啊。」

聽到這樣的回答，李公公不禁笑了起來，樊宗喜也忍俊不禁。李公公向站在一旁的小太監道：「元福，你帶他過去，去挑選幾本喜歡的拿去看看。」

胡小天心中竊喜，本以為這次沒機會進入藏書閣了，卻想不到李公公投桃報李，居然主動提出給自己拿幾本書看看。

元福就是剛才那個給李公公捶腿的小太監，胡小天跟著元福一起進入了藏書閣，藏書閣其實也是分成三部分，一層是藏書閣太監們對圖書分類維護的地方，二三層是借閱區，四層往上才是藏書區。胡小天能去的地方也就是三層以內，至於再往上是沒機會進入的。

因為是午飯時間，太監們大都停下了手頭的工作前去吃飯，借閱區內只有少數幾個太監負責值守。元福為胡小天簡單介紹了一下，順便將那幾本書放下，笑道：

「胡公到底想看什麼書？」

胡小天道：「我想瞭解一些大康立國以來的歷史。」

元福道：「大康通鑑是最好了。」

胡小天等的就是他說出這句話，笑道：「那就借幾本大康通鑑看看吧。」

元福帶著胡小天來到了藏書閣的三層，胡小天來到陳列大康通鑑的地方，默默回憶著那天從小洞中觀察藏書閣的情景，那個小孔的位置應該距離這裡不遠。

元福不知胡小天另懷鬼胎，找到大康通鑑指給胡小天，胡小天並沒有拿多，只拿了一本，這是為了留個念想，為自己下次再來藏書閣找個藉口。他粗略觀察了一下環境，並沒有在這裡停留太久，以免別人懷疑他的動機，拿了書之後馬上離開。

葆葆留下的那些金創藥和墨玉生肌膏極其靈驗，雖然胡小天不清楚藥物的成分，可是短短的一天之間，他的傷口就已經癒合了大半，這種愈合速度根本沒辦法用他所掌握的醫學理論來解釋。在他剛剛來到這個時代的時候，曾經一度以為這裡的醫學還處於剛剛起步階段，現在看來這句話只適用於外科學方面，隨著他對當代醫學的瞭解加深，發現這裡的醫學在概念和發展方向方面和他過去的理解完全不同。

可能是上輩子做夠了醫生，胡小天對醫學並沒有太大的興趣，如無必要他很少主動展示自己的醫術，即便是一輩子不去為人行醫開刀，他也沒有內心癢癢的感覺。說穿了就是缺少動力，一個人失去了動力，又怎麼可能有提升自己的欲望？

相比而言，胡小天在武功方面的興趣更大一些，一是出於自保防身，還有一個更重要的原因就是以防自己假冒太監，沒有淨身便混入宮廷的事情敗露。雖然權德安教給了他什麼所謂的提陰縮陽，可胡小天練來練去，在這方面卻始終是止步不前，倒不是因為他缺乏武功的領悟能力，玄冥陰風爪和金蛛八步如今他已經練得有模有樣。

至於權德安教給他的內功心法，胡小天每天也有修煉，進展也很不理想，練了這麼久，連權德安所說的最初級階段聚氣都沒有成功。胡小天個人對此的解釋就是生理決定。權德安是個太監，太監和正常人當然不同，所以有些武功太監能練，他卻不能。

胡小天日前對內功的修煉也算不上迫切，畢竟權德安傳給了他十年功力，單單是這些內力就足夠他橫掃普通高手了，只是按照老太監的說法，這些異種內力在他的身體內會產生排斥反應的，早晚都會對他的身體造成危害，甚至可能會走火入魔。可未來的事情，誰又知道呢？以他目前的處境，最現實的就是走一步算一步，活好現在才是正本。

如果不是被七七她們識破了身分，現在胡小天在宮內的處境也算得上不錯。兩位結義兄長不遠千里從青雲來到京城尋找自己的下落，這讓胡小天心中感到驚喜，擁有了周默、蕭天穆、慕容飛煙、展鵬這些高手的幫助，帶著父母一起逃離康都，重獲自由的可能性大增，胡小天開始籌謀離開皇城的計畫。其實離開這裡的想法他始終沒有放棄過，現在因為姬飛花的出現而變得尤為迫切，胡小天不想成為姬飛花和權德安兩人權力鬥爭中的一顆棋子。

胡小天遵照承諾，準時來到景宏客棧。其實在他得悉蕭天穆也來到京城之後，恨不能當時就去見他，但是胡小天又清楚自身處境非常，絕不能感情用事，除非有確然的把握，才能決定自己的每一步行動。

來到景宏客棧的時候，看到周默已經在門外等著，他的身邊還有一輛馬車。

胡小天走了過去，周默微笑點了點頭，低聲道：「上車！」

胡小天審慎地看了看身後，周默道：「放心吧，我安排兄弟們盯住周圍了。」

胡小天這才上了馬車，蕭天穆就在馬車內，一如往常那般安靜平淡，他整個人靜得如同一口古井，從來都是風波不驚，即便是感覺到了結拜兄弟的到來，微笑道：「三弟，來了！」

胡小天點了點頭：「來了！」他伸出手去握住了蕭天穆修長而瘦削的手，用力握了握，內心的激動表露無遺。

馬車緩緩行進，在胡小天的印象中，這不是他第一次和蕭天穆同車，第一次是在青雲，他們在馬車上達成了聯手同盟，共同對付青雲的那幫官吏，如今同車，卻已經是在京城，蕭天穆背井離鄉，而他卻已經成為大康皇宮司苑局的一個小太監。

蕭天穆輕輕搖晃了一下胡小天的手，然後拍了拍他的手背道：「這段日子，你一定吃了不少的苦。」

胡小天笑道：「也算不上什麼苦，只是當成一種歷練罷了。」

蕭天穆道：「大哥在明方巷買了一套宅子，已經收拾好了，過去看看。」

胡小天有些詫異地望著蕭天穆，前天見到周默的時候還沒有聽他提過，卻想不到這麼快已經將宅子買好了，這是要在京城長期住下去的意思。

蕭天穆道：「大哥和我商量好了，有一天要離開也是咱們兄弟一起離開。」平淡無奇的話中卻蘊含著血濃於水的兄弟情義。

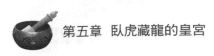

胡小天聽在耳中，內心突然沒來由收緊了，鼻子一酸，眼淚幾乎就要奪眶而出，當時的結拜應該說並不單純，無論是蕭天穆還是自己都抱著不同的動機，他們只是為了合作聯盟而結拜，可是在風雲變幻之後，大家的處境已經有了很大的分別。胡家遭遇厄運，家道中落，自己也非昔日那個春風得意的青雲縣丞。這段時間胡小天見慣了人情冷暖，世態炎涼。正因為如此，才感覺到這份患難與共的兄弟情義尤為可貴。

周默在明方巷買了一套普普通通的四合院，房間還沒有來得及修繕，院子裡面長滿了荒草。三兄弟走入院內，周默笑道：「這座宅院主人去了大雍經商，所以急著出手，讓我撿了個便宜。」

胡小天道：「看起來有些時間沒人住了。」

周默道：「傢俱器物一樣不少，就是因為長時間無人打理，所以才荒蕪了，明兒我約了人過來，裡裡外外整修一下，你下次來的時候絕對會眼前一亮。」

胡小天笑道：「花了多少？」

周默伸出巴掌道：「五百兩銀子，在京城，在這個地段價錢已經算得上便宜了，倘若在過去，沒有一千兩以上是想都不用想的。」

胡小天點了點頭，先引著蕭天穆在院內的竹亭之中坐下。

周默道：「你們兩兄弟先聊著，我去街口買些熟菜，沽些好酒，咱們就在草亭中湊合著喝上一些，雖然比不得酒樓周全，可勝在清淨無人打擾咱們兄弟說話。」

胡小天笑道：「大哥快去快回。」

周默離去之後，胡小天也在亭中坐下，環視這座宅院自然無法和昔日的尚書府相提並論，回憶往事，心頭自然又是一番悵然。

蕭天穆輕聲道：「皇宮裡面的日子還過得慣嗎？」

胡小天道：「還好，目前在司苑局做事，掌印太監劉公公對我非常照顧，還給了我一個採買太監的肥缺，不然我也沒機會自由出入皇宮。」

蕭天穆道：「人一輩子總不會一帆風順，或多或少都有那麼一些遺憾，若是能給我一雙眼睛讓我看清這個世界，我情願陪著你入宮去做太監。」他說這番話顯然是另有深意，真正的用意是在開導胡小天，委婉告訴他，比他不幸的大有人在，比如自己。

胡小天心中有些感動，可感動之餘也有些好笑，每個人都有自己珍視的東西，在蕭天穆看來或許眼睛更重要，可在自己看來命根子比眼睛還要重要得多，當然他並沒有將實情告訴蕭天穆。胡小天道：「二哥放心，我已經習慣了，而且目前發現做太監也有做太監的好處。」

蕭天穆道：「大哥自從在慕容姑娘那裡和你見面之後，便為了你的事情愁眉不展，說起來我們兩個做哥哥的實在是慚愧，不能在三弟落難之時施以援手，直到今日方才趕到你身邊。」

胡小天道：「兩位哥哥千萬不要這麼想，自從我離開青雲，所發生的一切實在太過突然，讓人接應不暇，應變不及。」

蕭天穆點了點頭。

胡小天起身走了兩步，望著滿園荒草低聲道：「我在燮州城內突然遭遇變亂，那時候感覺自己如同一片落葉飄零，根本無法掌控自己的命運。」

此時周默拎著買好的酒菜回來了，胡小天慌忙停下說話過去幫忙。燒雞、牛肉全都是熱騰騰的，還有花生和藕片。廚房裡面碗筷杯盤全都是現成的，胡小天去洗刷之後拿了過來，將四道菜裝盤，周默拎起足有十斤的酒罈子，一巴掌拍開泥封，打開木塞，頓時酒香撲鼻。

周默哈哈笑道：「想不到這兒還能找到西川產的一江紅！」他在三個小黑碗內倒滿了酒。

三兄弟端起酒碗全都站起身來，周默道：「為了咱們兄弟久別重逢，幹了這一碗！」三人仰首將這碗酒一飲而盡。

重新坐下之後，胡小天接著說剛才未完的話，將他在燮州的經歷說了一遍。周默歎了口氣道：「三弟，當時你為什麼不回青雲，如果咱們三兄弟合在一處，兄弟同心，至少能夠在青雲附近找一處山頭占山為王，也落得逍遙自在。」

胡小天道：「當時我手中有胡家的丹書鐵券，這樣東西乃是昔日皇上賜給我們胡家的，說如果有一天胡家落難，憑著這丹書鐵券可以饒了我們胡氏一門的性命。西川李氏擁兵自立，李天衡反叛大康，我和他的小女兒李無憂定下婚約，我若是留在西川，胡家便會被人落實勾結李氏意圖謀反的罪名。我不可以如此自私，為了保住自己的性命而不管爹娘的死活。」

周默和蕭天穆同時點了點頭，倘若胡小天是個只為自己不顧爹娘的人，他們必然也會因此而唾棄他。

胡小天道：「有件事我從未對兩位哥哥說過，我前往青雲上任的途中，曾經救過爺孫兩人，當時我並不知道他們的真實身分，後來才知道，那老者是如今的司禮監提督權德安，那小女孩乃是大康如今的小公主，皇上的掌上明珠七七。」

周默和蕭天穆顯然都吃了一驚，此時他們已明白胡小天為何要冒險前來京城。

蕭天穆道：「於是你就過來京城，想向他們求助？」

胡小天點了點頭道：「我本以為這丹書鐵券還能有些用處，等我到了京城方才明白，如果皇上當真要殺你，什麼東西，什麼人也擋他不住。」

蕭天穆長歎了一聲道：「三弟所言極是，什麼丹書鐵券，什麼免死金牌無非都是帝王欺騙臣子的手段罷了，有些時候有了這些東西，反而多了一件心事，你不得不將之視若至寶，想盡辦法來收藏保護，若有遺失便是殺頭之罪。」

周默重重落下酒碗道：「不錯，帝王心術，實在是陰險無恥！」

胡小天道：「我爹雖然過去曾經有些朋友，可是現在這種狀況下，又有誰肯為他出頭？看到我們胡家落難，一個個唯恐避之不及。我想來想去只能去找權德安。見他之後，他倒是答應幫我，可也提出了一個條件。」

「什麼條件？」周默脫口而出，可說完之後又有些後悔，其實看到胡小天如今的樣子，應該不難猜想到權德安的條件是什麼。

胡小天道：「讓我淨身入宮，為父贖罪。」

周默雖然早就明白了這件事，可聽到胡小天親口說出來，仍然義憤填膺，握緊拳頭在桌上捶了一拳，桌上的酒杯碗碟全都跳了起來，酒水都潑出不少，周默怒道：「這老烏龜居然恩將仇報，陷害我兄弟，我一定饒不了他。」

蕭天穆卻沒有任何激烈的表示，輕聲道：「權德安讓你淨身入宮對他似乎沒有太大的好處。」

胡小天道：「剛開始的時候我也不明白他為什麼要讓我入宮當太監，可現在開始明白了，他是想讓我幫他對付一個人。」

周默道：「哪個？」

「內官監提督姬飛花！」

蕭天穆一雙劍眉緊緊皺起：「可是那個如今在新君面前最為得寵的姬飛花？」

胡小天點了點頭道：「不錯，就是此人！」

蕭天穆道：「子篡父位，宦官爭權，內亂並起，列強環視，看來這大康的氣數真要用盡了。」

周默道：「大康未來怎樣跟我們沒有關係，新皇帝也罷，老皇帝也罷，總之他們沒有一個會為平民老百姓著想的。三弟，我們既然來了，就一定會將你救出皇宮。只要你準備妥當，咱們三兄弟便一起離開康都，找上一片易守難攻的山頭，扯上一面大旗，占山為王，殺富濟貧，不亦快哉！」

胡小天聽到周默的這番話，不由得雙目明亮，身處皇宮之中，他無時無刻不在期待著這種自由。在過去更多的時候，這只能是一種理想，更像是一種奢望，現在周默和蕭天穆的到來，無疑讓他的理想終於開始向現實靠近。

相對於周默的勇猛和武力，胡小天更看中的是蕭天穆的智慧，蕭天穆對時局的認識和把握要超越這世上的多數人，這其中甚至包括他自己。

蕭天穆道：「走未必那麼容易。」

周默道：「老二，我這就不明白了，難道憑著咱們三兄弟的本事，還離不開康都？」

蕭天穆緩緩搖了搖頭道：「如果三弟當初想的是自己，就不會前來這裡。胡大人如今仍在戶部做事，雖然當今皇上免去了他的官職，但是戶部目前仍然離不開他，換而言之，大康的財政仍然離不開他。」他停頓了一下又道：「其實三弟當初不來康都，皇上也不會對胡大人下手。」

胡小天心中也默認這個事實，其實這還是在他入宮之後方才明白的道理，皇上沒有殺掉自己老爹，絕不是因為什麼丹書鐵券，也不是因為權德安求情，更不是因為自己淨身入宮，為父贖罪。歸根結底是因為自己老爹對皇上還有利用價值，大康的經濟離不開他。也就是說即使自己當初沒有返回康都，老爹老娘也未必會有事。

周默道：「乾脆一不做二不休，咱們帶著伯父伯母一起逃出京城，那樣豈不是就沒有了後患。」他說完之後目光望著胡小天，顯然是在等著胡小天的回應。

胡小天笑道：「二哥說得對，沒那麼容易走的，朝廷的那幫人時時刻刻都在盯著我爹我娘，在皇上徹底掌控戶部之前，他不會輕易殺掉我爹，也不會輕易放過我爹。」

周默道：「兩位兄弟，我知道你們說得都有道理，可是君心難測，伴君如伴虎啊，一旦胡伯父失去了價值，皇上必然會對他下手，到時候再想走恐怕就晚了。三弟，難道你真願意在宮中伺候那昏君一輩子嗎？」

胡小天道：「走，早晚都會走，可必須要等到時機成熟。」

蕭天穆深有同感地點了點頭，比起在青雲的時候，胡小天明顯多出了幾分沉穩，吃一塹長一智，人生必須通過挫折才能不斷地成熟起來，他們分別的時間雖然不久，可是這段時間胡小天所經歷的磨難必然是他們無法想像的。

周默道：「都說這皇宮是人世間最為艱險的地方，三弟在裡面多待一天，就多了一天的風險，為兄又如何能夠心安。」

胡小天道：「目前來說我還是安全的，權德安想要利用我做事，姬飛花前日也將我叫到了內官監主動向我示好，流露出籠絡我的意思。」

周默道：「他們兩個都不是好人，全都是想要利用你，三弟你可千萬要看清楚。」

胡小天道：「他們兩人武功都非同泛泛，權德安掌控司禮監，原本是宦官之中地位最為尊崇的一個，可新君登基之後，他的權勢開始受到了挑戰，挑戰他地位的這個人就是姬飛花。」

蕭天穆道：「國之將亂，妖孽輩出，大康距離社稷崩塌之日已經不遠也。」

胡小天道：「我聽說姬飛花如今已經掌握了大康頗為神秘的天機局，朝廷新近成立了神策府，表面上挑頭的是文太師文崇煥的兒子文博遠，可實際上卻是權德安，我想神策府就是為了制衡姬飛花而組建。」

周默點了點頭道：「聽說慕容捕頭已經加入了神策府。」

胡小天道：「是權德安授意我這樣去做的。」

蕭天穆低聲道：「如此說來，他們的確是在下一盤很大的棋。」

周默道：「越是如此，三弟的處境越是危險，都想將你當成過河卒，可往往最先犧牲的就是過河卒。」

胡小天道：「不急，目前我對他們來說還有利用價值，他們應該不會對我下手。」

周默和蕭天穆倒是都認同這個事實。

周默忽然想起一件事：「對了三弟，那日我在慕容捕頭家裡看到你的武功居然進步神速，看來慕容捕頭教導有方啊。」其實他那天就想問這件事，只是沒有來得及。

胡小天笑道：「我的武功可不是她教給我的。」於是將權德安傳功給他的事情簡單說了一遍。

周默和蕭天穆聽完，心情變得越發凝重起來，權德安付出這麼大的心血，絕不是僅僅要讓胡小天幫他打探消息那麼簡單，圍繞胡小天或許還有更大的奸謀。

周默道：「三弟，我幫你把把脈。」

胡小天點了點頭，伸出手去。

周默併攏右手的三根手指，緊貼在他的脈門之上，凝神靜氣，先是感覺了一下胡小天的脈息，然後將一股柔和的內勁沿著他的脈門送了進去，內勁沿著胡小天的經脈運行，在即將抵達他的丹田氣海的時候受到了阻礙，周默嘗試送入更多的真氣進入，卻遭遇到一股內息的阻擋反擊，他送入的內息越多，這股反擊力就越強。

隨著周默的內力增強，胡小天也感覺到自己的小腹開始隱隱作痛，開始還能承受，可隨著周默的內力增強，他的小腹處就如同刀絞般疼痛，疼痛越來越劇烈，胡小天終於忍不住叫苦道：「大哥，我熬不住了……」

周默徐徐收回內力，表情變得凝重之極，他低聲道：「權德安沒有教給你任何的內功嗎？」

胡小天道：「倒是教給我一個什麼調息方法，我也練過，只是沒什麼效果。」

周默將內力退出他的經脈之後，疼痛立刻止住。看到周默表情如此凝重，胡小天頓時感覺到不妙，低聲道：「怎麼？大哥，是不是我有什麼問題？」

周默道：「這種輸入內力的方法等若揠苗助長，雖然可以在短時間內提升一個人的內力，可以讓一個手無縛雞之力的書生變成武功高手，可同樣也是後患無窮，倘若你不能儘快將這些內力融為己用，那麼必將受到這股異種內力的危害。」

胡小天道：「他也曾經對我說過，說這種方法具有隱患，很可能會讓我走火入魔。」

蕭天穆關切道：「如何解決？大哥武功高強，見多識廣，這種事應該難不住你。」

周默道：「我雖然能夠發現問題所在，可是我卻解決不了這個問題。」他放開胡小天的手腕站起身來：「權德安乃是太監之身，他的武功修煉之道迥異於常人，正所謂剛柔並濟，真正能將男子的陽剛，女子的陰柔集於一身的武功也就是他們的功法了。」他也是經過一番猶豫方才說出這番話的，畢竟他還要顧忌胡小天的心理感受。

胡小天道：「也就是說這太監的內力也跟人一樣，不男不女，不陰不陽？」

周默點了點頭：「想要化去你體內的異種內力，有兩種方法，一是由你自己修煉內力，將這股內力化為己用，還有一種方法，就是高手用內力將你體內的異種內力化解掉。」

蕭天穆道：「這樣就簡單了，你出手不就行了。」

周默又搖了搖頭道：「我對這種內力束手無策，我和權德安修煉的內力完全不同，由如水和油，無論水量如何之大，油花始終可以漂浮在水面之上。」

聽了他這樣的比喻，蕭天穆和胡小天都已經明白了。

周默道：「而今之計，你唯有修煉權德安教給你的那套心法，也只有他的功法最為適合你，一旦有所成，就能夠將他輸入你體內的功力化為己用。」

胡小天道：「可是我練了這麼久，一點進境都沒有。」

周默道：「不會啊，以你的聰明才智，學習一套武功心法應該不難。」

其實沒有人比胡小天自己更明白問題到底出在哪兒，權德安硬是輸給了他十年的內力，老太監的出發點應該不是坑害自己，他是擔心自己入宮之後沒有自保之力，之所以教給胡小天武功也算是給自己的投資上了份保險。接下來發生的事情證明，沒有老太監教給他的武功，胡小天就不能對付王德勝，更不用說和小公主七七聯手幹掉魏化霖。在陷空谷也是憑藉著玄冥陰風爪和天機局出身的殺手殺了個難分難解。

可真正談到將老太監的十年功力全都化為己用，就不得不修煉他所傳授的內功心法，胡小天始終止步不前，根本原因就是他沒有真正淨身，權德安的內功心法沒問題，傳給任何一個太監都不會有問題，但是偏偏到了胡小天這兒就會有問題。欲練神功，揮刀自宮。胡小天終於明白這句話是多麼有道理，想要練成權德安傳授的武功，那就得狠心將自己喀嚓了。胡小天費盡心機方才保住這點男人的尊嚴，他可不願為修煉什麼武功就輕易捨棄。雖說老太監的十年功力留在體內很可能會導致他走火入魔，可將來的事情將來再說。倘若等到七十歲以後，自己享盡人間豔福，留下子孫滿堂，小弟弟也算得上功德圓滿，到時候即便是喀嚓了也算不上什麼遺憾。

周默當然不會想到這位兄弟是個假太監，蕭天穆縱然智慧超群也沒有往這方面想，畢竟皇宮是個戒備森嚴的地方，誰也不會想到胡小天沒淨身，就魚目混珠的蒙了進去。

看到胡小天這麼久都沒有說話，周默還以為他為了異種真氣的事情感到憂慮，安慰他道：「三弟，你也不用太過憂慮，武功之道也講究欲速則不達，只要你順其自然，也許不久以後就能夠解決難題。」

胡小天笑道：「沒什麼好憂慮的，車到山前必有路，船到橋頭自然直，我這人一向福大命大，那次遇到凶險最後不是逢凶化吉？」

蕭天穆也道：「不錯，吉人自有天相，三弟不會有事。」

隨著氣溫的轉冷，權德安咳嗽得越發厲害起來，咳得如此用力，就像要將整個肺咳出來一樣，乾枯的身體蜷曲得就像一隻大號的蝦米。

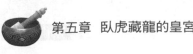

胡小天望著眼前這位垂暮老人，很難理解為何他還擁有那麼強大的野心和權力欲，人到了他這樣的年紀，為什麼不能看開一些，以權德安為皇上所做的一切，他大可選擇功成身退，頤養天年。

權德安不停咳嗽的時候，胡小天就坐在一旁靜靜看著。直到權德安緩過這口氣，用手帕擦了擦嘴道：「你這小子，好沒良心……哪怕是幫我捶捶背也好。」

胡小天道：「我害怕幫了倒忙，非但沒有幫助公公，反而扯了您的後腿。」

權德安聽出了他的一語雙關，乾癟的嘴角居然露出了一絲笑意：「今天有什麼重要的消息要告訴我？」

胡小天點了點頭道：「有幾件事要跟您商量，一是關於姬飛花的。」

「說！」

「上次咱們見面之後，姬飛花將我召到了內官監。」

權德安抬起頭，瞇起雙目，似乎被午後的陽光刺痛了眼睛：「接著說。」

「他應該是要籠絡我，還說以後會照顧我，要為我撐腰。」

「你怎麼說？」

胡小天道：「我當然不敢說什麼，只是說謝謝他的好意。」

權德安充滿狐疑地望著胡小天道：「這麼簡單？他沒有要求你做什麼事情？」

胡小天道：「要求了，他讓我幫忙調查酒窖是不是有什麼秘密……」

權德安道：「僅僅是這件事？」

胡小天道：「我看姬飛花很不簡單，他應該是開始懷疑我了，還有，劉公公那邊已經徹底起了退隱之心，這兩天已經開始收拾，說傷好之後就會離開皇宮。」

權德安道：「姬飛花是想收買你啊。」

胡小天沒有說話，其實這都是明擺著的事情。

權德安道：「你把酒窖密道的事情告訴他。」

胡小天吃了一驚：「什麼？」

權德安並沒有重複第二遍，他站起身緩緩踱了兩步，留給胡小天一個佝僂的背影：「姬飛花是陛下面前的當紅之人，宮內的大小太監想要攀附者不計其數，你有了這樣的機會，豈能錯過。」

胡小天剛開始的時候還以為自己聽錯，可細細一品，馬上就明白了，權德安是要自己趁機接近姬飛花，老太監這是要讓自己去當臥底的節奏。將密道的事情告訴姬飛花是要取信於他，等於在姬飛花面前立下投名狀。

權德安道：「姬飛花是咱家一手提拔而起，此人心機頗深，連咱家都被他瞞過，如今利用齷齪手段蠱惑了皇上，仗著皇上的恩寵，日漸囂張跋扈，此人不除，必成大患。」

胡小天心中暗忖，干我鳥事，姬飛花不是好人，你也不是什麼好人，那個龍燁霖更不是什麼好人，你們狗咬狗一嘴毛最好，老子樂得旁觀看戲。

權德安道：「以後咱家會儘量減少和你見面。」

胡小天道：「權公公，您難道不怕我會中途倒戈？」

第六章

公主的奢望

龍曦月臉變得蒼白如雪，其實她早已看透自己的命運，
在天下大局面前，自己的生命卑微如同一隻螻蟻，
她從沒想過去改變天下大勢，也不認為自己有拯救萬民的能力，
她只想簡單平淡的生活，可現在來看，
連這麼簡單的事情對她而言也只能是奢望。

「權德安桀桀笑了起來，他笑瞇瞇望著胡小天道：「咱家教給你的內功心法，修煉得如何了？」

胡小天搖了搖頭道：「還是老樣子，一點點進展都沒有，我看這輩子是不可能有所突破了。」

權德安道：「即便是你沒什麼突破，咱家傳給你的十年內力，也已經足夠你防身了。」

胡小天道：「只是最近我時常感覺到腹中疼痛，卻不知是不是你傳入我體內的異種真氣在作祟？我記得你曾經說過，若是我不能將這些內力化為己用，早晚就會對我的身體造成危害，甚至會走火入魔。」

權德安點了點頭道：「不錯！」

胡小天對此早就有了心理準備，故作惶恐道：「那我豈不是死定了，權公公幫我。」

權德安淡然笑道：「你也不用如此害怕，短時間內這些真氣對你不會有任何的危害，只要你踏踏實實為咱家做事，事成之後，咱家必然會為你解決這個難題。」

胡小天心中暗罵權德安，老太監果然不是什麼好東西，利用這件事來要脅自己，可小命被人家捏在手裡，總不能翻臉發作，依然陪著笑道：「短時間究竟是多久？」

權德安想了想道：「長則三年，短則三月。」

胡小天一顆心頓時沉了下去，果然天上不會掉餡餅，：「權公公，要不我還是將這身內力還給你吧。」性命和武功相比，當然還是性命重要，過去他沒有武功的時候也活得好好的，現在有了武功內力，卻要時刻擔心走火入魔。還不如將武功還回去，求個心安。

權德安微笑道：「咱家給出去的東西，不是你想還就能還回來的。」

胡小天早料到會是這個結果，老太監不好對付，好不容易才有了這張要脅自己的牌，權德安怎麼可能輕易就收回去，否則他也不會放心大膽地讓自己投靠姬飛花當臥底。

權德安陰測測道：「這幾天，你將密道的地形徹底查清，等到時機成熟，就將密道的事情透露給他。」

胡小天道：「真要告訴他？」

權德安道：「姬飛花既然讓你調查酒窖，就證明他對酒窖已經產生了疑心，皇宮下面存有密道的事情已經傳了很久，這個秘密根本守不住的，與其以後讓姬飛花查出來，還不如你將這件事主動稟報給他，只當是立了一個投名狀。」

胡小天暗讚權德安深謀遠慮，事無巨細全都考慮周到。可以想像得到，自己以後在這皇宮之中的日子更是步步驚心，稍不留神就可能墜入萬劫不復的深淵，姬飛花和權德安全都不是什麼好鳥，遊走在他們兩人之間，如同走在冰面上一般，務必要小心謹慎這大康皇宮絕非久留之地，只要時機成熟，還是儘早離開的好。至於什麼異種真氣，什麼走火入魔，焉知不是權德安在故意恐嚇自己？大不了老子這輩子都不用武功，再不行就找人將自己的武功廢了，你個老烏龜還想威脅我嗎？

權德安看到胡小天始終沉默不語，知道這小子心中一定在打什麼如意算盤，低聲道：「你心中還有什麼顧慮？只管說給我聽。」

胡小天道：「權公公，我入宮已有三月，和爹娘也有大半年沒有見過，現在風頭也已經過去了，您看是不是安排我們見上一面？」

權德安歎了口氣道：「不是咱家不願為你安排，而是現在仍然不是時候。你只是一個小太監自然無人關注，可是你爹卻是昔日大康的戶部尚書，不知有多少雙眼睛在背後盯著他，你們父子相見，知道內情的會認為你們是親情倫常，可別有用心者卻會在這件事上做文章，給你們扣上一個密謀逃走，投奔西川的罪名也未必可知。」

胡小天心中暗罵，我還沒逃呢，你這就給我把罪名都想好了，其實他在周默和蕭天穆到來之後，的確動了逃離康都的念頭，當然不是自己走，是要和父母一起逃走。權德安既然這樣說，就證明他對自己已經產生了提防之心，此人老謀深算，自己逃走之事切不可操之過急，萬一讓他有所覺察恐怕就麻煩了。胡小天裝出一副聆聽教誨的模樣，恭敬道：「小天明白了。」

「明白就好，凡事不可操之過急，你放心吧，這件事咱家會放在心上，只要時機許可，一定會安排你們父子相見。」

權德安的許諾聽聽就好，胡小天才不會放在心上，他歎了口氣道：「權公公，你以為我將密道的事情告訴姬飛花，就能取信於他？」

權德安深邃的雙目靜靜望著他，心中有預感這小子又要跟自己討價還價。

胡小天道：「姬飛花可不是普通人，他在皇宮的權勢僅次於您，說他的眼線遍佈整個皇宮應該不算誇張吧？」

權德安點了點頭，胡小天並沒有誇大姬飛花的實力。

「雖然我打著代父贖罪的幌子，可我之所以能夠進入皇宮，還不是因為您老的緣故。」

權德安瞇起雙目冷冷望著這廝道：「聽你的意思，好像是在責怪咱家？」

「感激都來不及又怎敢妄言責怪，小天的意思是，雖然咱們做得謹慎，瞞過了許多人的耳目，可很難瞞得過姬飛花，否則魏化霖也不會在見我第一面的時候，就對我動了殺念。您現在讓我去假意投靠姬飛花，以姬飛花的智慧，我很難將他騙過，區區一個酒窖密道，恐怕難以取信於他。」

權德安微笑道：「誰說他一定會相信你？即便是他識破你是我的人，也沒有太大的妨礙。姬飛花為人一向自視甚高，即便是他猜到你是我派去他身邊的一顆棋，也不會簡單將你清除掉，而是利用你這顆棋子反過來再對付我，這樣你就有了接近他的機會。」

胡小天心中暗罵：「你奶奶的棋子？兩邊都把我當成了可以利用的工具，以為老子就這麼好欺負？惹火了老子，把你們兩個閹貨全都幹掉。」心中即使再恨，表面上仍然做得畢恭畢敬。他小心翼翼道：「權公公，您讓我接近姬飛花最終的目的是什麼？」

權德安雙目之中閃過一絲陰冷的殺機，處在他的身邊，胡小天不由得打心底生出一股寒意，權德安對姬飛花應該是恨到了極點，咬牙切齒道：「此人狼子野心，絕不會滿足於陛下對他的寵幸，我敢斷定他日後必反，你接近他的任務就是搜集他謀反的佐證，一旦查出實據，咱家必面稟皇上，除此惡賊。」

胡小天看到權德安咬牙切齒的模樣，心中不禁暗暗發笑，這老太監分明是吃醋了，皇上喜新厭舊，有了妖嬈嫵媚的姬飛花就疏遠了老皮老臉的權德安，正因為如此，權德安方才要殺之後快，這幫太監的心理可真是變態啊。

權德安拍了拍他的肩頭道：「小天，咱家從第一眼見到你，就知道你絕非池中之物，你放心吧，只要你安心為咱家做事，咱家絕對虧待不了你。」他停頓了一下又道：「還有你的家人和朋友。」

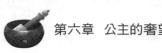

胡小天在心中把老太監罵了個千萬遍，威脅，絕對是威脅。

胡小天心明眼亮，自己雖然暫時性命無憂，可是隱患卻始終存在，忠於權德安也好，投靠姬飛花也好，都不是最好的選擇，一旦自己失去了利用價值，這兩人絕不介意弄死自己，在他們眼中只怕跟踩死一隻螞蟻差不多。胡小天也想掌握主動權，將兩人踩在腳下，可是目前的現實就是如此，自己跟人家的實力相差巨大。唯有於夾縫中求生。權德安讓自己假意投靠姬飛花雖然是老太監的一個歹毒計策，不過對胡小天來說卻不啻一個絕佳的機會。既然雙方都想利用自己，換個角度來想，自己大可做到左右逢源。

將密道的地圖作為投名狀獻給姬飛花？胡小天並不認為這是個什麼高妙的主意，倘若這樣的伎倆要是能夠瞞得過姬飛花，姬飛花也不會這麼快就爬升到可以和權德安分庭抗禮的位置。

在大事上胡小天還是能夠拿定主意的，他決定去做的事情也很少有人可以改變，比如他說過今晚要夜探紫蘭宮。既然說了，胡小天就會去做，雖然腦袋被龍曦月給開了瓢，後背又被七七狠狠插了一刀，還好葆葆的金創藥和墨玉生肌膏起到了奇效。傷疤雖在，可是對他的行動已經沒有任何的妨礙。

如今的胡小天對密道已經輕車熟路，來到紫蘭宮的那口古井之時，他用上了權德安傳授的金蛛八步，十指如勾，攀住井壁，緩緩上行，可以說胡小天今天才算將金蛛八步正式派上了用場，開始的時候心中還缺乏一些底氣，可是隨著他在濕滑井壁上的攀援行進，越爬信心越強，越爬動作越是純熟，到了最後感覺自己簡直就是蜘蛛附體，手足並用，蹭蹭蹭蹭，猶如壁虎遊牆，爬高竄低如履平地。

眼看距離井口越來越近，胡小天方才發現在井口之上居然蒙著一層絲網，剛才因為距離遙遠並沒有能夠看清，胡小天心中暗笑，安平公主以為這薄薄的一層絲網就能夠擋住自己？實在是也太孩子氣了一些，他伸出手去在絲網上輕輕一拉，卻不曾想到，絲網的另外一端繫著鑾鈴，被他一扯，鑾鈴鏘琅琅一陣作響，雖然響聲不大，可是在靜夜之中顯得異常清晰，在胡小天聽來更是驚心動魄，莫不是龍曦月將自己給出賣了？在此地設下埋伏，來一個甕中捉鱉？真要是如此，自己這個跟頭可算是栽到家了，龍曦月啊龍曦月，枉我對你如此情深義重，為你做了這麼多的事情，難道都沒有打動你的芳心？

胡小天正在暗暗叫苦之時，忽然聽到井口傳來一聲幽然歎息道：「你這大膽妄為的狂徒，居然真敢到這裡來，難道不怕被別人發現將你千刀萬剮嗎？」這聲音正是龍曦月所發。

胡小天聽到龍曦月的聲音心中頓時釋然，倘若龍曦月真要設下埋伏來抓自己，就不會這樣說話。更何況那天在酒窖發生的一切他仍然歷歷在目，龍曦月為了救自己甚至不惜和七七翻臉相向，以她的溫柔性情來說，這已經是一反常態的做法，龍曦月放下公主高貴的身段，敢於不顧少女的矜持來救自己，絕不僅僅是因為自己也曾經救過她的性命，不是胡小天自作多情，這貨以為龍曦月對自己多少也有那麼一些朦朧的喜歡，過去或許只是感恩，可在她知道自己是個假太監，是個真男人之後，難道還能對自己沒有一丁點的想法？

在經歷了初入宮廷一段時間的自卑之後，這廝的自我感覺又開始變得良好起來，是金子到哪兒都會發光，即便老子成了太監，那也是太監中的翹楚。頭頂的這張網當然困不住胡小天，他低聲道：「公主網開一面，我有話想對你說。」偌大的院落之中，只有龍曦月一個人在，其實她自從司苑局酒窖返回就因胡小天的那句話而惴惴不安，芳心中既有些害怕，又有些期待。

龍曦月雖然貴為眾星捧月的公主，可是在她養在深宮，平日裡連一個可以說話的真心人都沒有，父親在位之時高高在上，很少關注自己這個女兒，興許他連自己的名字都不記得了，至於母親，一度受寵，後來卻因韶華老去而被父親冷落，終日鬱鬱寡歡，最後鬱鬱而終。在她的心底深處，並不認為生在皇室之家是件幸福的事情。如果能有選擇，她寧願選擇一個普通人家，做一個普通的女子，長大嫁為人婦，相夫教子，其樂融融。而她的理智又告訴自己，她的命運早已註定，一切要順從家人的安排，過去是父親，現在是她的兄長。

無論遠嫁沙迦，還是嫁入大雍，都不是她心中所願，她渴望自由，卻又不知用怎樣的方式去得到自由，甚至在遇到胡小天之前，她都不知道自由是什麼？現在一切似乎發生了變化，每當念及自由，她的腦海中就會出現那漫天飛舞的螢火蟲，就會出現那輪皎潔完美的圓月，就會出現月光下波光粼粼的河水，就會出現一張溫暖的笑臉，而那張笑臉就在她的身邊。

咫尺之遙，胡小天昂著一張臉，脖子已經有些發酸，透過絲網已經可以看到龍曦月絕美的倩影。雖然只隔著一張網的距離，可是胡小天卻不敢輕易突破。

龍曦月在井邊徘徊，似乎仍然在猶豫，終於她停下腳步，小聲道：「你還是回去吧。」說完之後，半天沒有聽到胡小天回應。龍曦月心中好奇，還以為胡小天等得不耐煩已經先行離去，重新來到井口向下張望。

卻聽井內傳來歌聲：「而你像一張無邊無際的網，輕易就把我困在網中央，我越陷越深越迷惘，路越走越遠越慢長，你如何能夠捨得我心傷……」胡小天的歌聲充其量也就是卡拉ＯＫ的水準，可雖說沒有麥克風，在井口這個天然擴音器的幫助下，低沉傷感的聲音居然演繹得淋漓盡致。趴在井壁上唱歌畢竟有些難度，胡小天明顯感到自己最後一句唱走調了，有些臉紅，連張天王的情歌都拿出來了，這首歌放在這時代是不是有些超前？唱完胡公公就有些後悔了，萬一龍曦月接受無能，自己這馬屁豈不是拍到馬蹄子上了？

事實證明，音樂是可以跨越國界，跨越時代的，胡小天的這首歌唱得雖然不道地，可勝在應景，龍曦月聽到最後一句不由得長歎了一口氣，將蒙在井口的絲網撤去，這是給予通行的意思。

胡小天又驚又喜，迅速從古井中爬了上去，腦袋露出的時候不忘警惕地觀察了一下環境，確信除了龍曦月之外，院落之中再無他人，這才放心大膽地從井口內一躍而出。

月黑風高，夜冷天寒，龍曦月身披紅色斗篷，手提宮燈，在紫蘭宮的內院孑然而立，越發顯得形單影隻。按照常理來論，給人外表感覺柔弱的女子往往更容易吸引男人的注意力，更容易激起男人呵護的欲望，胡小天對龍曦月就是如此，假如面對七七，他才不會有這樣的感覺。

胡小天仍然穿著那身藍色的太監服，帽子也在剛才昂頭的時候掉到了水井裡，咧著嘴樂呵呵望著龍曦月。

龍曦月居然被他看得有些不好意思，心跳不由自主有些加快，換成過去不會有這樣的感覺，可是自從知道了胡小天的真實身分，知道這廝是個蒙混入宮的假太監，面對他的時候就有些不自然了。

胡小天上前唱了一諾：「小天參見安平公主千歲千歲千千歲。」

龍曦月咬了咬櫻唇道：「真要是有一千歲，我豈不是成了一個老太婆，你咒我老啊？」

胡小天笑道：「公主就算是活到一千歲也是位美得冒泡的小美人兒，不知有多年輕，多水靈，多可愛，多迷人！」和龍曦月單獨相處，這貨的膽子也不禁大了起來，連這種帶有挑逗含義的話也敢說出口。

龍曦月俏臉羞得通紅，啐道：「你好大的膽子，信不信……」

「我信！」

「你信什麼？我都還沒說出來！」

「公主說什麼我都信。」

「你這人油嘴滑舌，滿腦子都是鬼主意，我可不相信你的話。」

胡小天嘿嘿一笑，目光向周圍看了看道：「怎麼公主獨自一個人站在這裡？」

龍曦月心想你這不是廢話嗎？如果我身邊還有其他人在，你豈敢堂而皇之地出現在這裡？

胡小天心中暗忖，這位溫柔公主一定是為了迎接自己的到來，特地將宮女太監全都支開，方便他夜入紫蘭宮，看來不但他有心，安平公主對自己也有意，正所謂郎情妾意，心有靈犀。胡小天啊胡小天，人家公主都給了你這麼好的暗示，你再沒有點行動可就真是個孬種了。

龍曦月當然不會猜到這廝的齷齪想法，輕聲道：「你來找我幹什麼？」

胡小天道：「想跟公主說說知心話。」

龍曦月俏臉一熱：「為什麼要跟我說。」說完之後她頓時就有些後悔，這個問題提得實在是有些愚蠢，假如胡小天回答因為喜歡她，她又該如何自處？面對胡小天，龍曦月有些手足無措了，她開始後悔，為什麼要放任這廝上來。

胡小天道：「因為在小天的心中，公主是一位可以信任的朋友。」

龍曦月聽到朋友這兩個字，美眸倏然變得明亮起來。胡小天畢竟是接受過現代思潮陶冶的人，又是深諳心理學的要訣，和這位兩世為人的老油子相比，龍曦月這位安平公主實在是太過單純了。

胡小天自己是絕不會相信異性朋友的，說這種話的真正目的，無非是給自己派發好人卡，讓龍曦月放鬆警惕。

龍曦月之所以相信胡小天的話，不僅僅因為她單純善良，多少還有點自欺欺人的意思，女孩子家矜持，總得找個合理的藉口。

胡小天又向四周看了看，壓低聲音道：「公主，在這兒說話諸多不便，不如咱們換個地方？」

龍曦月想了想，指了指東側的書房，這裡距離水井很近，胡小天跟著她進入書房之中。龍曦月點燃桌上的燭台，室內頓時被橘黃色的光芒照亮，似乎溫暖了不少。

胡小天道：「伺候你的那些人呢？」

龍曦月道：「他們在外院。」俏臉又禁不住有些發燒，自己將貼身宮女太監全都支開，豈不是擺明了告訴胡小天就是要等他到來，真是羞死人了。

還好胡小天馬上就岔開了話題，他向龍曦月深深一揖，恭敬道：「公主莫怪小天唐突，今晚我冒險前來，實則是為了兩件重要的事情。」

龍曦月點了點頭，示意他說下去。

「小天入宮之事實乃被逼無奈，若非為了挽救家人性命，我又怎能甘心自殘身軀，受此奇恥大辱！」

龍曦月雖然對胡小天沒有淨身之事感到好奇，可是以她的性情絕不會主動去問，畢竟這關乎到胡小天的隱秘之事，而且又如此敏感，讓她一個女孩子如何能夠說得出口。

胡小天道：「權公公有心幫我，怎奈皇命難違，能讓我全身入宮實則是冒了天大的危險，倘若我的這個秘密暴露，我被砍頭不要緊，就怕連累了他老人家。」反正權德安不在眼前，胡小天將所有的責任全都推到這廝的身上，聽起來是在感激他，可實際上是往老太監頭上栽贓。

龍曦月輕聲道：「你放心，你的秘密我不會說出去。」說這話的時候，她羞得不敢看胡小天，這個秘密實在是太讓人尷尬了。停頓了一下又道：「七七也答應我不會告訴別人，她雖然年齡不大，可是向來說到做到。」

胡小天心中暗忖，你對七七的瞭解只怕不如我多，說到做到？只怕是幹壞事的時候她才能說到做到，那小妮子雖然年幼，可是心腸比自己還要狠毒許多，一旦自己觸犯了她的利益，七七肯定會毫不猶豫地出賣自己。

胡小天道：「其實也沒什麼好怕，大不了就是一死。」

龍曦月道：「你不是說過好死不如賴活著？」

胡小天道：「如果不是為了家人，我才不會苟且偷生。」他盯住龍曦月的美眸道：「這第二件事，是和公主有關。」

龍曦月因他灼熱的目光而有些心亂，躲開他的目光道：「和我又有什麼關係？」

胡小天道：「那天簡皇后的話我全都聽到了。」

龍曦月默然不語，那天晚上簡皇后過來提親之時，胡小天就潛伏在水井之中，他聽到兩人之間的對話並沒有什麼稀奇。

胡小天道：「公主難道真想嫁入大雍嗎？」

龍曦月望著桌上的燭光，幽然歎了一口氣，無助道：「我答不答應又有什麼緊要？」

胡小天道：「他們這麼做根本就是將你當成一個政治道具，利用和親的辦法和大雍搞好關係。」

龍曦月黯然道：「若是我的婚姻能夠換來大雍和大康之間的和平，那麼即便是付出也是值得的。」

胡小天搖了搖頭道：「我看未必。」

龍曦月望著胡小天，一雙美眸中充滿了迷惘。

胡小天道：「恕我直言，公主的美貌雖然傾國傾城，可是我相信真正有野心的霸主絕不會因為公主的美貌而放棄了他們對江山的渴望。公主有沒有想過，倘若你嫁入大雍，而大雍仍然和大康之間兵戈相向，燃起戰火，到時候公主又該如何自處？」

龍曦月咬了咬櫻唇，胡小天所說的並不僅僅是假設，大康的國力日漸衰弱，而鄰國大雍正在趁勢崛起，從昔日一個被大康不斷壓榨國土面積，處於防守勢態的小國，逐漸站穩腳跟，不斷向周圍擴張，變成了一個可以與大康分庭抗禮的大國。西川李天衡自立之後，大雍的國土面積實際上已經超過了大康，可以說雙方的形勢已經逆轉。

正是在這種前提下，皇上方才提議將自己嫁入大雍，以此來獲得喘息之機。龍曦月對目前的局勢看得非常清楚，可是即便她能夠看清楚也沒什麼用，她無力扭轉這一切，事實上在她心中已然認定無人可以扭轉自己的命運，拯救自己於水火之中。龍曦月想了好一會兒方才道：「倘若真有那一天，我便以身殉國。」

胡小天道：「必然有那一天！如果那一天真的到來，你選擇殉國又有什麼意義？這世上還有誰會為你傷心？」

龍曦月一張俏臉變得蒼白如雪，其實她早已看透自己的命運，在天下大局面前，自己的生命卑微如同一隻螻蟻，她從沒有想過去改變天下大勢，也不認為自己有拯救萬民於水火之中的能力，她只想簡簡單單平平淡淡的生活，可現在來看，連這麼簡單的事情對她而言也只能是奢望，她唯一能做的就是隨波逐流，她緩緩搖了搖頭道：「這世上，在乎我的人都已經不在了……」說到這裡忽然感到心中一酸，淚水奪眶而出，她迅速轉過螓首，不想胡小天看到自己流淚的樣子。

胡小天道：「周王是你一母同胞，他還在西川生死未卜，他應該是在乎你的。」胡小天停頓了一下又道：「還有我！」

龍曦月緊閉美眸，捂住櫻唇，好不容易方才控制住自己的感情，顫聲道：「你該走了！」

「我還有一句話沒有說完！」

「說！」

胡小天道：「你既然無力主宰自己的命運，那麼就讓我幫你決定，我發誓，一定不會讓他們將你嫁入大雍，我要帶你走，一起離開這牢籠一般的皇宮。」

龍曦月霍然睜開美眸，淚眼迷濛的雙眸中帶著不能置信的驚奇，胡小天的這番話不但大膽之極，而且大逆不道。

胡小天道：「我來這裡就是為了告訴你這件事，你若不離，我便不棄！」

龍曦月吃驚地望著胡小天，芳心卻被他灼熱的目光而軟化，一股從未感覺到的溫暖包容了她的內心。可現實讓她重新回到這清冷的氛圍之中，她小聲道：「你我之間萍水相逢，以後還是各安天命的好。」

胡小天並沒有再說什麼，起身向門前走去，身後龍曦月熄滅了燈光，直到聽見房門關閉的聲音，她方才無力地癱軟在座椅之上。

胡小天回到司苑局剛剛睡下沒有多久，就聽到外面響起一陣嘈雜的聲音，他慌忙坐起身來，外面就響起了小卓子和史學東急促的聲音：「胡公公，大事不好了。」

胡小天迅速穿上衣服，拉開房門，卻見司苑局的院落之中燈火通明。內官監的李岩率領十多名太監出現在院中。胡小天心中暗叫不妙，以為這幫人是衝著自己來的。

小卓子和史學東兩人都嚇得變了臉色。

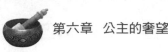

胡小天深深吸了一口氣，緩步迎向李岩，拱手道：「李公公，不知深夜來訪有何要事？」

李岩雖然帶著二十多人登門，可是臉上卻仍然是笑容可掬，微笑道：「打擾胡公公了，咱家這麼晚來，是奉了姬提督的命令，特地請劉公公過內官監一趟。」

胡小天這才明白今天這幫人過來並不是衝著自己，而是來找劉玉章的。這姬飛花實在是太囂張了，劉玉章怎麼都是皇上身邊的老人，他沒有自己親自過來就罷了，還讓手下人半夜三更闖入司苑局，根本沒有將劉玉章放在眼裡，沒把劉玉章放在眼裡等於沒將整個司苑局放在眼裡。

胡小天心中雖然惱火，可臉上卻不顯山不露水，仍然陪著笑道：「李公公，今天實在是太晚了，劉公公腿傷未癒，又早已睡去，不如等明天他老人家醒了，我將此事轉告給他。」

李岩呵呵笑道：「姬提督的意思，他決定的事情我可不敢違背，今天我是必須要請劉公公過去的。」

胡小天看到這廝不依不饒，已經做好了翻臉的準備，畢竟他是司苑局的人，劉玉章又一向待他不薄。微笑道：「李公公，這裡是司苑局，您深更半夜的帶這麼多人過來好像不好吧。」

李岩看到胡小天仍然擋住自己的去路，臉上的笑容頓時收斂，冷冷道：「都給我聽著，姬提督請劉公公過府一聚，誰敢阻攔，格殺勿論！」

胡小天也被他激起了怒火，怒道：「李公公這裡是皇宮，這種話你也能說得出口。」

李岩向前一步，雙目之中殺機隱現。

此時劉玉章的房門從中拉開了，劉玉章一手拄拐，在一名小太監的攙扶下走了出來，他怒道：「吵什麼？這裡是皇宮內苑，你們鬧出這麼大的動靜，難道不怕驚擾了陛下？」

李岩拱了拱手道：「劉公公，姬提督請您去內官監一趟。」

劉玉章呵呵笑道：「就憑他也配？」

李岩道：「姬提督托我給劉公公帶樣東西，劉公公看了就明白。」他緩步走到劉玉章面前，背著眾人，從袖中抽出一樣東西，劉玉章看完，臉上頓時失了血色，唇角的肌肉抽搐了一下，低聲道：「姬飛花現在何處？咱家去見他。」

胡小天雖然沒有看清李岩給劉玉章看的是什麼，可從劉玉章突然轉變的態度來看，一定是一件要緊之物。胡小天慌忙走了過去，奉勸道：「劉公公，實在是太晚了，不如明天……」

劉玉章道：「你們不用多管閒事，咱家隨李公公去一趟。」

胡小天主動請纓道：「我陪您去！」

劉玉章搖了搖頭：「誰都不許跟我去，這裡是皇宮，天子腳下，咱家不信有誰還敢無法無天！」他拄著拐杖走了一步，因為心慌，拐杖一滑，險些跌倒在地上，胡小天慌忙上前攙住了他的手臂：「劉公公！」

劉玉章抿住嘴唇，握住胡小天的手，將一個紙團塞入了他的掌心，然後用力晃了晃他的手：「沒事的，放心吧！」

李岩揮了揮手，從他的身後過來一名太監，躬身將劉玉章背了起來。

李岩向胡小天笑了笑道：「胡公公不必如此緊張，姬提督做事一向公道，劉公公德高望重，請他過去只是問點事情。」

望著內官監的那幫人將劉玉章帶走，胡小天心中暗叫不妙。等到那幫人出門之後，他馬上將小卓子叫到自己身邊，讓小卓子前往尚膳監去找張福全，雖然平日裡和張福全沒有什麼聯絡，可胡小天知道張福全肯定是權德安一派，以他的能力或許可以及時通知權德安，在宦官之中，唯有權德安的實力能和姬飛花爭鋒。

交代之後，胡小天第一時間向儲秀宮趕去。皇宮之中雖然他也認識不少人了，可是真正擁有一定地位和話語權的就只有這位刁蠻公主，希望她能夠幫自己一次。

胡小天剛剛離開司苑局，就看到李岩帶著兩個人在外面候著，顯然對他要出門求助已經有了準備。

李岩微笑道：「胡公公，這麼晚了還要出門啊。」

胡小天心中暗自警惕，姬飛花的手下都不是什麼良善人物，魏化霖和自己第一次見面就對自己痛下殺手，這個李岩也是個笑面虎，只怕內心比魏化霖還要歹毒一些。胡小天笑道：「剛剛想起忘了送李公公出門，所以特地出門相送。失了什麼，也不能失了禮節。」

李岩道：「姬提督說了，如果胡公公願意送出門，就請胡公公一直送到內官監去。」

胡小天頭皮一緊，壞事了，難道姬飛花改了主意，想要把自己和劉玉章一起幹掉不成？

劉玉章拄著拐杖靜靜望著姬飛花，嘶啞著喉頭道：「姬飛花，你有什麼事情只管衝我來，不要對付我的家人。」

姬飛花紅色的斗篷隨著夜風獵獵作響，彷彿一張飄揚的旗幟，又如同扯起的風帆，他筆直挺拔的身軀就是桅桿，兩泓春水一般的雙目望著夜空，將背影對著劉玉章，輕聲道：「我不是沒給過你機會，可惜你不識好歹，居然在陛下面前說我的壞話。」

劉玉章道：「咱家做事對得起天地，對得起陛下，對得起自己的良心。」

姬飛花呵呵笑了起來，笑聲停歇之後，他倏然轉過身來，紅色的斗篷如飛旋的火焰般怒放在他的身後，冰冷的目光猶如刀鋒般割裂虛空投向劉玉章：「嘴上說得冠冕堂皇，正義凜然，可背後卻做著中飽私囊損公肥私的事情，你以為可以瞞過我的眼睛？」

劉玉章道：「欲加之罪何患無辭！」

姬飛花右手一抖，一本帳本呼嘯朝著劉玉章的胸口撞去，劉玉章還沒有反應過來，就被那本帳本重重撞在胸口，薄薄的帳本竟然發出不次於千鈞重錘的力量，胸口劇痛，瘦弱的身軀一個踉蹌，噗！地噴出一口鮮血，重重坐倒在了地上。

姬飛花向前走了一步，指著被夜風吹動的那本帳簿道：「這些年，你借著統領司苑局之便，拿了多少好處，收了多少銀子，上面記得清清楚楚，你承不承認？」

劉玉章抬起衣袖抹去唇角的血跡道：「血口噴人，污我清白。」

姬飛花冷冷道：「你敢說自己一兩銀子都沒拿過？這些年來，你一直都在偷偷接濟你的兄弟，你以為做得隱蔽，就沒人能夠查得到？王德勝是我的人，你這個老狐狸發現之後，居然悶不吭聲地用人將他取代，他現在人在何處？是不是已經死在了你的手裡？」

劉玉章道：「姬飛花，你狼子野心，陛下怎麼會相信你這種惡賊！」

姬飛花微笑道：「因為我對陛下的忠心對天可鑒！」他緩步來到劉玉章面前：「帳簿上有王德勝所有受賄證據，他是你的手下，他的錯處自然就是你的錯處，本來我不想殺你，畢竟你照顧陛下有功，可你這老匹夫居然連同他人來害我。」

劉玉章道：「殺我？這裡是皇宮，沒有陛下的命令你敢殺我！」

姬飛花呵呵笑道：「陛下只怕將你凌遲的心都有了，我且問你，榮公公奉了陛下的旨意找你取的那樣東西，你有沒有動過手腳？」他所說的那樣東西就是黑虎鞭，當初劉玉章以偷樑換柱的方法將普通虎鞭交給了榮寶興，而將真的黑虎鞭送給了胡小天。

劉玉章臉色又是一變。

姬飛花道：「劉玉章啊劉玉章，你真是膽大妄為，居然敢魚目混珠，蒙蔽聖上，以為可以做得神不知鬼不覺，呵呵呵，若要人不知除非己莫為！」

劉玉章道：「你要什麼我都可以給你，但是，你不可以傷害我的家孫……」

姬飛花微笑道：「水靈靈的孩子，咱家怎麼忍心傷害他，只是你一個太監哪裡還有什麼家人？衝在你求我的份上，咱家便饒了他的性命，不過他一個小孩子，孤苦伶仃的又如何在這世上生活，不如我讓他來繼承你的事業，你以為如何？」

劉玉章怒極反笑：「很好……很好，難得你為他想得如此周到。」他忽然抓起地上的拐杖狠狠向姬飛花的小腹戳去，他也明白自己的舉動根本傷不了姬飛花的性命，可他對眼前人恨到了極點，哪怕是打他一下，這心頭的恨意也能發洩一些。

姬飛花抬起右腳，一下就將拐杖踢飛，然後右掌在虛空中揮舞了一下，空氣鼓蕩起來，一股無形風刃劈砍在劉玉章的右臂之上，喀嚓一聲，劉玉章的右臂骨骼斷裂，向來慈和的劉玉章彷彿換了一個人，他狂吼著向姬飛花撲去。

姬飛花左足在地上輕輕一頓，劉玉章感覺地面劇烈震動起來，他乾枯的身軀竟然離地高飛而起，姬飛花揚起右手，五指如勾，在虛空中一抓。一股強大的牽引力將劉玉章的身軀扯得向他飛來，距離姬飛花還有一丈左右，他猛然張開五指。掌心並未接觸到劉玉章的身體，可是劉玉章的胸膛卻被壓榨而來的空氣重重一擊，蓬！地一聲巨響，胸前肋骨盡數斷裂，口中鮮血狂噴，直挺挺墜落在地面之上，他的身軀在地上不住發抖。雙目仍然死死盯住姬飛花，恨不能生吞他的血肉。

姬飛花白玉般溫潤的手掌宛如蘭花般輕輕拂在臉頰處，將腮邊的一縷亂髮扶掠起，輕聲歎了口氣道：「不要以為陛下會憐惜你，以老賣老的東西，在咱家眼中，你只不過是一隻螻蟻罷了。」

劉玉章想要說話卻什麼都說不出，嘴裡仍然在不斷噴出鮮血。

姬飛花的笑容妖嬈嫵媚：「你猜猜，明兒皇上知道我殺了你，會不會怪我？」

胡小天此時走入內官監的院落之中，看到此情此景，內心之中悲不自勝，他大吼道：「劉公公……」

劉玉章白髮散亂，滿身鮮血，身軀仍然在地上瑟縮不已。胡小天衝上去將他乾枯的身體從地上抱起，劉玉章望著他想說什麼，卻什麼都說不出來。

姬飛花又道：「忘了告訴你一件事，其實小天也是咱家的人。」

劉玉章雙目圓睜，死死盯住胡小天。

胡小天心中恨到了極點，腦海中只有一個念頭，他要不惜一切殺掉姬飛花，手臂被劉玉章的手無力握住，微微晃了晃。劉玉章的目光因為痛苦而不斷閃爍，但是他的唇角分明帶著淡淡的笑意，他並沒有怪胡小天，更不會相信姬飛花挑撥離間的那番話。

姬飛花將一柄匕首扔在胡小天的身邊：「他中了咱家的傷心欲絕掌，要折磨三個時辰方才能夠死去，不如你給他一個痛快。」

劉玉章在胡小天的懷中不斷顫抖著，噴出的鮮血染紅了胡小天的衣襟，胡小天慢慢撿起了那把匕首，被仇恨染紅的雙目飽含熱淚，自從他入宮之後，是劉玉章給他無微不至的關懷，在他心中早已將劉玉章視為自己的長輩一般，目睹劉玉章如此慘狀，胡小天心中悲痛欲絕。

劉玉章的眼睛眨了眨，一行渾濁的淚水沿著他的眼角緩緩滑落，胡小天的嘴唇已經咬破，他揚起那柄匕首，閉緊了雙目，猛然刺入劉玉章的胸膛。他不能讓這位老人在臨死前繼續承受煎熬，唯有親手幫他解脫，也只有這種方式可以讓劉玉章承受的痛苦少一些。

劉玉章的身軀劇烈抽搐了一下，終於不動，躺在胡小天懷中宛如睡去。

胡小天抱著劉玉章的身體，抬起頭想要發出一聲吶喊，卻終於忍住，淚水卻如決堤的江河一般肆意奔流。

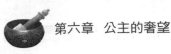

姬飛花望著胡小天的樣子，忽然歎了一口氣：「至情至性，不枉劉玉章照顧你一場。」

胡小天嘶啞著喉頭叫道：「為什麼要殺他，他已經決定隱退了……已經收拾好了東西……他沒有妨礙任何人……」

姬飛花使了一個眼色，周圍人全都退了下去。望著悲痛欲絕的胡小天，他輕聲道：「他聯合一幫人去陛下的面前詆毀我，要殺我！是可忍孰不可忍！」

胡小天紅著眼睛望著他，他並不相信姬飛花的話。

姬飛花道：「倘若他沒有任何的私心，我佩服他，即便是我想殺他也找不到藉口，可是他有私心，而且有人將證據送到了我的手裡，想不想知道是誰給我送來了證據？」

胡小天一言不發。

姬飛花道：「權德安！」

胡小天的雙目流露出不可思議的光芒。

姬飛花道：「咱家沒必要對你說謊，這些消息全都是權德安透露給我的，他想賭一賭，我敢不敢殺劉玉章，他想賭，咱家便陪他賭！」

「劉玉章只怕凶多吉少了！」權德安站在承恩府的最高處，靜靜眺望著皇宮的方向。在他的身邊一位英俊挺拔的年輕人和他並肩而立，此人二十四五歲年紀，相貌英俊，表情充滿著和他實際年齡並不相符的沉穩，正是當朝太師文承煥的兒子文博遠，也是神策府的公開組織者。

文博遠低聲道：「權公公為何要將劉玉章的事情告訴姬飛花？」

權德安歎了口氣道：「咱家只是想驗證一下，皇上對他的寵幸究竟到了怎樣的地步。」

文博遠道：「目的達到了？」

權德安沒說話，雙手扶在牆垛之上重重拍了拍，低聲道：「夜了，你先回去吧。」

文博遠恭敬告退。

臨行之前，權德安叮囑道：「劉公公的家人務必要送到安全的去處。」

文博遠離去之後，權德安久久凝望漆黑如墨的夜空，混濁的雙目之中竟然泛起淚光，沉默良久，他忽然道：「玉章……你又是何苦……陛下已經不是昔日的陛下了，你以為你的死能夠將他喚醒嗎？」

胡小天緩緩將劉玉章的屍體放在了地上，慢慢站起身來，清冷的夜風讓他已經完全冷靜下來，姬飛花顯然是故意讓他看到眼前的一幕，其用意是威懾也是警告。

姬飛花看了胡小天一眼，輕聲歎了口氣道：「你是不是很恨我？」

胡小天道：「是！」

姬飛花笑了起來：「你很誠實，劉玉章對你如此關照，你還算是有些良心。」他的目光在劉玉章已經失去生命的軀體上掃了一眼道：「你以後就會明白，想要好好活下去，是來不得半點猶豫的。」

胡小天道：「我想將他葬了。」

姬飛花點了點頭道：「好，你好像是第一次求我，咱家也不忍心拒絕你，此事咱家會做出安排。」

「謝謝！」

姬飛花微笑道：「你心中恨不能殺了我才好！」

胡小天卻搖了搖頭道：「我沒有這樣的想法。」即便是有也不能說，更何況他根本沒有半點的機會。

姬飛花的表情顯得高深莫測，胡小天的悲痛由心而發，在胡小天一刀刺死劉玉章的剎那，他竟然清晰感覺到了胡小天彌散出的殺機，不過稍縱即逝，眼前的胡小天復又變得平和冷靜，這麼短的時間內就可以將情緒控制住實在難得。姬飛花並不擔心胡小天報復，此時的胡小天在他眼中和一隻螻蟻無異，只要自己想殺他，隨時都能拿走他的性命。他對胡小天產生了極大的興趣，一個在這種情況下可以果斷結束劉玉章生命的人，一個能夠控制住自身情緒的人，以後會有怎樣的發展？

姬飛花低聲道：「你好像曾經答應過我一些事情呢。」

胡小天點了點頭，姬飛花上次召他過來的時候曾經讓他幫忙調查司苑局酒窖，面對姬飛花，胡小天必須打起十二分的精神，眼前這個人的可怕甚至超過了權德安，不但殘忍而且陰險。胡小天道：「酒窖下面有一條密道。」

姬飛花笑了起來，嬌豔如五月之花，嫵媚的神態甚至讓女人都會感到嫉妒：「密道？通往何處？」

胡小天道：「三條密道，一條通往瑤池，一條通往藏書閣，還有一條通往紫蘭宮。」他並沒有絲毫的隱瞞，現在看來這三條密道遠沒有想像中重要，否則權德安也不會讓他將實情透露給姬飛花，以換取他的信任。

姬飛花昂起頭來，一輪妖異的紅月撥開雲層出現在寧靜深藍的夜空中，紅的像浸滿了鮮血，美輪美奐的雙目之中同樣閃爍著妖異魅惑的光芒：「這件事還有誰知道？」

「權公公！」

姬飛花的雙目中陡然閃過一絲犀利的寒光：「權德安！」

第七章

過人之處

胡小天發現姬飛花有過人之處，他採取的態度和權德安截然相反，
權德安嚴禁自己和家人見面，而姬飛花卻對自己網開一面，
難道是他利用這樣的方式想要收買人心？
這也顯出他高明的一面，能夠猜到自己心中到底要什麼。

胡小天點了點頭。

「他讓你做些什麼？」

胡小天道：「姬提督能保我平安嗎？」

姬飛花的表情浮現出些許的錯愕之色，胡小天還是第一個敢於在他面前提條件的小太監：「只要你忠心對我，咱家自然保你平安。」

胡小天道：「小天要的不僅僅是這個承諾。」

得寸進尺！姬飛花望著眼前的胡小天，感覺到這小子越發有趣了：「你想要什麼？」

胡小天道：「我要榮華富貴，我要胡家恢復昔日的榮光。」

姬飛花呵呵笑了起來：「小子，你不覺得自己很貪心嗎？你有什麼能耐可以讓咱家如此幫你？」

胡小天道：「我可以幫姬公公解決很多的麻煩。」

姬飛花不屑道：「咱家的身邊不缺忠心耿耿的手下。」

「再忠心也只是手下，他們多數都只會惟命是從，已經忘記了用自己的頭腦去考慮問題，提督請恕我直言，您身邊缺少的不是手下，而是一個可以為您出謀劃策的幫手。」

姬飛花目光陡然一亮，卻道：「咱家並沒有感到你跟他們有什麼不同。」

胡小天道：「是權德安送我入宮的！」這對姬飛花來說絕不是秘密，胡小天的出身來歷，他早就查得清清楚楚。

姬飛花淡然道：「咱家找你的事情，你有沒有告訴他？」

胡小天點了點頭道：「說了！」。即便是權德安也不會想到，胡小天會在姬飛花的面前將所有一切和盤托出，胡小天並非是為了獲取姬飛花的信任而出賣權德安，劉玉章的死更讓他堅定了信念，在皇宮之中任何人都依靠不得，想要活下去，就必須要憑藉自己的頭腦打拚出一條屬於自己的道路，他要在權德安和姬飛花鬥爭中的夾縫中求生存。

姬飛花道：「他怎麼說？」

胡小天道：「他讓我答應提督，將酒窖地道的秘密告訴提督，以此來獲取提督的信任。」

姬飛花桀桀笑了起來，回到胡小天的對面，笑容倏然一斂，目光如刀，咄咄逼向胡小天道：「你不怕咱家殺了你？」

一股無形的強大壓力逼迫而來，宛如泰山壓頂一般籠罩了胡小天的周身，他感覺自己的身軀正在這股強大壓力之下一點點壓低下去，因為拚命對抗這股壓力，他周身的骨骼格格作響。每吐出一個字都變得異常艱難：「不怕……因為他強行將體內真氣輸入到我的身體裡……我……最多活不過……三年……」

話音剛落，身體突然感覺輕鬆了起來，強大的壓力完全退去，一張一弛的壓力讓胡小天立足不穩，踉蹌退了兩步方才站定，姬飛花宛如鬼魅般如影隨行，伸手握住了胡小天的手腕，冰冷滑膩的手指搭在他的脈門之上。

胡小天暗暗心驚，以姬飛花的驚人修為，該不會識破自己是個假太監的事實，自己終究還是疏忽了。正在忐忑之間，姬飛花已經放開了他的手腕，輕聲歎了口氣道：「老賊果然夠狠。」

胡小天道：「我曾經在前往西川的途中救過他和小公主，此次胡家蒙難，我無奈之下只能求助於他，他雖然答應幫我保住家人性命，可是卻又提出讓我入宮當太監，代父贖罪的苛刻條件。」在姬飛花面前必須要多說實話，胡小天十之八九都是實話，當然也會摻雜著一些假話，這就讓他的話可信度相當的高。

姬飛花有些事情是知道的，有些事情是不知道的，聽胡小天說到這裡卻又禁不住笑了起來：「小天，你顯然是被那老賊給騙了，即便是你不入宮，皇上也不會殺你的父母，此事皇上登基之前早有定論。」

胡小天道：「我也是最近才明白這件事，可是大錯已經鑄成，現在悔之晚也。」

姬飛花輕輕拍了拍他的肩頭道：「迷途知返，猶未晚矣。你若忠心待我，咱家必保你榮華富貴受用不盡。」

胡小天恭敬抱拳道：「小天願為公公效力，赴湯蹈火，在所不辭！」

姬飛花道：「你先回去，今晚的事情不必聲張，權德安那裡如果問你什麼，你看到了什麼就說什麼。」

胡小天朝地面上劉玉章的屍體望了一眼，一時間悲痛之情滿溢心胸。劉玉章對自己如此體貼關照，如此大恩必然相報，只要時機成熟，必殺姬飛花，以他的首級祭奠劉玉章的亡魂。

姬飛花道：「劉公公的事情我自會處理，總之咱家既然答應你會將他好生安葬，就一定會做到。」

胡小天向姬飛花深深一躬，來到劉玉章面前，跪在他的屍體前磕了三個響頭，然後起身頭也不回地走了。

胡小天離去之後，李岩方才來到姬飛花的身邊，低聲道：「提督大人，此人可信嗎？」

姬飛花微笑道：「劉玉章只是用些蠅頭小利就已經博得他如此深情，咱家給他的好處難道還比不上這老東西嗎？」

李岩抿了抿嘴唇，猶豫了一下終於還是鼓足勇氣道：「依卑職來看，胡小天陰險狡詐，為人兩面三刀並不可信。」

姬飛花冷冷道：「你是在懷疑咱家的眼光還是頭腦？」

李岩嚇得不禁打了一個冷顫，在姬飛花面前一個九十度的鞠躬：「卑職錯了……提督大人英明神武，您的眼界和智慧豈是卑職能夠猜度的。」

姬飛花冷笑道：「知道就好，這世上每個人都有他的價值，也都有他的長處。」

這會兒功夫李岩的背脊之上已經滿是冷汗。

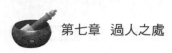

姬飛花走了兩步：「司苑局那邊，咱家準備保薦胡小天負責。」

李岩深感不解，充滿迷惘道：「提督大人，他只是一個初入宮幾個月的小太監，讓他統管司苑局又怎能服眾？」

姬飛花呵呵笑道：「咱家坐在這個位置上同樣有人不服，想讓別人服氣就要有讓人服氣的手段！」

李岩道：「劉玉章的屍體怎麼處理？」

姬飛花道：「就說他發急病死了，將他葬了！」

李岩有些不安道：「會不會有人借機發難？」

姬飛花笑道：「說咱家害他，有什麼證據？即便是所有人心裡都明白，又能奈我如何？咱家倒要看看，這次誰敢說我的不是！」

人死如燈滅，胡小天坐在漆黑的房間內，沉浸在痛苦和憤怒之中，面對劉玉章的死去，他只能眼睜睜看著，無力相救。幾個月的愜意時光幾乎讓他忘記了自己所處的皇宮乃是天下間最為凶險的所在。劉玉章的死讓他重新認識到這裡的殘酷和血腥，他忽然想起了權德安曾經說過的一番話，受身無間永遠不死，壽長乃無間地獄中之大劫。

無間地獄乃是八大地獄中最苦的一個，也是十八層地獄中最底下的一層，但凡被打入無間地獄者，永無解脫的希望，要經受五種無間折磨，第一時無間，無時無刻不在受罪。第二種空無間，從頭到腳每一部分都在受罪，第三種罪器無間，所有刑具無所不用，第四種平等無間，用刑無論男女均無照顧，第五種生死無間，生死輪迴，重複死去不計其數，還得繼續用刑永無休止。

自己似乎正在墜入無間，胡小天的眼前忽然出現了慕容飛煙充滿期待的目光，很快龍曦月黯然失落的俏臉又在腦海中閃過，他決不能就此沉淪，就算已經身處無間地獄，也要憑著自己的智慧殺出一條血路，遊走無間，於姬飛花和權德安之間尋求自保生存之道，博得最大的利益，胡小天的目標變得前所未有的清晰明確。

劉玉章的死並沒有在宮廷中引起太大的震動，整座皇宮如同一潭死水，劉玉章的死訊也只是死水微瀾，很快就重新恢復了平靜。他的死並不是一個秘密，幾乎所有人都知道劉玉章前往內官監的時候突然發病身亡，無人探究死因，自然也無人追究責任。

姬飛花信守承諾，在中官塚給劉玉章找了一處風水絕佳的位置將他葬了。在劉玉章頭七這一天，胡小天趁著出門採買的機會來到了中官塚，同行的還有史學東和小卓子。

中官塚是大康歷代宦官埋骨的地方，周圍種滿柏樹，從外向裡面看呢，根本看不到墳塚，從柏樹圍成四方圈的南邊豁口進去，就看到成千上百的太監墳無聲無息地佇立在那裡，很多墳前還有石人石馬石桌石椅相伴。一些有身分的太監墳前還有門樓、華表、文武石像生、欞星門、碑亭、享殿、石供、壽域門、地宮。

劉玉章的新墳就在墳場的西南，墳包不大，因為是新墳，也沒有像其他的墳塚那樣因為長期無人打理而野草叢生。胡小天幾人將帶來的貢品放在墳前，點燃紙錢，劉玉章為人溫和慈祥，對司苑局的這幫小太監都非常不錯，所以眾人都念及他的好處，小卓子一邊磕頭一邊哭了起來，史學東也是眼圈發紅。

胡小天沒有哭，並非是對這位老人沒有感情，而是他明白流淚也無濟於事，心中默默道：「劉公公，您放心，終有一日我會手刃姬飛花，將他的首級提來祭拜您。」

耳邊聽到老鴰的淒涼叫聲，史學東縮了縮脖子，然後用力抽了抽鼻子，周圍荒涼淒冷的環境讓他心底有些發毛，低聲道：「兄弟，不知將來咱們是不是也會被埋在這裡。」

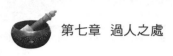

胡小天抬起頭看了看天空中發白的日頭，白乎乎掛在灰濛濛的天空中，沒有一絲一毫的溫度，他輕聲道：「殺人放火金腰帶，修橋補路無骨骸。」殘酷的現實再次證明，好人不長命，禍害遺萬年。

史學東一旁歎了口氣道：「也不儘然，壞人也沒好報，我現在回頭想想，當初如果多積點陰德，也不至於被人送入皇宮咔嚓一下當了太監……」話沒說完，遠處的烏鴉又鼓噪了起來，史學東下意識縮了縮脖子道：「走吧，這地方挺嚇人的。」

剛剛回到司苑局，就看到一群太監喜氣洋洋地迎了上來，遠遠就行禮道：「恭喜胡公公，賀喜胡公公。」

胡小天被這群人弄得有些莫名其妙，皺了皺眉頭道：「何喜之有？」

人群中小鄧子拄著拐杖一瘸一拐走了出來道：「給胡公公道喜了，剛剛接到上面的口諭，胡公公以後就是司苑局的少監了。」一幫太監圍攏在胡小天身邊七嘴八舌，生恐拍晚了馬屁。

史學東和小卓子這幾個親隨自然是喜出望外，一直都在擔心劉玉章死後，上頭另派人過來管理司苑局，真要是那樣，他們肯定沒有這麼風光自在，說不定會被打擊報復也有可能，想不到在劉玉章死後胡小天居然受到重用，司苑局比胡小天級別高資歷老的大有人在，可在劉玉章活著的時候，沒有人比胡小天更受信任，賦予的權力也是最大。現在胡小天得到提升，就意味著司苑局的管理仍然沿襲舊制，不會有太大的改變。

史學東這段時間也一直在低調做人，聽聞胡小天又當了少監，頓時腰桿又直了起來，嚷嚷道：「吵什麼？我說你們都吵什麼？胡公公累了一天了，需要好好休息，你們都散了，都散了。」

小卓子笑道：「以後就是胡大人了。」

「對，胡大人，胡大人！」太監們一個個爭相附和，要說溜鬚拍馬，太監的本職工作就是這個。

胡小天把面孔一板：「坑我是不是？什麼胡大人？司苑局的少監也叫官？以後還是叫我胡公公。」

「是，胡公公！」

此時大太監榮寶興到了，這廝就是上次從司苑局討走那條假冒黑虎鞭的那個。胡小天趕緊過去和榮寶興相見，榮寶興是皇上的貼身太監，在宮內的地位超然，宮內二十四衙門的統領誰都得賣他三分情面。

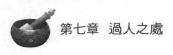

胡小天對榮寶興沒什麼好感，劉玉章被殺一事應該和此人有著脫不開的聯繫，如果不是榮寶興洩密，姬飛花又怎會知道劉玉章在黑虎鞭上偷樑換柱的事情。胡小天笑道：「小天不知榮公公到來，有失遠迎，還望贖罪。」

榮寶興將手中潔白無瑕的拂塵往肩頭一搭，嘿嘿笑道：「胡公公真是年輕有為，聽聞胡公公接了劉公公的班，以後這司苑局就是胡公公說了算，真是可喜可賀。」

「榮公公太抬舉我了，只是外界傳言，未必可信，小天還沒有得到任命呢。」

榮寶興微笑道：「咱家聽姬公公在皇上面前親口提及此事，又怎會有錯？」他上前挽住胡小天的手臂，換成過去，以榮寶興的身分是斷然不會將胡小天這個小太監放在眼裡，可如今胡小天一步登天，剛剛入宮幾個月就當上了司苑局的頭兒，這司苑局雖然在二十四衙門中不算起眼，地位也算不上上層，可卻是一個極其實惠的地方。皇宮的蔬果採買，園林花苑全都在他的統管範圍內，的確是個肥差，歷代以來，哪個司禮監的掌印太監不富得流油。

榮寶興跟他客氣，歸根結底還是看中了胡小天手中的權力。

胡小天想請榮寶興去自己的房間坐，自從劉玉章死後，他的房間就鎖了，始終沒有動過，胡小天現在所住的半間房實在是寒酸，接待榮寶興這種級別的大太監有些跌份兒。

好在榮寶興並沒有前往胡小天房間去坐的意思，微笑道：「咱家是奉了皇上之命特地來司苑局找點東西。」

胡小天心中暗罵，這混帳東西居然還不死心，當初就是因為黑虎鞭的事情坑害了劉玉章，現在劉玉章頭七剛過，他又來索要，胡小天明知故問道：「榮公公想找什麼？」

榮寶興將他拉到一邊，低聲道：「還記得上次咱家找劉公公要的東西嗎？」

胡小天故意裝作苦思冥想的樣子，過了一會兒方才似有所悟道：「鞭！」

榮寶興掩住嘴唇，做少女嬌羞狀，胡小天看在眼裡噁心得差點沒吐出來。

榮寶興將手擺了擺，笑顏逐開道：「胡公公何必說得那麼明白，就是那根東西。」

胡小天壓低聲音道：「榮公公上次不是帶走了嗎？」

榮寶興道：「帶走倒是帶走了，可東西不對。」他指了指藥庫的方向：「咱們邊走邊說。」

胡小天和榮寶興一起向藥庫中走去，榮寶興道：「胡公公執掌司苑局，以後還要靠你多多關照。」

胡小天一副誠惶誠恐的模樣，心中暗罵榮寶興虛偽，你是皇上身邊的人，老子就是個司苑局的管事，還要靠我關照？打著皇上的旗號出來，二十四衙門誰不得給你點面子，胡小天道：「是榮公公關照我才對，以後有什麼用得著小天的地方只管開口，只要小天辦得到，一定竭盡全力。」

榮寶興要的就是胡小天的這句話，小眼睛瞇起來，嘴巴咧開老大，捏著嗓子道：「鞭……」榮寶興也忒懶了一些，話都懶得多說，他想要的是黑虎鞭啊。他看出胡小天機靈，屬於一點就透的。

胡小天雖然心裡明白，嘴巴也乖巧，可真正到做實事的時候卻沒那麼實在，黑虎鞭是劉玉章留給他的，哪有那麼容易就送給榮寶興，更何況劉公公此次丟了性命也有這件事的緣故，胡小天恨榮寶興都來不及。帶著榮寶興來到藥庫，來到專門陳列動物鞭的庫區。這裡可謂是琳琅滿目，能夠想到的幾乎都能夠在這裡找到。

看到周圍沒有其他人跟過來，榮寶興方才慢吞吞道：「胡公公可聽說過黑虎鞭存放在哪裡？」

胡小天道：「不是上次劉公公交給您拿走了？」

榮寶興嘿嘿笑道：「上次劉公公交給我的那根是假的。」

胡小天愕然道：「這也有真假？」

榮寶興道：「你當真不知道他放在那裡？」

胡小天指了指前方道：「所有的虎鞭全都放在這裡了，而且這玩意兒風乾了幾乎都一個模樣，劉公公去得突然，他又從沒有交代過，我怎麼知道哪一根是黑虎，哪一根屬於白虎。榮公公，您對這方面如此瞭解，您應該認得，不如您挑挑看。」

「呃……這……」榮寶興面露難色，胡小天有句話沒說錯，這些東西風乾了全都一個模樣，想要從中區分出哪一根是黑虎鞭他也沒這個本事。

胡小天看到這廝的表情心中暗自發笑，既然做人情索性做到底，他向榮寶興低聲道：「不如這樣，我讓人將這裡所有的虎鞭全都打包給您，您帶回去慢慢挑慢慢選，倘若黑虎鞭就在其中，必然不會疏漏。」

榮寶興仔細一想，的確也有些道理，自己不認識，可有人認識，心中雖然同意可口頭上還虛偽道：「這樣不好吧。」

胡小天道：「沒什麼好不好的，榮公公能來找我，是小天的榮幸，這件事情就這麼定了。」

胡小天清點了一下，足有三十七根虎鞭全都交給榮寶興帶走，其實在劉玉章去世之後，他就及時清點過庫房，將藥庫之中算得上名貴的藥材全都藏匿起來，這些擺在外面的都是挑選下來的次貨。

胡小天雖然不信黑虎鞭有枯木發芽的神奇功效，可也明白物以稀為貴的道理，這麼珍貴的東西，沒理由隨便送了出去。

姬飛花親自前來司苑局宣佈對胡小天的任命，胡小天正式成為司苑局少監，也就是這裡的掌印太監，能將司苑局交給胡小天一個初入宮門幾個月的小太監打理，從某方面也證明了姬飛花對他的看重。

胡小天在酒窖旁剛剛收拾了一個房間作為自己的住處，劉玉章的房間他並沒有動用，那裡的一切都保持著原樣，也算是通過這種方式表達對老人家的祭奠和緬懷。

胡小天將姬飛花請到自己的房間內坐下，小卓子上茶之後退了出去，姬飛花端起茶盞，掀開碗蓋觀了觀茶色，輕聲道：「崑崙雪菊。」

胡小天微笑道：「姬公公好眼力。」

姬飛花道：「宮裡都知道司苑局是個百寶箱，這裡面什麼東西都能找到。」

胡小天笑道：「沒那麼誇張，奇珍異寶是沒有的，不過時令鮮果，果脯蜜餞，各地藥材，陳年老酒都有一些。」

姬飛花道：「手下人的情緒怎樣？」

胡小天道：「一如既往，小天還是按照過去的方法管事，無為而治。」

姬飛花聽到無為而治這四個字，雙目不由得一亮，微笑道：「好一句無為而治，其實治國的最高境界就是如此。」

胡小天道：「我哪懂什麼治國的大道理，一個司苑局已經讓我忙得筋疲力盡了。」

姬飛花知道這小子謙虛，品了口茶，輕聲道：「權德安最近有沒有找過你？」

胡小天搖了搖頭道：「沒有！」他說的都是實話，自從劉玉章死後，權德安就再也沒有主動跟他聯絡過。

姬飛花道：「他賊心不死，又在籌謀對付咱家呢。」將手中茶盞緩緩落下，笑瞇瞇望著胡小天道：「你心中還記恨我嗎？」

胡小天道：「開始的時候的確有一些，可回來之後小天漸漸冷靜了下來，我問過自己，假如我和提督異地相處，若是別人想要危及我的生命，也許我也別無選擇。」這正是胡小天的聰明之處，假如他說不記恨，姬飛花肯定不會相信，用這種方式說給姬飛花聽，更容易取得姬飛花的信任。其實到最後他也沒有明確說到底是記恨還是不記恨。

姬飛花居然也沒有追問，春蔥般的手指在茶盞上輕輕點了幾下道：「你父親在戶部做得還算盡職盡責。」

胡小天聽到他提起自己父親的名字，不由得心中一緊，姬飛花難道是在提醒自己，他掌控著自己父親的生死？

姬飛花道：「最近這段時間，咱家會安排你們父子見面。」

胡小天發現姬飛花這個人的確有過人之處，他在這方面採取的態度和權德安截然相反，權德安嚴禁自己和家人見面，而姬飛花卻對自己網開一面，難道是他利用這樣的方式想要收買人心？即便是如此，也顯出他高明的一面，能夠猜到自己心中到底要什麼。

「多謝姬提督。」

姬飛花道：「帶咱家去酒窖看看。」

胡小天哪敢不從，帶著姬飛花進入酒窖，兩人徑直來到地窖的最底層，當日姬飛花和權德安在這裡曾經比拚內力，酒桶爆炸得四分五裂，美酒衝天迸射的情景彷彿還在眼前。

姬飛花走了幾步，環視這間酒窖，昔日的狼藉一片早已收拾清爽，看不到他和權德安那晚爭鬥的痕跡。

胡小天低聲道：「要不要我帶您去密道看看？」

姬飛花搖了搖頭，忽然道：「魏化霖是不是死在了這裡？」

胡小天內心一驚，他萬萬想不到姬飛花會突然提出這樣的問題，想起姬飛花曾經出示給自己的暴雨梨花針，這件事就不難解釋了，胡小天背後瞬間滿是冷汗。

姬飛花的聲音依然平淡道：「是不是你用暴雨梨花針射殺了魏化霖？」他臉上的表情雖然沒有任何殺機，可是這番話已經足夠讓胡小天心驚肉跳。

胡小天抿了抿嘴唇，換成別人早已在如此強大的壓力面前跪下，可是胡小天仍然堅持站著，他心中明白，倘若姬飛花想要殺死自己，絕不會容自己活到現在。而今之計，唯有道出部分實情方能取信於他。胡小天道：「我沒殺他，當時他突然闖入酒窖，剛好還有一人在我身邊。」

姬飛花的表情風波不驚：「誰？」

「小公主！」

「哦？」這下輪到姬飛花有些驚奇了。

胡小天道：「提督應該知道我曾經救過小公主的性命，當晚她穿著太監服來找我敘舊，可魏公公突然就闖了進來，我不知何處得罪了他，他不由分說就要殺掉我，還要將小公主一併除去。」

姬飛花道：「於是小公主便用暴雨梨花針將他當場射殺？」

胡小天點了點頭。

姬飛花呵呵笑道：「你應該沒有騙我，事後，你們是不是用化骨水將魏化霖毀屍滅跡？」

胡小天滿頭是汗，姬飛花當時並沒有在場，卻將事情說得如同親眼目睹一樣，此人的確難於對付，難怪權德安如此老謀深算的人物都會選擇暫避鋒芒。他橫下心來，倘若姬飛花怪罪自己，單是和小公主合謀殺死魏化霖就已足夠他死一百次了。

姬飛花道：「難得你如此坦蕩，其實咱家那天來到酒窖，就已完全明白了。」

胡小天道：「小天罪該萬死，任憑提督處置。」姬飛花果然厲害，在早已猜到事情真相的前提下仍然隱忍不發，直到現在方才點破，確有過人之能。

姬飛花道：「你的確有罪，可是咱家並不想你死，而是要你將功贖罪。這件事錯不在你，看來你到現在仍然沒有看透這件事。」

胡小天道：「還請提督指點迷津。」

「權德安和小公主感情甚篤，他為了保護小公主失去了一條右腿，此事你親身經歷，比咱家要清楚得多。」

胡小天點了點頭。

姬飛花又道：「權德安可以為小公主做任何事，小公主同樣可以為他冒險，你到現在還以為小公主那天晚上來酒窖找你，只是為了敘舊談心？」

一語驚醒夢中人，此時胡小天方才意識到那晚的巧合實在太多，七七緣何會在那時候來到酒窖，魏化霖為什麼也會在同時出現，而七七的手中又為何剛好帶了暴雨梨花針。難道一切都是權德安和七七的計畫，因為姬飛花讓魏化霖取代劉玉章的位置，所以權德安對魏化霖產生了殺念，七七跟他計畫之後，決定由七七親自實施，提前來酒窖找到自己，然後又找人放出消息將魏化霖引入酒窖之中。

胡小天越想越是心驚，一直以來自己都以為殺人之事只不過是個巧合，卻想不到自己只是權德安和七七佈局中的一個棋子罷了，權德安和七七才是這場謀殺的主謀，自己是在不知情的前提下淪為幫兇。

姬飛花道：「你不用感到沮喪，以你的年紀能夠做到現在這個樣子已經很不容易，權德安老謀深算，若非咱家對他瞭解極深，也很難識破他的奸謀。你也不必為魏化霖之死感到自責，咱家讓他接管司苑局之初，並沒有讓他殺人，他和你父親有仇，所以擅自做出了除掉你的打算，有此下場也是活該。」

胡小天道：「姬提督當真不怪我。」姬飛花的話也不能信，焉知當時魏化霖想要剷除自己不是奉了他的命令，也許當時他認為自己只是個可有可無的小角色，現在逐漸發現了自己的價值。

姬飛花道：「用人不疑疑人不用，咱家既然用了你，以往的你所做的一切便一筆勾消。」

胡小天心中暗讚，此人雖然長得像極了一個女人，可心胸和眼界卻是自己生平僅見的博大。胡小天指了指密道的入口處：「那裡便是密道的入口處。」

姬飛花對密道仍然沒有太多的興趣，淡然道：「皇宮地下穴道縱橫，也沒什麼太多稀奇，這兒濁氣太重，咱們還是上去吧。」

胡小天點了點頭，跟著姬飛花走上樓梯。

重新回到自己的房間內，胡小天有種險死還生的感覺，倘若剛才自己有絲毫的差錯，此刻恐怕已經死在酒窖之中了，幸虧自己照實相告，終於打消了姬飛花對自己的殺念。和遠在宮外的權德安相比，取得姬飛花的信任反倒是更為重要。

胡小天不想投靠任何一個，他要憑著自己的本事於夾縫中求生，在兩人的爭鬥中博得最大的利益。權德安想要自己接近姬飛花，為了這一目的，自己可以理所當然地出賣權德安，姬飛花想要利用自己對權德安採取反間計，也會時不時地透露一些消息給自己，在兩人分出一個勝負之前，自己還有利用價值，暫時應該是安全的。

黑虎鞭的事情既然已經成為劉玉章被殺的罪狀，繼續留在自己手中只能是隱患，胡小天必須將這件事向姬飛花坦陳，轉身來到衣櫃前，從中取出了收藏黑虎鞭的木匣，將木匣呈獻給姬飛花，這黑虎鞭神乎其神的功效對太監群體或許擁有著不可抗拒的吸引力，可對胡小天而言算不上什麼。

姬飛花接過木匣，抽開上蓋，揭開蒙在其上的紅綢，當他看清匣中的黑虎鞭之後，並沒有顯現出任何的驚喜，手指一動將紅綢重新蓋上，淡然道：「什麼意思？」

他的反應多少有些超出胡小天的意料之外，胡小天本以為姬飛花看到黑虎鞭會欣喜若狂，卻想不到他竟然如此冷靜。胡小天低聲道：「此物乃是黑虎鞭，據傳有枯木生根之功效。」

姬飛花聽他說完不禁桀桀笑了起來：「枯木逢春？呵呵呵，你當真相信有這種事？」

胡小天道：「今日榮公公又來討要，口口聲聲說是皇上要的，小天不敢擅自做主，還請提督定奪。」

姬飛花道：「他要是不說，皇上怎麼會知道有這件東西？什麼黑虎鞭，咱家看也是以訛傳訛，小天，這根東西就送給你吧。」

胡小天有點不能相信自己的耳朵，姬飛花怎麼會對自己這麼好？這件事似乎有些不對啊，當初劉玉章可以說就間接死在了這根黑虎鞭的身上，現在姬飛花將黑虎鞭留給自己，豈不是留下了一個把柄，這玩意兒等於是個定時炸彈，說不定什麼時候就會被引爆。

胡小天道：「可……」

姬飛花笑道：「你怕咱家以此為把柄來對付你？咱家真想對付你何須理由？」他緩緩站起身道：「你有沒有時間？」

胡小天慌忙躬身道：「悉聽提督差遣。」

姬飛花道：「今晚宮外有個酒局，你若沒什麼事情，就跟咱家一起過去。」

「是！」

黃昏時分，胡小天隨同姬飛花一起乘車出了皇宮，除了胡小天之外就只有駕車的車夫，除此之外再沒有任何人隨行。放眼皇宮大內，很少有人會有和姬飛花同車的榮幸。

姬飛花坐在車內雙目閉合靜靜養神，胡小天不敢打擾他，默默候在一旁，因為兩旁車簾落下，看不清外面的情景，只能聽到馬蹄落地和車輪碾壓的聲音。出了皇城之後行了約有一個時辰，馬車終於抵達了目的地。

姬飛花在此時緩緩睜開雙目，外面車夫恭敬道：「提督，煙水閣到了！」

胡小天聽到煙水閣三個字，心中不由得一動，煙水閣正是他當初和禮部尚書吳敬善鬥文的地方，遙想昔日風光，自己憑藉著超人一等的對聯功夫將禮部尚書吳敬善、御史中丞蘇清昆之流鬥得顏面無存，一幫文人墨客在自己的面前盡失顏色，聞名天下的才女霍小如也因此而對自己青眼有加。那一切彷彿是昨日方才發生的情景，卻想不到不足一年之間已經發生了天翻地覆的變化。

車夫拉開了車門，胡小天先下了車，本想去攙扶姬飛花，姬飛花卻擺了擺手，車夫擺了一個小凳，姬飛花踩著小凳走了下來，他仰首望著煙水閣上的橫匾，然後又看了看停在門外的馬車，輕聲道：「看來他們都已經到了。」

胡小天跟著姬飛花一起走入煙水閣。

煙水閣樓高五層，他們當晚赴宴的地方就在五樓。胡小天隨同姬飛花走上階梯的時候心中始終在琢磨，卻不知今晚出現在這裡的究竟是哪些重要人物？

走入煙水閣的第五層，兩名身材魁梧的武士站在入口處，看到姬飛花上來，慌忙躬身行禮：「姬提督到！」

姬飛花看都不看他們一眼，昂首闊步繼續向裡面走去，胡小天快步跟在他的身後，聽到一個爽朗的笑聲道：「姬提督到了！」只聞其聲，不見其人。

胡小天邁過最後一個台階的時候，方才看到一名年輕英俊的男子大步迎向他們，雙手抱拳，滿面笑容道：「博遠有失遠迎，還望姬提督不要見怪。」來人正是當朝太師文承煥的兒子文博遠，神策府公開的組織者。

姬飛花停下腳步，唇角露出一絲魅惑的笑靨，一雙鳳目盯住文博遠，淡然道：「你是晚輩，咱家怎會怪你？」看似普通的一句話，實際上卻充滿了詰難的意思。

胡小天雖然心中並不站在姬飛花的立場，可是從眼前的情況來看，文博遠應該是有意為之，真要是對姬飛花表示尊敬，他就應當在煙水閣的大門前等著迎接，而不是他們來到五層的時候方才匆忙出來，擺明了是故意這樣做，充滿了敷衍的意思。得悉文博遠的身分之後，胡小天馬上就明白了他因何會這樣做。文博遠是神策府的組織者，也就是說他目前和權德安處在同一立場，是姬飛花的對立面，他的所作所為就可以理解了。只是姬飛花既然和文博遠不睦，卻又為何前來赴宴？難道今晚這場宴會是鴻門宴？胡小天的心中暗自警覺。

文博遠聽到姬飛花稱呼自己為晚輩，心中自然不爽，暗罵姬飛花一個閹賊又怎敢如此稱呼自己，表面上卻沒有流露出絲毫的不悅，微笑道：「姬公公請！」以牙還牙，你不敬我，我自然無需給你太多的面子，稱呼從提督變成了公公，顯然是在告訴姬飛花，你無非是一個太監罷了。文博遠也是大康年輕一代中的翹楚人物，不但武功出眾而且智慧超群，其父文承煥在龍燁霖登基一事上出力不小，和左丞相周睿淵一樣深得龍燁霖的器重，官居一品，被龍燁霖稱為自己的左膀右臂，大康的棟樑之臣。

姬飛花雖然得到皇上的寵幸，可畢竟是一個太監，按照官階來說也就是一個四品，文博遠還在兵部掛職，御賜明威將軍，從四品下，比起姬飛花也差不到哪裡。姬飛花不動聲色，微笑如故緩步走入其中，胡小天也隨後而行。文博遠卻使了一個眼色，兩名武士伸手將胡小天攔住。

胡小天還沒有來得及說話，卻見眼前一晃，隨後聽到啪啪兩記清脆的耳光，再看之時，兩名武士的面龐已經高高腫起，卻是姬飛花閃電般賞了兩記耳光給他們，姬飛花出手之快形如鬼魅，胡小天根本沒有看清，此時姬飛花已經收回右手，漫不經心道：「不開眼的東西，咱家的人你也敢攔？」

打狗還需看主人，姬飛花打的是這兩名武士，可實際上是在給文博遠難堪，文博遠本身只是想借著阻攔胡小天挫一挫姬飛花的銳氣，卻想不到姬飛花的反應如此激烈迅速，心中不由得一凜，單從姬飛花剛才表現出的身法來看，此人的武功深不可測。文博遠應變也是奇快，他怒道：「混帳東西，居然敢對姬公公不敬。」

兩名武士真是打落門牙往肚裡咽，這事的始作俑者是文博遠，現如今責任全都讓他們兩人給擔了。兩人低下頭去，讓開胡小天身前的道路。

意想不到的一幕卻發生了，胡小天並沒有急於通過，而是揚起手來，啪啪！也是兩大嘴巴子問候了過去。如果說剛才姬飛花出手，這兩名武士是無力防備，胡小天出手只能是他們毫無防備了，包括姬飛花在內都沒有想到胡小天會出手。

打的是武士的臉，羞辱的卻是文博遠。

文博遠一張面孔立時變得鐵青，目光中殺機森然。

胡小天卻若無其事地來到他的身邊，微笑道：「文將軍還是饒了他們吧，咱家已經代你教訓過他們了。」

文博遠真是被這廝氣呆了，這貨得有多無恥？打完了人居然還裝好人。

姬飛花的唇角卻是流露出一絲笑意，心中暗讚胡小天這兩巴掌打得好，落井下石實在是巧妙，自己教訓那兩名武士，文博遠或許還感覺不到什麼，胡小天這個小太監出手，這臉打得是相當漂亮，這小子居然也咱家咱家的，哈哈真是笑死我也。

文博遠也非尋常人物，目光中的殺機稍閃即逝，微笑點了點頭道：「你們兩個還不多謝這位小公公幫你們說情。」

兩名武士忍氣吞聲地躬下身去：「謝謝公公說情。」嘴上稱謝，心中恨不能將胡小天千刀萬剮。

走入宴會現場，發現當晚的賓客多數都已經到了，胡小天從中找到了幾個熟人，禮部尚書吳敬善、御史中丞蘇清昆，其他還有不少人他並不認識，這兩人和他有舊怨，胡小天慌忙低下頭去躲在姬飛花的身後，他可不想招惹麻煩。

吳敬善老眼昏花並沒有認出已經成為太監的胡小天，反倒是蘇清昆一眼就認出了他，蘇清昆心中先是一喜，自從煙水閣被這小子搶盡風頭弄得灰頭土臉之後，一直引以為恨，現在這小子走了揹運，看來終於有了報復的機會，可當他看出胡小天是跟著姬飛花過來的，馬上心中又是一沉，姬飛花可是皇上身邊的紅人，自從皇上登基之後，此人在宮中的勢力日益坐大，打狗還需看主人，今天看來是不能出這口氣了。

姬飛花雖然當紅，可在官階上他比吳敬善要低，理當主動過去打個招呼，他走過去的時候，吳敬善也站起身來，身為禮部尚書能夠坐穩兩朝，這點眼色還是有的。吳敬善拱了拱手笑道：「姬提督也來了。」

姬飛花微笑道：「聽聞吳大人過來，我是一定要過來的，今天前來不但是為了和吳大人把酒言歡，還想找吳大人求一幅墨寶呢。」吳敬善是大康頗有名望的書法家，所以姬飛花才有此言。

吳敬善笑道：「過獎了，過獎了，老夫那點道行可不敢獻醜。」此時他也總算看清姬飛花身邊的胡小天了。雙目在胡小天身上打量了一下，微笑道：「這不是胡不為的寶貝少爺嗎？」換成胡不為當權之時，吳敬善也不敢直呼其名。

姬飛花並不知道胡小天和他有過節，笑著點了點頭道：「正是！小天，趕緊見過吳大人。」

胡小天硬著頭皮走了上來，拱手道：「胡小天參見尚書大人！」

本來這句話沒什麼，可吳敬善聽他說出來卻感覺到格外刺耳，不由得想起尚書是狗這個對聯來，一時間老臉發熱，可礙於姬飛花在場也不敢公然發作。只能先忍下這口氣和姬飛花寒暄了兩句，準備落座。忽聽外面又傳來通報之聲：「皇子殿下到！」

姬飛花聽到這聲通報不由得心中一怔，哪位皇子？今晚赴宴之前文博遠並沒有告訴他有皇子要來。

眾人齊齊起身相迎，卻見三皇子龍廷鎮在兩名侍衛的陪同下大踏步走了進來。姬飛花看到是龍廷鎮，心中一沉，果然宴無好宴，今晚文博遠請自己過來，分明是要給自己難堪來著。身為皇上身邊的紅人，姬飛花並沒有得到幾位皇子公主的信任，反倒受到頗多微詞，尤其是這位三皇子龍廷鎮，他對姬飛花向來是沒什麼好臉色的。

眾人上前相迎，龍廷鎮微笑擺了擺手道：「這裡不是皇宮，各位大人不用拘禮。」在看到姬飛花的時候，他咦了一聲道：「姬公公，你也來了？」

姬飛花微笑道：「奴才不知皇子殿下大駕光臨，有失遠迎還望恕罪。」

龍廷鎮道：「本王可管不了你！」一句話讓現場頓時靜了下來，誰都能夠聽出這位三皇子對姬飛花的不滿。

姬飛花道：「皇子殿下此言差矣，沒有陛下就沒有奴才的今天，奴才對陛下對皇子殿下對大康忠心耿耿，就算是為了大康賠上性命，也不會有絲毫的猶豫。」

龍廷鎮呵呵笑了起來，他背著雙手，環視眾人道：「大家都聽到了沒有，姬公公真是我大康的忠良之士，你們要好好跟他學學。」

看到姬飛花目前的處境，胡小天甚至都有些同情他了，太監再強勢終究還是一個太監，即便是別人在表面上敬著你，可心底裡是根本看不起你的，沒有人把他們這一群體當成正常人看待，龍廷鎮貴為一國皇子，又怎麼會看得起這幫奴才。

姬飛花自始至終卻沒有流露出絲毫的怒氣，在文博遠的招呼下眾人落座。

姬飛花被安排在和龍廷鎮同桌，並非是出於對他的尊重，而是給他製造難題，太監和皇子同桌，且看他如何擺正自己的位置。

胡小天本想站著，按理說這種場面是不應該有他的位子坐的，可姬飛花卻輕聲道：「小天，你就坐在咱家旁邊。」

所有人的目光都向胡小天看來，一時間胡小天成了眾人聚焦的中心，其實在場的人多數都有些納悶，這小子何德何能？剛剛入宮居然就巴結上了姬飛花，姬飛花也實在太囂張了，別看他是內官監提督，按理也是沒資格和三皇子平起平坐的，現在他不但自己坐了下來，而且還讓他的小跟班也坐下，這根本就是肆無忌憚，狂妄至極。

龍廷鎮向胡小天多看了一眼，總算記起胡小天就是那個在紅山馬場遇到過的小太監，他並沒有說話，只是向身邊的吳敬善掃了一眼，吳敬善馬上就明白了他的意思，笑道：「姬公公，我看這位小公公坐在這裡不妥吧。」

姬飛花端起桌上的茶盞，抿了一口，漫不經心道：「有何不妥呢？」

吳敬善本想說他只是一個小太監，可這樣明說等於得罪了姬飛花，如果不是三皇子給他暗示，他是不會站出來當這個臭頭的，吳敬善心念一轉道：「今日來煙水閣大家把酒言歡，舞文弄墨，乃是風雅之事，這位小公公……」吳敬善本想陰損胡小天幾句。

姬飛花卻打斷了他的話道：「吳大人，咱家卻聽說在小天入宮之前你們曾經在這煙水閣對過對子，當時的情景咱家雖未親臨，可是卻傳遍京城，轟動一時呢。」

胡小天此時方才明白姬飛花將自己帶來的本意，姬飛花這種人從不無的放矢，做任何事都經過深思熟慮，他將自己帶來應該是為了應對吳敬善之流。只是今天他似乎沒有計算到三皇子龍廷鎮會出現，龍燁霖登基並沒有太久的時間，可是在朝廷內部卻明顯出現了幾大派系，彼此之間明爭暗鬥，大康京城的平和氛圍只是表像，揭開表像，其下卻是暗潮湧動。

龍廷鎮笑道：「坐吧，姬公公的人也不是外人。」有了他的這句話，頓時平復了爭議。

胡小天雖然坐下，可也是極有眼色，忙著為在座的幾人斟酒，這就省卻了姬飛花的許多麻煩。文博遠道：「我聽說這煙水閣乃是康都才子定期筆會的地方，吳大人乃是梅山學派的領軍人物，一定經常來到這裡吧。」

吳敬善笑道：「學問無止境，老夫又哪裡稱得上領軍人物，這裡我也有半年未來了。」

龍廷鎮道：「聽聞吳大人出使大雍，北方才子，遍及長城內外，不知在大雍有何見聞？」

吳敬善笑道：「此次大雍之行正應了一句話，百聞不如一見，所謂北方才子不過爾爾。」說這番話的時候，他臉上浮現出極其傲嬌的表情，胡小天雖然和他才見過兩面，卻知道此人一向自我感覺良好，心中對吳敬善頗為不屑。

姬飛花道：「吳大人之言從何談起？」

吳敬善道：「我遊歷大雍之時，出了一聯，人人搖手不對，連一個對聯都對不上，這北方才子遍及長城內外又從何說起？怎比得上我們錦繡大康，才人輩出。」

龍廷鎮半信半疑，問道：「大人的出句竟如此之難？」

吳敬善道：「一般，所以老夫才有此言。」沉吟了以下，方才念了上聯：「雙塔隱隱，七層四面八方。」

眾人沉默下去，似乎若有所思。

姬飛花眼角朝胡小天飛過去一縷目光，胡小天意會，姬飛花是讓自己出頭來著，看來自己在煙水閣對對子的事情他早已聽說過，今天帶自己過來果然是要利用自己來對付吳敬善這個老傢伙。於是胡小天笑道：「吳大人怎麼知道人家不會？」

吳敬善冷冷看了他一眼道：「他們聽完老夫的上聯之後皆擺手不答，可不是不會嗎？」

胡小天大笑道：「這樣簡單的出句，人家不是不會，而是不屑回答，所以才搖手以對。」

吳敬善心中這個氣啊，這小猢猻是專門生來跟自己做對的？那句話不討喜他就說哪句。一旁御史中丞蘇清昆已經不忿斥道：「狂妄，你一個小太監懂什麼？」

姬飛花雙眸之中閃過一絲寒光，冷冷道：「蘇大人連聽人把話說完的耐性都沒有嗎？」

蘇清昆遭遇到姬飛花的目光，從心底打了一個冷戰，竟然不敢和他目光相對，垂下雙目低聲道：「我就不信他能夠對得出來。」

胡小天道：「何須我對，那幫被吳大人沒有放在眼裡的北方才子，已經對出來了。」

吳敬善也是現出迷惑的目光，他怎麼不知道？

胡小天伸出手向他搖了搖道：「他們可是這樣擺手的？」

吳敬善點了點頭。

胡小天道：「人家的下聯是，孤掌搖搖，五指三長兩短。」一言既出，滿座皆驚。

吳敬善一張老臉頃刻間變得一片通紅，蘇清昆為之咋舌，文博遠目光一亮，開始重新審視眼前的這個小太監，龍廷鎮也是暗暗叫絕，雙塔隱隱，七層四面八方。孤掌搖搖，五指三長兩短，妙啊！真是妙到了極點。

姬飛花此時笑靨如花，一雙明眸溢彩流光，在胡小天臉上掃了一眼，充滿欣賞和鼓勵之意，然後望著吳敬善道：「吳大人的這個故事真是精彩啊，呵呵……」

吳敬善羞惱得差點沒鑽到桌子底下去，怪只怪他剛才的自我感覺太好了，現在忽然有種被胡小天當眾打了一耳光的感覺，

蘇清昆趕緊為吳敬善解圍，他道出準備好的上聯：「這位小公公真是有些才學呢，我也有一聯。」

胡小天不屑望著蘇清昆，上次被打臉還沒有得到教訓，居然還敢在我面前獻醜，他笑道：「蘇御史請出題。」

「我這上聯是：四面燈，單層紙，輝輝煌煌，照遍南北！」

胡小天想都不想就回答道：「一年學，八吊錢，辛辛苦苦，歷盡秋冬。」

眾人齊聲叫好，文博遠卻道：「好是好，不過我覺得蘇大人這上聯最後應該是照遍東西南北更佳！」

蘇清昆笑瞇瞇道：「文將軍說得是，可對聯也要分清對象，和別人對是東西南北，可和這位小公公對，就只能是南北了。」

周圍幾人同時問道：「為何沒了東西？」

蘇清昆雙目一轉，望著胡小天充滿嘲諷的笑意：「這句話應該問胡公公才對。」一時間所有人都明白了過來，蘇清昆真是高妙啊，拐彎抹角地罵胡小天沒有東西是個太監。暢快之餘蘇清昆也暗捏了一把汗，自己的這幅對聯等於將姬飛花一併得罪了。

姬飛花卻並沒有動怒，他微笑向胡小天道：「小天，大家都問你呢，為何沒了東西？」

胡小天微笑道：「說起東西這兩個字，我突然想起了一個故事，我在青雲為官之時，曾經遇到一個妓女告狀，她狀告三名嫖客。」無論高低貴賤地位如何，眾人對這種事情都是有興趣的，尤其是一個太監講這種故事，全都聚精會神地聽著。

胡小天道：「那妓女指責這三名嫖客不是東西，我於是開堂審案，原來那妓女姓蘇，她生了一個兒子，可是卻搞不清孩子的父親是誰，於是狀告三人，認為他們三個都有嫌疑。」

聽到妓女姓蘇，姬飛花不禁莞爾，他笑道：「接著說。」

胡小天道：「我問案之後，自然要那三名有嫌疑的男子分別掏出一筆銀子，負擔起養育之責，可這個麻煩解決，借著麻煩又來了，三人都掏了銀子，這孩子到底跟誰姓？叫什麼？三人又爭執起來。於是我便替他們想了一個主意，這孩子還是從娘姓，讓他姓蘇，至於名字嗎，這三人兩個土族，一個是黑月族，每人都有一點，各位大人猜猜我給他起了個什麼字？」

所有人都猜到了，可誰也不好說，姬飛花道：「應該是個清字，可是沒有東西啊？」

胡小天笑道：「提督高才，這最後一個字，和東西有關了，若沒有三人的東西，就沒有這個孩子，我於是想了想，就將兩個字上下合二為一，給他起了個昆字，我將道理跟他們說明之後，三人都表示滿意，對我千恩萬謝，滿意而歸。」

第八章

夜襲

姬飛花細膩如玉的精緻耳廓突然顫動了一下，
一雙鳳目猛然睜開，逼人的寒光閃爍在暗夜之中，
他聽到一聲尖銳的鳴響，雖然細微，
可是仍然無法逃過他敏銳的耳力，
金屬破空的聲音由遠及近。

蘇清昆一張臉先是漲紅然後變得鐵青，然後又變得發紫，胡小天顯然在拐彎抹角地罵自己，罵得何其惡毒，他正準備發作。卻聽姬飛花格格笑了起來：「貼切是貼切，可惜太粗俗了一些，皇子殿下以為呢？」

三皇子龍廷鎮也笑了起來，他們一笑，被憋了半天忍得辛苦的眾人全都笑了起來，蘇清昆差點沒被氣得吐血，小畜生，我不報此仇誓不為人。

胡小天笑道：「這世上巧合的事情實在太多，小天說的這孩子也算是有福緣，不過他的姓乃是舒服的舒，不是蘇大人的蘇。」越描越黑，姬飛花笑得越發暢快。

文博遠並沒有笑，靜靜望著侃侃而談的胡小天，忽然發現這小子果然是個不可多得的人才。

姬飛花道：「難得大家這麼開心，咱家也有一聯。」

眾人停下笑聲，全都望向姬飛花，姬飛花的目光卻只看著龍廷鎮一個。

龍廷鎮笑道：「小王洗耳恭聽。」

姬飛花道：「我這上聯是：雙手劈開生死路！」

龍廷鎮雙眉微皺，輕聲道：「一筆寫盡悲歡事！」

眾人齊聲叫好。

姬飛花卻緩緩搖了搖頭道：「皇子殿下的下聯聽著似乎貼切，可細細一品卻不是最佳。」

文博遠一旁道：「我也覺著似乎缺了點什麼。」他停頓了一下抬起頭來，目光灼灼盯住姬飛花道：「我想明白了，好像少了一股殺氣！」

吳敬善道：「皇子殿下宅心仁厚，字裡行間自有表露。」

姬飛花笑道：「這下聯其實早就有了。」他站起身道：「一刀斬斷是非根！」說完之後，向龍廷鎮請辭。

龍廷鎮也沒有留他，點了點頭。

姬飛花一走，胡小天當然沒有留下的必要，他跟著姬飛花一起離開了煙水閣。

姬飛花來到煙水閣外，轉身看了看煙水閣的招牌，目光中掠過一絲陰冷的寒意。胡小天跟在他身邊，清晰感覺到由他身上彌散而出的凜冽殺氣，連汗毛都應激而立。

姬飛花並沒有急於上車，而是輕聲向胡小天道：「很好，不枉咱家對你的看重。」一指了指前方的長街：「走兩步！」

胡小天和姬飛花並肩而行，走出一里多路，來到西鳳橋前，橋旁河畔有一個小小的夜市攤兒，攤主是一對老年夫婦，因為天冷生意清單得很，兩人已經有了收攤的打算。

姬飛花走了過去，將一錠足有五兩的元寶放在攤前。那老頭兒忙著擺好了一張小桌，放了兩張矮凳。

姬飛花招呼胡小天坐下，看來他應該是這裡的熟客，不用點菜，事實上這小吃攤也沒幾樣菜。不一會兒工夫老太婆就端上了熱騰騰的鹵牛肉，一盤白蓮藕。車夫從車上拿了一罈玉堂春送了過來，胡小天將酒罈打開，在姬飛花的酒碗內斟滿酒，自己也倒了一碗。

姬飛花將杯中酒一飲而盡，胡小天也不甘落後，把自己的那碗酒喝完，人生真是奇妙啊，此前他決計無法想到，自己居然和姬飛花有機會坐在一起，而且面對面坐在皇城的一個不起眼的小吃攤前飲酒。

姬飛花的目光顯得有些迷惘，望著遠方煙水閣的方向，煙水閣仍然燈火通明，在陷入夜色籠罩中的京城中顯得格外突出。

胡小天夾了一塊熱切牛肉，蘸了點醬汁塞入口中，牛肉軟爛多汁，鮮美可口，想不到這不起眼的小吃攤居然會有如此美味。更想不到在宦官中高高在上，目空一切的姬飛花會挑選這樣一個小吃攤來飲酒。

姬飛花輕聲道：「你今晚看到了什麼？」

胡小天把嘴裡的牛肉給咽了下去，又灌了口酒，話說這酒肉真是不錯，他狡黠道：「我看到的其實提督全都經歷了。」

姬飛花道：「說說你的看法。」

胡小天道：「不敢說，害怕說錯。」

姬飛花道：「說！」

胡小天道：「三皇子好像對您有些成見。」

姬飛花笑了起來：「他在咱家心中只是一個小孩子，他是皇子，無論怎樣對我，咱家都不會因此而生出半點怨氣。」

胡小天聽他說得漂亮，可是不是真能做到就很難說。他低聲道：「吳敬善、蘇清昆之流應該是想巴結三皇子，所以才會跳出來，我看他們沒有得罪您的膽子。」

姬飛花道：「真正可惡的就是這種人，他們以為傍上了三皇子，便一個個跳出來跟咱家作對。」

胡小天道：「文博遠是什麼人？」

「文太師的兒子，他和權德安走得很近，陛下同意新近組建的神策府，就是他在出面組織。怎麼？你沒有聽說過？」

胡小天道：「聽說過神策府，但是並沒有聽說過其他的事情。」

姬飛花意味深長地笑道：「老賊口口聲聲忠君愛國，實際上還不是為自己的利益做打算，他勾結文承煥，成立神策府，根本不是為了保護皇上，也不是為了皇上分憂，真正的用意卻是要扶持三皇子上位。」

胡小天默然不語，姬飛花所說的這些應該不是謊話，龍燁霖登基雖然時間不久，可是冊立太子之事已經提上議事日程，如今幾位皇子都在為了太子的位子積極活動，三皇子龍廷鎮呼聲甚高，有了太師文承煥的支持，他的底氣自然足了不少。忽然感覺到如今的大康和過去並沒有什麼不同，誰來當皇帝也沒有太多的分別。圍繞皇位的爭奪，古往今來從未有平息的時候。他拿起酒罈為姬飛花將酒碗滿上，低聲道：「您屬意何人？」

姬飛花道：「皇上正值壯年，立嗣之事無需急於一時，著急的是這幫人罷了。」

胡小天道：「我聽說神策府之所以成立是為了對抗天機局的。」

姬飛花笑了起來：「現在的天機局早已不復昔日之威武，所謂對抗，無非是巧立名目罷了。在權德安的口中，咱家是不是驕奢淫逸，窮奢極欲呢？」

胡小天道：「他很少在我面前提起您。」

姬飛花將酒碗緩緩放下：「咱家能有今日其實和權公公的提攜有些關係。」

胡小天多少也聽說了一些他和權德安的恩怨，現如今姬飛花羽翼漸豐，已經不把權德安這位恩師放在眼裡，權德安和他之間的爭寵，從根本原因上來說還是權力之爭。

姬飛花道：「咱家並沒有想跟他為敵的意思，可是他卻視咱家如同眼中釘肉中刺，非要將我處之而後快。」

胡小天當然不會信他的一面之詞，姬飛花和權德安並沒有什麼根本上的區別。

此時一絲沁涼的雨滴落在了胡小天的臉上，姬飛花左手的小指微微一動，他輕聲道：「要下雨了，回宮。」

馬車緩緩行進在天街之上，外面飄著零星的雨滴，這雨滴以緩慢的節奏敲打在馬車的頂棚，營造出一種類似走秒的滴答效果，胡小天忽然想起了天街小雨潤如酥的詩句，想起上次和慕容飛煙一同漫步天街，想起了在這裡和霍小如的相遇，人生存在著太多的巧合太多的不可預知。

姬飛花細膩如玉的精緻耳廓突然顫動了一下，一雙鳳目猛然睜開，逼人的寒光閃爍在暗夜之中，他聽到一聲尖銳的鳴響，雖然細微，可是仍然無法逃過他敏銳的耳力，金屬破空的聲音由遠及近，姬飛花從聲音中判斷出奔行的速度和方向。

車輪碾壓到青石之間的縫隙，車身先是向下微微一沉，然後因為顛簸，車廂向上有一個明顯的騰躍。胡小天在此時方才聽到了金屬破空聲，他有些驚恐地睜大了雙眼。

姬飛花纖長潔白的手慢慢探了出去，宛如蘭花般綻放在夜色之中，一根精鋼鑄造的長矛蓬的一聲穿透車廂，尖銳而閃亮的矛尖帶著熱力於高速中衝入車內，姬飛花一把將長矛握住，毫不費力，信手拈來，然後手臂微微震動了一下，長矛逆向飛了出去。他冷哼一聲，身軀騰空而起，車廂的頂棚被他一掌擊碎，身軀螺旋般上升，轉瞬之間已經上升到五丈的高度。

咻！咻！咻！十多道寒芒分從五個不同的角度射向仍在空中的姬飛花，姬飛花的身軀旋轉陡然加快，紅色的斗篷在暗夜中完全化成一片紅光，將他的身軀籠罩，射來的羽箭全都落空。與此同時，反向射出的長矛尾端已經撞開了後方的磚牆，藏身在磚牆之後的偷襲者還沒有來得及抽身離開，就看到那槍桿於灰塵瀰漫的牆洞中射了進來，擊中他的胸口，硬生生穿透他的身軀從後心鑽了出來，撕心裂肺的慘叫聲響徹在靜夜之中。

紅光一閃，姬飛花已經落在街道右側的屋簷之上，一甩斗篷，一雙鳳目傲然環視周圍，居高臨下，大有捨我其誰的氣度。

胡小天也隨後跳出了馬車，馬車的目標太大。留在車內等於留在危險之中。雙腳剛剛落在地上，就聽到遠方傳來犬吠之聲，胡小天舉目望去，四周有十多隻獒犬正在向他所在的位置包圍而來。

「上來！」卻是姬飛花發出了提醒。

胡小天抬頭看了看，自己可沒有他的本事，凌空一躍就能跳上房頂，不過好在他學會了金蛛八步，危急關頭，胡小天也顧不上掩飾自己會武功的事實。沿著圍牆向上爬去，那車夫催動馬車繼續向前狂奔，試圖衝過獒犬的包圍圈，兩匹馬兒在他的驅策下拚命向前，突然之間幾頭獒犬同時騰躍起來，於空中已經張開血淋淋的大口，白森森的利齒狠狠咬在馬兒的頸部。

胡小天在馬兒的嘶鳴聲中爬到了房頂，喘息未定，卻見空中黑壓壓一片向他們飛撲而來，姬飛花冷哼一聲：「走！」他沿著房頂向前方奔去，胡小天竭力追趕他的腳步，在房頂之上縱橫騰躍，可畢竟武功不濟，沒多久就已經被姬飛花甩開，眼看那一片黑雲越來越近，定睛一看，卻是黑壓壓的一片蝙蝠群。胡小天並不是第一次經歷這種場面，在逃出燮州的時候，夕顏曾經用同樣的手段懲罰過他，不過這次的蝙蝠群比起上次的規模更大，鋪天蓋地，還沒有來到近前就聽到讓人心頭戰慄的吱吱聲。

姬飛花並沒有將胡小天扔下，他抓起一張瓦片猛然扔了出去，瓦片泛起青光在夜色中劃出一道弧線，徑直射入蝙蝠群中，姬飛花的內力何其強大，這一擲勝過強弓勁弩發射，至少有百餘隻蝙蝠被他擊落。

蝙蝠群因為向周圍逃避而暫時分散開來，從中現出一個魁梧的黑色身影，他周身穿著黑色烏金甲，背後一雙烏金羽翼舒展開來足有兩丈長度，原來他是利用蝙蝠的掩護俯衝而下。

手中四尺長刀高舉過頭，居高臨下劈了下去，他的目標顯然不是胡小天。

胡小天眼看著這詭異的黑甲刺客從自己的頭頂掠過，幾百隻蝙蝠向他撲來，胡小天雙手連續擊打，阻止蝙蝠近身。

姬飛花冷冷望著那名從高處向自己俯衝發動襲擊的黑甲人，身軀一動不動，長刀距離他的頭頂不過五丈的距離，此時屋頂的瓦片突然升騰而起，似乎被一股巨大的吸引力所牽引紛紛向上飛去，撞擊在蝙蝠的身上，在姬飛花的身體周圍形成了一層厚厚的護盾。

黑色甲冑，黑色翅膀，黑色長刀，長刀以力劈華山之勢向青瓦形成的護盾劈砍而去，墨色刀鋒無聲無息劈開夜色，深秋的寒氣宛如狂潮一般向兩旁飛湧。刀鋒未至，刀氣已經先行撞擊在青瓦形成的護盾之上，瓦片的炸裂聲接二連三地響起，劈開包裹在姬飛花身體周圍的青瓦，方才發現其中已經空無一物，剛才姬飛花站立的屋頂之上現出一個三尺直徑的大洞。

黑甲刺客雙臂一震，身後巨大的金屬雙翅隨之一震，身軀向上爬升了一丈有餘。

腳下的地洞之中傳來喀嚓一聲巨響，屋頂從中陷落坍塌，房屋轟然坍塌的聲響之中，煙塵瀰漫，胡小天眼看著房頂向下崩塌下去，慌忙一轉身，飛身騰躍而起，落在對面的屋頂之上。

蝙蝠群鋪天蓋地向已經坍塌的廢墟飛撲而去，自廢墟中，一根長約五丈，直徑有成人腰部粗細的巨椽衝天而出，卻是一根房樑，一團紅光托著這根巨椽飛速升騰而起，衝入黑壓壓的蝙蝠群中，不及逃開的蝙蝠被巨椽撞中頓時化為一灘血肉，蝙蝠紛紛四散而逃，巨椽去勢不歇直奔黑甲刺客撞擊而去。

黑甲刺客雙臂揮舞，他的臂膀上有控制身後雙翼的機關，改變方向朝著正南方向滑行。姬飛花冷哼一聲，豈能輕易將他放過，身軀一擰，單臂舉起巨椽向刺客追逐而去，這根巨椽至少有千斤份量，姬飛花竟然可以用單臂托起，舉重若輕，揮舞自如，他的武功修為真可謂是驚世駭俗了。

黑甲刺客震動雙翼向上爬升，然後一個靈巧的轉向，掉回頭來，改為直接面對姬飛花，雙翼舒展自虛空中俯衝而下，攜俯衝之力，一刀刺向巨椽。

刀鋒刺入椽木的中心，強烈的刀氣便向四處激發，椽木炸裂開來，長刀在和巨椽的對決中完全佔據了上風，五丈長度的椽木竟然沒有起到任何的阻擋作用，黑色長刀摧枯拉朽一般穿透了五丈的椽木，墨色刀鋒直刺姬飛花的掌心。

姬飛花的唇角露出一絲淺笑，烈焰紅唇如同黑夜中綻放開來的玫瑰，白嫩如玉的手掌平平伸了出去，以掌心阻擋住對方的刀鋒，漆黑如墨的刀鋒，潔白如玉的手掌，對比如此鮮明，血肉之軀又如何阻擋得住那無堅不摧的利器。

黑甲刺客發出一聲桀桀怪笑，他的聲音如同金屬摩擦那般刺耳，全身的力量猛然一吐，試圖穿透姬飛花細膩的手掌，直取他的咽喉。刀身可以穿透五丈長度的堅硬椽木，可是面對姬飛花血肉鑄成的輕薄手掌卻無能為力，兩股力量的比拚中，墨色刀身彎曲如弓。

黑甲刺客閃過一絲震駭莫名的光芒，姬飛花揚起了左手，鳳目之中殺機凜然，左手中指和拇指圈在一起，一道細微的寒芒彈射而出。

黑甲刺客的瞳孔驟然收縮，看到那一絲寒芒的時候，想要躲閃已經來不及了，情急之下，只能閉上眼睛，饒是如此，仍然感覺到眼皮被刺了一下，這股刺痛隨即傳導到他的瞳孔，一直深入到他的腦部，黑甲刺客爆發出一聲撕心裂肺的吼叫，棄去長刀，右掌拍擊在自己的胸膛之上，他的身軀瞬間向上躥升一丈有餘，姬飛花抓住墨色長刀的刀尖，隨意一揮，刀刃從對方的足踝處掠過，鮮血四濺，黑甲刺客的雙臂在空中先是擴展然後合在了一起，身後巨大的黑色雙翼也合攏在一起，他的身軀發出蓬！地一聲巨響，烏金打造的羽翼分裂開來，成千上萬片黑色的羽毛宛如漫天飛雨一般向下射落，將姬飛花籠罩其中。

姬飛花紅色的斗篷無風自動，向上飄揚而起，一股無形罡氣以他的身體為中心向周圍逼迫而去，彌散在夜色中的塵屑突然改變了方向，向周圍輻射開來。黑色箭羽遇到這股無形罡氣再也無法突破前行，紛紛落在了地上，叮咚之聲不絕於耳。

黑甲刺客壓箱底的漫天飛羽雖然沒能將姬飛花擊殺，可是他也獲得了難得的喘息之機，蝙蝠群形成的黑雲將他的身軀層層籠罩，帶著他向西北方向俯衝而去。

姬飛花一揮手將斗篷甩向身後，一雙鳳目望著蝙蝠群遠去的方向，竟然沒有繼續追趕的打算。耳邊響起窸窸窣窣的聲音，他循聲望去，卻見胡小天灰頭土臉地爬到了他所站立的屋簷之上，喘著粗氣道：「提督大人，你有沒有事？」

姬飛花搖了搖頭示意自己沒事，胡小天這才爬了上來，雖然他裝出笨手笨腳的樣子，姬飛花仍然從中看出了一些什麼，輕聲道：「他將金蛛八步交給你了？」

胡小天不敢否認，點點頭道：「學過，可惜我天資愚笨，還沒能掌握。」

姬飛花呵呵笑了起來，一閃身已經從屋簷上跳了下去。胡小天這才發現剛才駕車的車夫出現在下方，他的手中拎著三顆血淋淋的頭顱，剛才他們在屋頂遭遇危機之時，車夫也遭遇獒犬的伏擊，胡小天幾乎將他忘到了一邊，現在才意識到這車夫也不是尋常的人物，能從十多頭兇猛獒犬的攻擊下逃生，而且在姬飛花擊退黑甲殺手的同時，他居然能夠找到偷襲者，並割下其中三人的首級。難怪姬飛花如此托大，敢於獨自出宮，以他的武功即便不能說是天下無敵，能夠擊敗他的人也沒有幾個了。

胡小天看到那柄長刀仍丟在屋頂上，伸手從地上撿起，長刀入手極其沉重，他試著揮舞了一下，心中暗忖這把刀應該不是尋常鋼鐵打造而成，可能值不少錢呢。

胡小天重新回到地面的時候，看到有一隊車馬正在接近他們的位置，卻是從宮內前來接應他們的太監，為首一人正是李岩。

來到近前，李岩翻身下馬，在姬飛花面前單膝跪下，低聲道：「屬下來遲，請提督責罰。」

姬飛花淡然笑道：「你來不來還不是一樣。」他的目光在車夫手中血淋淋的三隻頭顱上掃了一眼道：「清查這些人的來歷，找到餘黨，格殺勿論。」
看到姬飛花上了馬車，胡小天正在猶豫自己是不是要跟過去。姬飛花掀開車簾從中招了招手道：「小天，你上來吧。」
胡小天應了一聲，抱著那柄長刀跟了進去。姬飛花雖然經歷了一場大戰，可是身上卻一塵不染，反觀胡小天卻是灰頭土臉，多少顯得有些狼狽。胡小天當然不敢將那柄刀據為己有，雙手呈獻給姬飛花道：「提督，這把刀送給您。」
姬飛花接過那把刀：「這刀倒是不錯，烏金打造，價值千金，既然是你撿到的，就是屬於你的東西。」他本想還給胡小天，可念頭一轉又道：「在宮裡面，你帶著這把刀諸多不便，咱家先替你收著。」
胡小天也明白以姬飛花的身分當然不會貪圖他的一把刀，點了點頭，趁機道：「今晚那個黑甲刺客真是厲害啊，居然會飛。」
姬飛花不屑笑道：「只是利用雙翼在空中滑翔罷了，他是天機局洪北漠手下的餘孽，洪北漠擅長機關設計，飛翼武士就是由他組建。」
胡小天道：「飛翼武士居然可以操縱蝙蝠發動攻擊。」
姬飛花道：「操縱飛禽走獸對天機局的人來說並不算稀罕事，他們分成陣圖門、馭獸門和機關門，洪北漠乃是天機局的首席智者，只可惜此人不願為我所用。」姬飛花歎了一口氣，顯得頗為遺憾。

胡小天最早聽到洪北漠這個人還是從葆葆那裡，葆葆乃是洪北漠的乾女兒，甚至包括凌玉殿的貴妃林菀。這皇宮之內還真是錯綜複雜啊，多股力量摻雜其間，各方的目的還都不相同。胡小天道：「洪北漠為什麼要刺殺提督？」他想到了一個問題，今晚的刺殺會不會和神策府有關？

姬飛花道：「朝廷中還有那麼幾個人是一心維護太上皇的。」說到這裡，他向胡小天笑了笑：「權德安最厲害的功夫乃是《無間訣》，他有沒有向你提起過？」

胡小天被他問得一愣，然後搖了搖頭道：「沒有，什麼無間訣？」

姬飛花道：「若是有機會，你可以問問他。」

姬飛花對胡小天的寵信讓很多人感到不解，李岩無疑也是其中的一個，回到內官監，姬飛花將烏金長刀置於桌上，外面響起敲門聲。

得到應允之後，李岩走了進來。

姬飛花道：「有事？」

李岩點了點頭，低聲道：「提督難道不覺得這件事非常可疑？」

姬飛花道：「話說得再明白一些。」

李岩道：「胡小天是權德安的人，今晚提督去見文博遠，這麼巧就在天街遭遇刺殺，您的一舉一動什麼人掌握得如此清楚？」

姬飛花淡然笑道：「文博遠雖然想除掉我，可是給他天大的膽子他也不敢公然這樣做。那些刺客應該是洪北漠的手下，據我所知，洪北漠和文博遠之間尚未有聯盟的跡象。」

李岩道：「提督應該知道神策府背後的真正推手是誰！」

姬飛花解開斗篷，李岩慌忙上前幫助他將斗篷脫了下來，小心掛在一邊。

姬飛花在太師椅上坐下：「貪心不足蛇吞象，文承煥這個人表面上低調謙虛，實則野心勃勃，他和權德安兩人狼狽為奸，真正的目的還不是要扶植三皇子登上太子之位。」

李岩道：「我聽說陛下對三皇子也喜歡得很呢。」

姬飛花呵呵笑了起來，可突然笑容就凝結在臉上，揚起手來給了李岩一個響亮的耳光，打得李岩懵在那裡。

姬飛花冷冷道：「你算個什麼東西，居然敢揣度聖意？」

李岩嚇得撲通一聲就跪倒在地上，顫聲道：「提督息怒，屬下該死。」

姬飛花道：「跟在我身邊這麼久，連咱家的這點脾氣你都不知道，咱家決定的事情，又豈容他人指手畫腳？」

李岩噤若寒蟬，額頭冷汗涔涔而落。

姬飛花道：「胡小天是個人才，你不要為難他。」

李岩實在是不明白為何姬飛花會如此欣賞這個小子，看到姬飛花表情稍稍緩和，這才敢開口說話，低聲道：「提督，我剛剛收到了一個消息。」

「說！」

「文太師今天去見了皇后娘娘。」

姬飛花漫不經心道：「去見她幹什麼？」

李岩道：「聽說是為了給皇上選妃。」

姬飛花一雙劍眉蠻在了一起，鳳目之中寒芒乍現：「選妃？誰家的女兒？」

李岩道：「具體的事情還沒有打聽到。」

姬飛花道：「盯緊這件事，文承煥這個老賊不知在打什麼主意。」

太師府中，文承煥和司禮監提督權德安相對而坐，文承煥六十三歲，鬚髮皆白，可是保養得當，面色紅潤，神采奕奕。跟他相比，權德安就顯得虛弱老邁，暮氣沉沉。

「皇后娘娘怎麼說？」

文承煥道：「簡皇后只有一個要求。」

權德安看了看文承煥，低聲道：「是不是要我們扶持大皇子登上太子之位？」

文承煥緩緩點了點頭。

權德安輕聲歎了口氣，卻忍不住又咳嗽起來，一連串的急促咳嗽之後，喘息了一會兒方才平息下來：「幾位皇子公主都是我看著長大，以大皇子的性情並不適合擔當大任。」

文承煥道：「此一時，彼一時，陛下登基之前，我們也沒有想到會出現這樣的狀況。」

權德安黯然搖了搖頭：「太師答應了？」

文承煥並沒有直接回答他的問題，而是反問道：「你以為我應該答應嗎？」

權德安道：「皇后和大皇子在皇上心中的位置其實是一樣的。」

文承煥微笑望著權德安。

權德安停頓了一下，方才將結論說出：「無足輕重，可皇上必須要顧忌別人的想法。」

文承煥道：「現在的陛下似乎已經變了。」

權德安道：「所以我們這些做臣子的唯有盡力去改變皇上，讓他親君子遠小人。」「小人指的就是姬飛花。」

文承煥道：「皇上冷落後宮，專寵姬飛花，此事若是繼續下去，必然國將不國，社稷崩塌。」

權德安道：「此女國色天香，妖嬈嫵媚，獻給皇上或許能夠讓他幡然醒悟，迷途知返。」

文承煥歎了口氣道：「希望陛下能夠體諒我們這幫臣子的一片苦心。」

權德安道：「皇后的要求大可先應承她，我們目前最大的麻煩是姬飛花，必須將此禍國惡賊剷除，方才可以考慮其他的事情。」

文承煥自然明白權德安的意思，對簡皇后只是假意敷衍，等他們聯手剷除了姬飛花，以後是不是扶植大皇子上位再另當別論，政治永遠都是政治，所謂的承諾只不過是一紙空談。文承煥端起茶盞抿了口茶，低聲道：「周丞相那邊你最近有沒有去走動過？」

權德安道：「周丞相終日為國事操勞，我也不忍心去打擾他。」

文承煥目光閃爍：「他在太子的選擇上有沒有什麼建議？」

權德安搖了搖頭道：「自從陛下登基之後，周丞相就只管國事，忙著肅清朝綱，重整律紀，皇宮內的事情他很少關注，或許他認為宮中的事情都是小事，比不上國事重要。」

文承煥道：「後宮不寧何以整頓天下，又談何重整朝綱，重振大康？」

權德安道：「也許他什麼都明白，只是不願說罷了。」

文承煥歎了口氣道：「這些事總得有人去做，為了大康，老夫只能硬著頭皮去做了。」

……

胡小天才不管什麼國家大事，他所想的就是如何能夠在皇宮之中更好地活下去。自從他接管了司苑局之後，一切都經營得井井有條，劉玉章死後，葆葆再沒有來過，至於七七那個刁蠻公主，聽說去了北方圍獵，一來一回可能要一個多月，至少這段時間是不會過來煩他了。

胡小天視為秘密的地下密道，並沒有引起姬飛花足夠的重視，這段時間，姬飛花時不時會找他過去閒聊，談的話題大都無關緊要。反倒是權德安突然就斷了和他的聯繫。

天一天一天的冷了下來，昨天夜裡第一次結了冰，太監們也換上了厚重的棉服。胡小天一大早起來，內官監的太監就送來了姬飛花給他的禮物，一件黑色的裘皮坎肩。

說起來姬飛花對他還真是不錯，胡小天換上衣服，將裘皮坎肩穿在裡面，來到院子裡。因為冬季到來，最近出宮採買的頻率也不如昔日頻繁，市場上蔬果的品種就是那幾類，在溫室大棚技術尚未普及的時代，即便是皇家也吃不到任何的反季節蔬菜。

史學東一邊搓手一邊跺腳地出現在胡小天的身後，哈著白汽道：「胡公公，咱們好像有日子沒有出宮採買了。」終日待在宮裡面，就快悶出鳥來了。

胡小天笑道：「明兒出去，今天我還有事。」

史學東趕緊道：「明天一定別把我給忘了。」

胡小天點了點頭，看到小鄧子一瘸一拐地走了過來，他的腿傷漸漸痊癒，如今已經可以丟掉拐杖行走了。

小鄧子來到胡小天面前行了一禮。

胡小天微笑道：「恢復得怎麼樣了？」

小鄧子道：「謝謝胡公公關心，已經差不多了，昨兒我去太醫院復診，聽秦姑娘說，再有半個月我就應該能夠行走自如了，她讓我多加練習呢。」

胡小天聽到秦姑娘三個字，不由得心中一動，莫非是秦雨瞳？他低聲道：「哪位秦姑娘？」

小鄧子道：「就是玄天館的秦雨瞳秦姑娘，她是任先生的親傳弟子，昨兒剛好在太醫院坐診，我運氣好，剛巧趕上。」

胡小天道：「她以後都在太醫院嗎？」

小鄧子道：「那可說不準，我前陣子在太醫院幫忙，這麼久了也就只見過她一次。」

胡小天點了點頭。

小鄧子道：「公公是不是有事？」

胡小天道：「沒什麼事情，只是有個問題想當面向秦姑娘討教。」

小鄧子笑道：「這有何難，我在太醫院有熟悉的兄弟，只要我交代一聲，下次秦姑娘來的時候，他們自然會第一時間通知我。」

胡小天點了點頭道：「那你就幫我留意著。」

此時遠處傳來小卓子憤怒的聲音：「你來做什麼？」

胡小天循聲望去，卻見王德才帶著兩名太監大搖大擺走了進來。小鄧子看到是他，也是怒火填膺，他腿斷就是遭到此人設計。胡小天擺了擺手示意小卓子讓開，畢竟王德才是簡皇后身邊的人，在沒有搞清他目的之前，沒必要搞得劍拔弩張。

王德才來到胡小天面前，拱了拱手道：「胡公公，王某這廂有禮了。」今時不同往日，胡小天如今已經成為司苑局的統管，身居少監之職，儘管王德才對胡小天恨之入骨，可表面上卻不得不做出敷衍。

胡小天微笑道：「王公公此來有何指教？」

王德才道：「我是奉了皇后娘娘的旨意過來的，皇后娘娘讓你們將明月宮的園子整治整治。」

胡小天道：「明月宮不是一直都空著嗎？」

王德才道：「馬上就會有人入住了，記住，三天之內務必要將園子整理一新，皇后娘娘會親自去檢驗，若是覺得不滿意，嘿嘿，搞不好可是要掉腦袋的大事。」

這廝心中恨不能將胡小天殺之而後快。

胡小天笑道：「既然是皇后娘娘的吩咐，這件事我這就差人去做，不知皇后娘娘有沒有什麼具體的安排？」

王德才道：「就是一定要做到最好。」

胡小天道：「王公公請轉稟皇后娘娘，小天必盡力而為，務必讓娘娘滿意。」

「能夠滿意當然最好，不過皇后娘娘的要求一向嚴格。」

胡小天看到這廝不懷好意的笑，就已經意識到這廝很可能會從中作梗，其實在他出手設計小鄧子的時候，胡小天就已經對他動了殺念，只是最近的事情層出不窮，所以才耽擱了。

王德才臨行之前又想起一件事：「對了，娘娘讓我帶些葡萄酒回去。」

酒窖中葡萄酒多得是，給他也不是不可以，只是胡小天擔心這廝會在酒中做文章，有道是害人之心不可有，防人之心不可無，倘若他將酒拿回去，皇后飲了之後萬一出了什麼問題，到最後還不得算在自己的頭上。胡小天道：「王公公來得不巧，酒窖的鑰匙並不在我這裡，劉公公去世之後，便交給了內官監，現在由姬提督親自保管。」

王德才將信將疑，他聽出胡小天故意抬出姬飛花來壓他，不過宮裡面最近發生的事情他也清楚，胡小天這麼淺的資歷，之所以能夠接管司苑局，還不是因為傍上了姬飛花這棵大樹，他既然這樣說，王德才縱然不信，也不可能去姬飛花面前對質，於是只能點了點頭道：「好吧，你去跟姬提督說一聲。」

送走了王德才，幾名心腹太監馬上就圍攏到胡小天的身邊，小鄧子道：「胡公公，此人心腸歹毒，不知又生出什麼壞主意想要坑害您。」

胡小天微微一笑道：「皇后娘娘交代的事情就是大事，咱們不管他怎麼想，先將這件事做好了再說，小鄧子、小卓子，你們組織一些老練的花匠前往明月宮去整理園子，現在就去，一定要做到盡善盡美，千萬不要給人家抓到咱們的把柄。」

「是！」兩人應聲去了。

只剩下史學東留在胡小天的身邊，史學東壓低聲音道：「這孫子一直將他兄弟的賬算在咱們身上，兄弟你可得小心啊。」

胡小天道：「你去打聽打聽，明月宮到底是什麼人要住。」

史學東點了點頭，正準備離去的時候，卻看到葆葆從外面婷婷嫋嫋走了進來，頓時眉開眼笑道：「葆葆姑娘，您可有日子沒來了。」

史學東儘管熱情洋溢，可葆葆卻連看都不向他看上一眼，徑直來到胡小天面前嬌滴滴道：「葆葆參見胡公公！」

胡小天心想剛才還想她最近沒出現呢，想不到這就來了。隨著對內部局勢認識的加深，胡小天將目前皇城內的勢力劃分成四個主要的部分，第一就是以權德安和太師文承煥為首的勢力集團，他們組建神策府名為保護皇上，實際上卻是為了對抗天機局，輔佐三皇子，密謀扶持三皇子龍廷鎮登上太子之位。

第二股勢力就是姬飛花，他的勢力遍佈皇宮大內二十四衙門，深得皇上的寵愛，在宦官之中威信極高，目前掌控天機局。

第三股勢力就是左丞相周睿淵為首的務實派，龍燁霖登基之後，諸般國家大事全都交給了周睿淵負責，整頓朝綱，肅清律紀的事情全都由周睿淵等人來做，可以說他們是如今朝廷的中堅力量，而周睿淵專注於國事的同時忽略了皇宮內部的重重矛盾，不知是有心還是無意。

最後一股勢力是昔日追隨太上皇龍宣恩的那些人，比如天機局的洪先生，從上次在天街針對姬飛花的刺殺就能夠看出，這些人仍然未曾死心，一直在等待機會，時機一旦成熟他們必然反撲。

葆葆就是洪北漠埋伏在皇宮中的一顆棋子，從胡小天和她的接觸來看，葆葆現在的所作所為應該是被逼無奈，洪北漠不知用怎樣的手段控制了她。

葆葆和胡小天之間的關係可以用亦敵亦友來形容，她知道胡小天的秘密，胡小天同時也知道了她的不少秘密，雖然兩人分屬不同的陣營，可他們卻能相安無事。

依然是百年不變的藉口，依然是楊梅酒，依然是史學東守門，兩人大搖大擺地進入了酒窖。史學東碩果僅存的那顆睪丸還是能夠分泌相當數量的雄性激素，這就讓他越發的煎熬和痛苦，能看能想不能動，史學東悲哀地認為自己是千古以來最悲情的一個太監。他很納悶，胡小天一樣是太監，為什麼他對女人也有興趣？為什麼每次帶女人進入酒窖，總會換身衣服上來？難不成這廝的快感就建立在把衣服脫了再穿的過程中？真是一個變態啊！史學東如是想，可胡小天的世界又豈是他能夠揣摩透的。

葆葆這次來居然沒有談及密道的事情，而是帶給胡小天一個不好的消息：「七天之前，你和姬飛花是不是在天街遭遇了襲擊？」

胡小天點了點頭，應該是洪北漠策劃了那場謀殺，葆葆身為洪北漠的乾女兒得悉這件事也是理所當然。

葆葆抿了抿櫻唇，低聲道：「你可不可以告訴我，你和姬飛花之間究竟是什麼關係？」

胡小天微笑道：「姬提督非常器重我，對我委以重任，除此以外我和他並沒有什麼關係。」

葆葆道：「姬飛花狼子野心，你跟他走得太近小心會被他所害。」

胡小天道：「若是沒有姬提督出手，那天晚上在天街我已經死在了黑甲殺手的手下。」

葆葆的雙眸中流露出擔憂之色，小聲道：「我對這件事並不知情。」

胡小天聽她這樣說不由得笑了起來，葆葆是在撇清和這件事情的關係，其實不用她解釋，胡小天也不相信，葆葆現在的處境和地位和他差不多，兩人都只是別人佈局中的一顆棋子罷了，要說葆葆策劃刺殺姬飛花，她沒那個份量也沒那個本事。

葆葆看到他笑，以為他不相信自己，不由得有些著急了：「我發誓，我若是有心害你，天誅地滅！」

胡小天伸出手去掩住她的櫻唇，葆葆被他的動作羞得滿臉通紅，啐道：「你幹嘛摸我。」

胡小天道：「別把我往低級處想，我要是摸也不會摸你這兒。」

葆葆一雙明眸瞇了起來，俏臉紅暈更濃，神情越發的嫵媚，柔聲道：「那你想摸我哪兒？」

勾引，絕對是勾引，胡公公心中明白天下間沒有白來的便宜，葆葆對自己一直都是有所圖的。越是擺出這種嫵媚蠱惑的架勢，胡小天心中的警惕性就越高，嘿嘿笑道：「葆葆姐姐，有事說事，咱倆都這麼熟了，沒必要犧牲色相。」

葆葆被他氣得美眸圓睜，一拳就照著他的鼻樑打了過去，不是真打，而是做做樣子，其實即便是她真打也不能得逞，胡小天現在的武功已經在她之上，看到來拳，右手迎上一抓，穩穩將葆葆的手腕抓住，咧嘴笑道：「君子動口小人動手。」

葆葆道：「看你這一臉賤樣，我就忍不住想打你。」

胡小天道：「打是喜歡罵是愛，這是不是意味著你對我產生了特別的感覺？」

「我呸！你一個太監我怎麼會喜歡你。」

胡小天道：「好歹咱們也有段同生死共患難的經歷，話可不能說得那麼絕情。」他鬆開了葆葆的手腕，向後退了一步，微笑道：「葆葆姐姐今天來找我到底是為了什麼事情？還望言明，咱們孤男寡女的，在這地洞裡待久了，萬一出了什麼事情，後悔可就晚了。」

葆葆美眸泛起明媚的春波：「你怕啊！」

「怕我是你生的！其實應該害怕的是你。」胡小天向前走了一步，充滿侵犯性的灼熱眼神看得葆葆心頭一顫，有些心虛地垂下頭去，嗯了一聲道：「有沒有聽說明月宮的事情？」跟胡小天鬥了半天嘴，話題終於落到了實處。

第九章

迷　惑

胡小天有些迷惑了，按照常理來論，
文太師將養女送入宮中，目的是為了轉移皇上興趣，
假如他的養女真能討得龍燁霖的歡心，
皇上要是寵幸了她自然就會冷落了姬飛花。
這對洪北漠來說沒什麼壞處，可他卻為何要貿然出手？

胡小天道：「剛剛王德才來過，說皇后娘娘有旨，讓我們即刻將明月宮的園子整理出來，看樣子會有新人進入皇宮了，奇怪，最近沒有聽說皇上選妃的事情。」他也正為這件事感到不解。

葆葆道：「此事我倒聽說了一些端倪。」

胡小天又向她走近了一步，似乎想聽得更清楚一些，葆葆卻因為他的逼近而連連後退，一不小心就靠在了身後的酒桶上，趕緊一把撐住胡小天的前胸，嬌軀向後仰著，芳心有些慌亂，偏偏還要做出一副兇神惡煞的樣子：「你想幹什麼？」

胡小天笑道：「你怕啊！」

葆葆道：「還能不能好好說話？」

胡小天道：「成，你說！」這貨卻沒有後退的意思。

葆葆發現自己和胡小天的相處之中漸漸處於下風，雖然她不想承認，可這顯然是個事實，右手抵在胡小天的左胸上，還別說這貨的胸肌還是蠻發達的啊，旋即因為自己的這個想法而羞得滿臉通紅，她倒不是想占胡小天的便宜，可不用手撐著，這貨說不定就會撲上來了。看到胡小天沒有保持距離的意思，無奈之下只能接受這樣的事實。強迫自己平復心緒，暗忖他胡小天有什麼好怕？我怕他作甚？一雙妙目勇敢地望著胡小天道：「你知不知道這位新晉的才人是誰？」

胡小天道：「皇上後宮粉黛無數，到現在我連三宮六院都認不清楚，別說一個新晉的才人了。」

葆葆道：「這位新晉的來頭可不小，換成別人，皇后只怕會妒火中燒了，可這次皇后不但沒表現出絲毫的嫉妒，而且對她恩寵有加，還在眾嬪妃面前放出話來，誰要是敢欺負這位新晉的才人，就是跟她過不去。」

胡小天笑道：「這正是皇后手腕的高明之處，越是表現出體貼愛護，越是容易激起其他妃子的嫉妒心，這一招叫捧殺，你難道看不出來？」

葆葆道：「你知不知道這位才人乃是文太師的女兒？」

胡小天聞言一怔，因為文博遠的緣故，他對文太師的家庭也有過瞭解，文承煥有兩個女兒倒是不假，可兩個女兒早已出嫁，難不成他將已經出嫁的閨女再許配給皇上？這事兒不可能，除非是文承煥不想要腦袋了，再者說就算他答應，皇上也不可能答應。胡小天笑道：「你蒙我啊？文太師的兩個女兒都已經嫁為人婦，哪還有未婚的女兒？就算他現生也來不及。」

葆葆道：「他還有養女呢！」

「養女也算？」

葆葆點了點頭道：「聽說這位養女長得是閉月羞花，沉魚落雁，等她來到皇宮中，六宮粉黛無顏色。」

胡小天道：「誇張，照你這麼說，這位才人豈不是禍國殃民？」

葆葆道：「也許文太師將她送入宮中的本意，就是要她禍國殃民呢。」

胡小天眼珠子轉了轉：「傾國傾城也罷，禍國殃民也罷，好像跟我沒什麼關係，你今兒過來找我，不為鑽洞，而是為了這位新晉的才人，嘿嘿，到底在打什麼算盤？是不是為你的那位林貴妃感到危機感了？」

葆葆道：「文太師送此女入宮的目的，無非是想迷惑皇上。」

胡小天道：「你不是說咱們這位皇上不愛紅裝愛武裝，對姬飛花有非同一般的感情嗎？要是這位才人能夠將皇上給掰直了，倒也不失為一件可喜可賀的事。」

葆葆眨了眨眼睛，有些不明白何謂掰直了，總之從胡小天嘴裡說出來的十有八九不是什麼好話，她低聲道：「我要你幫我殺掉這個女人。」

胡小天微微一怔，旋即又笑了起來：「咱倆的關係好像還沒到那一步吧？」

葆葆冷笑道：「你若是不幫我，我便將你所有的秘密都抖落出來，是想跟我精誠合作還是跟我玉石俱焚？你自己掂量。」

胡小天最討厭的就是別人威脅自己，葆葆雖然生得漂亮，可仍然不能成為威脅自己的理由，換成過去胡小天或許會有所忌憚，可現在自從和姬飛花達成默契之後，葆葆所掌握的那點把柄根本已經無足輕重，這丫頭實在太過天真，以為那些事仍然可以威逼自己就範。胡小天心中暗忖，倘若她真要是步步緊逼，不排除自己辣手摧花的可能。

葆葆從胡小天突然變冷的目光中感覺到蘊含的殺氣，芳心不由得一顫，和胡小天認識了這麼久，交鋒也有多次，說起來她還從未真正占過上風，可她自問有把柄在手，胡小天拿她不敢怎樣。就算兩人拚個你死我活，縱然不能取勝，胡小天也未必能夠贏了自己，再說自己前來司苑局之前已經將去向告訴林菀，胡小天就算吃了雄心豹子膽也不敢對自己下殺手。想到這裡，葆葆頓時有了底氣，胸脯猛然向前一挺：「怎樣？你敢拿我怎樣？」

女人耍起無賴要比男人可愛得多，胡小天心中的殺念只是稍閃即逝，看到葆葆一副吃定了自己的樣子，這貨不禁啞然失笑，傻丫頭，你還真以為仍然可以要脅我？他的目光向自己的胸前看了看，葆葆的右手仍然抵在自己的左胸之上：「摸夠了沒有，再摸我可就要還手了啊。」

葆葆這才意識到自己的手始終都抓在這廝的左胸上，紅著臉將手收了回來：「有什麼好摸的，你又不是女人。」

胡小天笑道：「照你這麼說，摸女人才有意思？要不讓我感受一下？」

葆葆嚇得捂住胸口逃到了一邊，指著胡小天道：「你給我站住，放老實點，不然的話……」

胡小天道：「我說姐姐，今兒你過來是為了求我幫你辦事呢，還是專程前來威脅我來著？」

葆葆道：「當然是有正事，不然我找你作甚？」

胡小天道：「既然有求於我，你就對我稍微好一點，你認識我這麼久，應該對我也有些瞭解，我最討厭別人威脅我，別拿過去那點事當把柄，什麼玉石俱焚，我還真不怕跟你拚個魚死網破，想讓我幫你辦事，嘿嘿，你就得對我好點兒。」

「你想怎樣？」

胡小天道：「你什麼態度？到底是我求你辦事，還是你求我辦事？」

胡小天在酒桶旁邊的椅子上坐下，翹起二郎腿，一副高高在上的樣子。

葆葆咬了咬嘴唇，小聲道：「胡公公，對不起了。」

胡小天哼了一聲道：「咱家最討厭別人叫我公公。」

葆葆想了想，嬌滴滴道：「胡兄弟……」

「嗯？」

「胡大哥，胡大爺，剛剛都是葆葆的不是，葆葆在這裡給你賠罪了。」

胡小天緩緩點了點頭道：「這還差不多。」

葆葆來到他的身邊，陪著笑道：「剛剛我跟您商量的那個事兒……」

「哎呦……昨兒有點落枕啊，這腰痠背疼……哎呦啊……」

葆葆轉到他身後，伸出手去輕輕給他揉捏雙肩，胡小天閉上眼睛，愜意之極。

「胡大爺，你舒不舒服啊？」

「重點兒，稍微重點……」

葆葆在胡小天背後怒目而視，恨不能一把將這廝的腦袋給揪下來。無奈有求於人，只能忍氣吞聲道：「其實對你來說也不是什麼難事，只要你在整理明月宮園子的時候，將這包東西灑在宮內，其他的事情自然不需要你來過問。」她想要拿出那包藥粉。

可胡小天道：「別停下，正舒服呢。」

葆葆道：「你答不答應嘛！」這會兒充滿了撒嬌的味道。

胡小天道：「哎呦，我這腿怎麼突然痠起來了。」

葆葆咬牙切齒，又來到他身前蹲了下去，幫他捶腿。胡小天將右眼睜開一絲縫，望著忍辱負重埋頭苦幹的葆葆，心中這個得意，想威脅我？哪有那麼容易？當你大爺我好欺負啊。這貨看到葆葆頸後潔白如玉的肌膚，忽然心中生出了一絲邪念，咳嗽了一聲道：「不用捶腿了，咱們談談條件吧。」

葆葆抬起頭來，有些錯愕道：「條件？你有什麼條件？」

胡小天笑瞇瞇打量了她一眼，葆葆頓時意識到了什麼，向後退了一步道：「胡小天，你千萬別提什麼過分的要求，我是有底線的。」

胡小天伸出食指向她勾了勾道：「咱家自從入宮以來，還從未和女人親近過，不如……」

「不行！你好無恥啊！」葆葆真是佩服他的臉皮，這種話都能說出口。

胡小天道：「你想多了，我又不是想跟你做那種事，只是想抱抱你，這個要求好像並不過分吧。」

「不行就是不行！」

「那就是沒得談了！」胡小天站起身來：「你的事情我不會告訴別人，以後你也不用再來找我。」

葆葆咬了咬嘴唇又跺了跺腳，眼睛一閉，把心一橫：「來吧！」

望著她如同慷慨就義的女烈士一樣的表情，胡小天心中暗暗好笑，你不是威脅我嗎？今兒我就要好好戲弄你一下，讓你這丫頭長點記性。胡小天道：「咱家從不勉強別人，其實以我今時今日的地位，皇宮之中想給咱家投懷送抱的宮女真是不計其數。」

葆葆心想你還能再無恥一點嗎？你是個太監嗳！可她心中明白這廝根本就是個假太監，暗罵了一句淫賊，再看胡小天站在那兒一副等著她投懷送抱的樣子，恨不能一拳將這貨的鼻子給打歪了。

葆葆道：「我求你的那件事。」

胡小天呵呵笑道：「舉手之勞。」

葆葆點了點頭，走了過去，看到胡小天瞪著一雙眼睛望著自己，羞得滿臉通紅：「你閉上眼睛。」

胡小天倒也聽話，把眼睛給閉上了，葆葆衝過來展開手臂匆匆抱了他一下，馬上就分開：「好了！」

胡小天道：「你這也叫投懷送抱？拜託你有點誠意好不好。」這貨張開雙臂，葆葆無奈只能閉上眼睛撲入他的懷抱中，一顆芳心突突直跳，本來她認為這廝強迫自己投懷送抱，心中恨極了他，認為自己會犯噁心，會想吐，可真正趴在他的懷抱中卻感覺到溫暖而踏實，非但沒有抵觸感，心中還有那麼一絲絲的緊張和嬌羞。

胡小天仍然張著手臂，你抱我，我可沒動，輕聲道：「我和這位才人素不相識，你讓我去殺她，還真是有些於心不忍呢。」

葆葆道：「你幫我做好這件事，事成之後，我必然重重謝你。」

胡小天嘿嘿笑道：「你怎樣謝我？」

葆葆道：「你想怎樣我便怎樣。」反正承諾這個東西未必一定要兌現，對付陰險狡詐的胡小天必須要敷衍，只要能說服他讓他為自己辦事，權且先許諾給他。

胡小天哪能那麼容易上當：「空口無憑啊，假如我幫你辦成這件事，你拍拍屁股走人，到時候我找誰兌現承諾去？」

葆葆道：「咱們認識了這麼久，你對我這點信任都沒有？」

胡小天笑道：「說實話還真沒有，這年月親爹親媽保不齊都能把你給賣了，更別說咱們兩人了。」

葆葆道：「我不會出賣你。」

胡小天道：「我這人最現實，咱倆現在什麼關係都沒有，你這會兒說得比唱得還好聽，可等出了這門還不知會怎麼想，幫你辦這件事沒問題，可多少咱倆也得加深點信任度，你多少也得再給我點好處。」

「你要什麼好處？」葆葆已經做好了跟他翻臉的準備，倘若這廝真要提出過於非分的要求，自己大不了拚個魚死網破，手握他的把柄，不怕他不低頭。

胡小天道：「不如你給我當老婆吧。」

葆葆一愣，旋即一張俏臉漲得通紅：「胡小天，你是太監噯！」

胡小天道：「太監又怎樣？我現在是太監不代表永遠都是太監，你讓我幫你辦事，總得給我個理由吧？倘若你是我老婆，這事兒自然就不同，老公幫老婆做事那叫天經地義。」

葆葆咬了咬嘴唇，心想不就是應付一下他，權且答應了他也不會少一塊肉去，點了點頭道：「行，你做好這件事之後，我就答應嫁給你。」

胡小天看她心不甘情不願的樣子，心中暗笑，你不想嫁給老子，老子還未必肯娶你呢，等以後老子發達了，想嫁給我的女人怕不要擠破頭。胡小天道：「這事兒權當是我下聘了，可你多少也要給我點回禮吧？」

葆葆想了想道：「我送你一盒墨玉生肌膏。」

「那玩意兒有什麼稀罕的，你是不是巴不得我受傷？」

葆葆道：「你要什麼？」

胡小天一臉淫笑道：「不如，你親我一口。」

葆葆美眸圓睜：「你……」

「那就是沒誠意咯？我要是辦好了這件事，你就是我老婆嘍，親一口算什麼？又不會少一塊肉。」

葆葆道：「你把眼睛閉上。」

胡小天閉上眼睛，葆葆用手指在嘴唇上貼了下然後向胡小天的嘴唇上摁去，冷不防胡小天又睜開了眼睛：「我說你也忒不厚道了。」

葆葆道：「誰讓你睜開眼睛的。」

胡小天道：「要不你閉上我來！」

葆葆把心一橫，遇上這個無賴，她真是無計可施了，看來今天不讓他占點便宜，這貨就不能為自己做事。她討價還價道：「親額頭一下可不可以？」

胡小天道：「不在乎親哪裡，在乎的是有沒有誠意。」其實在他和葆葆第一次見面的時候，這妮子就親了他的額頭，不過那時候她以為自己是個小太監，給了他那點甜頭緊接著就照著脖子後面給了一掌，典型的給塊糖再來一巴掌的角色。

葆葆踮起腳尖照著胡小天的額頭親去，眼看就要親到他的額頭，卻想不到這廝一抬頭，嘴巴碰了個正著，葆葆感覺這廝的嘴唇異常灼熱，而且肯定是蓄謀已久，這吸力不是一般的強勁，兩片櫻唇差點沒被這廝給吞到肚子裡去，啵！的一聲，葆葆面紅耳赤地擺脫開這廝的強大吸力，居然沒有發火，轉身就逃，走了幾步方才想起最重要的事情沒有做，將事先準備好的那包藥粉放在酒桶之上，看都不敢看胡小天了：「男人要說話算數。」

胡小天因為這句話不由自主將胸膛挺了起來，話說自從入宮之後，還是第一次有人將男人這兩個字冠在他的頭上。拾起那包藥粉，小心收好，卻不知這位新晉才人究竟是什麼來路，居然讓葆葆生出殺心？應該說想殺她的人是洪北漠。

胡小天思前想後不禁有些迷惑了，按照常理來論，文太師將養女送入宮中，目的是為了轉移皇上的興趣，假如他的養女真如傳說中那樣傾國傾城，保不齊真能討得龍燁霖的歡心，皇上要是寵幸了她自然就會冷落了姬飛花。這對洪北漠來說似乎沒什麼壞處？可他卻又為何要貿然出手？胡小天百思不得其解，應該說這件事影響最大的可能就是姬飛花了，卻不知姬飛花會對此作何反應？

姬飛花坐在銅鏡前靜靜畫著眉毛，劍眉入鬢為他增添了勃勃英氣，一雙美眸卻如春江之水，嫵媚嬌柔，他的膚色白裡透紅，就像細膩的官窯瓷器，眉目如畫，精緻的毫無瑕疵。修長的玉手撚起唇脂，含在櫻唇之間，輕抿了一下，望著銅鏡中的倒影，姬飛花的眉宇間卻浮現出一絲讓人我見尤憐的惆悵。

他尚未梳起髮髻，長髮宛如黑色流瀑一般直垂至腰間，他的腰肢盈盈一握，單看他的背影，誰也不會想到這是一個太監。

門外響起何暮的聲音：「提督大人！」

姬飛花嗯了一聲，將銅鏡反扣在桌上，輕聲道：「進來！」

何暮推開房門，走入室內，又轉身將房門關上，隔著輕薄的金紗帷幔可以看到姬飛花朦朧的背影，何暮恭敬道：「提督，您讓我調查的事情已經查清楚了。」

「說！」

何暮道：「這次的確是皇后親自促成的這件事，文太師的女兒果然如同傳言那般，乃是人間罕見的絕色。」

姬飛花冷哼了一聲，霍然站了起來。

何暮慌忙停下說話，不敢出聲。

姬飛花道：「文承煥的兩個女兒都已經嫁人，他哪來的女兒？這老東西根本是在欺君！」

何暮道：「我打聽過，此女叫文雅，原本是文太師結拜兄弟的女兒，小時候父母雙亡，於是文太師將她收為義女，一直都在文太師的老家跟著老太太過活，老太太三年前去世之後，她又替文太師在老太太墳前守孝三年，來到京城也不過是兩個月的事情。」

姬飛花緩緩走了兩步道：「確實？」

「卑職已經打探清楚，的確都是真的。」

姬飛花道：「呵呵，文承煥還真是深藏不露，如此漂亮的養女居然可以藏得這麼久。」

何暮道：「此事最早是皇后娘娘向陛下提及，陛下本來並無興趣，可是皇后娘娘將文雅的畫像給皇上看，皇上就……」

姬飛花道：「你這一說，咱家倒是有些好奇了，文太師的這個養女到底美麗到何種地步？耳聽為虛眼見為實，看來咱家要親自去見識一下。」

「聽說皇后娘娘已經讓人將明月宮整理出來，不日就將迎接文才人入宮。」

「才人？」姬飛花充滿疑惑道。

「是這樣的，陛下已經封文雅為才人。」

姬飛花呵呵笑道：「還真是不簡單呢，咱家倒是有些期待了。」

既然是簡皇后親自交代，胡小天當然不敢怠慢，他親自來到明月宮指揮，集合皇宮內最優秀的花匠和園藝師，將明月宮的園子打理得煥然一新。至於葆葆給他的那包藥，胡小天仍然沒有決定是不是按照她的要求去做。

出宮採買的事情暫時交給了史學東，史學東入宮之後也漸漸收起了昔日紈綺子弟的脾氣，開始學會低調做人，給胡小天分憂不少，雖然跟著胡小天外出採買的機會不少，這廝也遵守規矩，沒有主動去探望過父母一次，目前的形勢他還是看得透的，即便是胡小天已經成為司苑局少監，都不敢輕易和父母見面，何況他乎，他們入宮當太監是代父贖罪，背地裡不知道多少眼睛在盯著他們，真要是有人拿他們去見父母的事情做文章，只怕又是天大的麻煩。

胡小天在明月宮指揮的時候，有小太監過來傳話，卻是尚膳監牛馬房的張福全找他有事，胡小天心知肚明，找他的肯定不是張福全。有日子沒和權德安聯絡了，張德全是權德安的人，當初就是他為自己解了驗身之圍。

胡小天向小卓子交代了一聲，跟著那小太監來到尚膳監。

張福全雖然只負責牛羊房這一塊兒，可權力卻不小，他自己住的地方居然是一個單獨的院子，雖然不大，可在皇宮諸多宦官中已經非常少見。

胡小天走入張福全住處的時候，看到張福全正在院子裡逗鳥，一隻烏黑油亮的鷯哥，看到胡小天進來，那鷯哥道：「公公吉祥，公公吉祥！」

胡小天笑道：「張公公的這隻鳥兒真是機靈。」

張福全呵呵笑道：「前前後後只會說這句話，我都教了兩年了。」他來到胡小天面前低聲道：「權公公在裡面等你。」

胡小天來此之前已經料到是權德安想要見自己，他笑了笑，順著張福全所指的方向推門走了進去。

權德安坐在房內望著窗外，窗前一株蠟梅含苞待放。

胡小天來到他面前，深深一揖道：「小天參見權公公！」

權德安並沒有回頭，目光仍然注視著那株蠟梅，輕聲道：「這段日子過得可還如意？」

「托權公公的福，還算過得去。」

權德安淡然笑道：「是托姬公公的福吧？」

胡小天心中暗笑，老太監吃醋了，他恭敬道：「吃水不忘打井人，小天能有今日全都仰仗了權公公的照顧，在小天的心中沒有任何人的位置及得上公公。」

權德安明知胡小天說的是謊話，可聽起來還是非常舒坦，低聲道：「坐吧！」

胡小天環視了一下房內，除了權德安屁股下面那一張凳子再也找不到第二張，難不成讓我坐在地上？於是只能繼續站著。

權德安道：「最近都有什麼事情？」

胡小天道：「沒什麼特別的事情，按照公公的吩咐，我把酒窖的事情告訴了他。」這個他指的自然是姬飛花。

「他怎麼說？」

胡小天道：「此時頗為奇怪，他好像對這件事並沒有太大的興趣，既沒有主動要求去看看，也沒有再向我提起過。」

權德安道：「或許他對密道之事早已知情，又或許他真沒有什麼興趣。」

胡小天點了點頭。

權德安道：「煙水閣的事情，咱家全都聽說了。」

胡小天慌忙道：「當時的情況下小天乃是不得已而為之，並不是想出風頭。」

權德安桀桀笑道：「你慌什麼？咱家又沒怪你，你若是不這樣做，又怎能讓他相信你。」

胡小天知道權德安老謀深算，如果不給他一些猛料，只怕他會對自己生疑，向前走了一步，低聲道：「權公公，當日在我和他返回皇宮的途中，於天街遭到了刺殺。」

權德安道：「什麼人做的？」

胡小天道：「我也不清楚，當時只看到撲啦啦一大片蝙蝠，足有成千上萬，一名長著翅膀的黑甲刺客混在其中，照著姬飛花就是一刀。當時我只顧著拍打蝙蝠，等我看清楚，黑甲武士已逃走了，姬飛花的武功真是厲害啊，我看就快趕上您了。」

權德安轉過臉來冷冷看了他一眼道：「你是不是想說，咱家也打不過他？」

胡小天笑道：「他怎麼能跟您比。」

權德安點了點頭道：「現在咱家的確已經不是他的對手了。」他緩緩站起身來，向前走了一步，右腳落在地上鏗鏘有聲，若非這條殘廢的右腿，他和姬飛花或許還有一戰。

胡小天道：「權公公是不是有事情讓我去做？」

權德安道：「我聽說你正在整理明月宮的園子？」

胡小天笑道：「是，剛才還在明月宮忙活著呢，皇后直接下的命令，讓我們一定要把園子搞好，迎接那位新晉才人的到來。」

權德安道：「咱家找你就是為了這件事。」

胡小天心中咯噔一下，看來文太師的這個養女還真是引起了轟動效應，先是簡皇后主動過問，然後是葆葆過來找他幫忙往園子裡撒藥粉，肯定是心懷歹意，卻不知權德安又是為了什麼？

權德安道：「我要你從旁保護文雅。」

胡小天苦笑道：「權公公，我是司苑局，她在明月宮，就算我答應您，也是鞭長莫及啊。」

權德安道：「咱家已經安排好了，小卓子是你的親信，他會被挑選前往伺候文雅，以你跟他的關係，只要有個風吹草動，你肯定會第一個知道。」

胡小天道：「權公公，恕我直言，那小卓子手無縛雞之力，他哪有那個本事。」

權德安反問道：「莫非你想去？」

胡小天嘿嘿笑道：「權公公，就算我答應，您也不會答應，就算您答應了，姬飛花也不會答應對不對？」

權德安道：「總之你給我記住了，送往明月宮的蔬果一定要親自把關，你們在整理園子的時候，要將明月宮裡裡外外檢查明白，一個角落都不能放過。」

「是！」

權德安又道：「姬飛花一定不會熟若無睹，他那邊有什麼動向，你務必要幫我盯緊了，感覺有什麼不對，馬上告訴張福全。」

胡小天點了點頭，總覺得權德安有些過度敏感，他笑嘻嘻道：「我聽說文太師的女兒長得傾國傾城啊，是不是真的？」

權德安冷冷望著他道：「她生得什麼樣子，跟你有什麼關係？」

胡小天道：「是你說的，跟我沒關係最好，我才懶得管這種閒事。」

權德安的唇角卻露出一絲陰險的笑意：「誰也不知道未來會怎麼樣，小天，你乖乖做事，咱家絕不會虧待於你。」

從種種跡象來看，文太師的這個女兒得到了皇宮中前所未有的禮遇，不單單是司苑局，連藏書閣也為了這邊的事情奔忙起來，皇后交代在明月宮內為她專門整理出一間書房，表面上是為了這位才人，可實際上卻是為了皇上以後前來明月宮做準備，書房的擺設參照御書房，皇上平日裡喜歡讀的書事先已經運來放置在書架上。因為是簡皇后出面交代，很少離開藏書閣的李雲聰也親自前來。

胡小天和他已經算得上是老熟人了，兩人在明月宮遇到了，自然是一番寒暄客套。再次見到胡小天，李雲聰的態度比起上次又謙和了許多，這小太監可真是不簡單，短短的時間內居然可以取代劉玉章成為司苑局的掌印太監，又博得了姬飛花的信任，即便是李雲聰的資格和身分也不敢像過去那樣托大。

李雲聰笑道：「胡公公，咱們可有日子沒見了。」

胡小天道：「這兩天正想去李公公那裡拜訪，順便借幾本書看，可惜明月宮的事情給耽誤了。」

李雲聰道：「藏書閣的大門隨時都為胡公公敞開。」

兩人相視而笑。

胡小天看到他身後那小太監抬著這麼多書過來，不禁有些好奇，低聲道：「李公公，這位新來的才人這麼喜歡讀書？」

李雲聰意味深長道：「她喜不喜歡讀書，咱家不知道，可這些書都是皇上平日裡看的。」

胡小天跟著點頭，看來所有人都已經做好了皇上常來這裡的準備。將美貌絕倫的養女送入皇宮，目前來看的確是文太師所下的一手妙棋，這樣一來他便理所當然地成為了皇上的老丈人，擁有了太師和國丈的雙重身分，不但增加了在朝中的份量，而且還能起到轉移皇上興趣的效果。倘若這位皇上當真迷戀上了他的養女文雅，那麼姬飛花豈不是要被冷落，他在皇宮中的地位自然要一落千丈了。這幫政治家的心機真是深不可測，想想當初老爹讓自己和李天衡的女兒訂親，也是出於政治目的，可比起文承煥這幫人，老爹的心腸還是要軟弱了一些。

李雲聰望著這煥然一新的園子，由衷讚道：「司苑局果然多能工巧匠，已然到了冬天，這裡卻是春色滿園。」

胡小天道：「皇后娘娘的命令，就算把夏天給搬進來，我們也得盡力。」

兩人正在說話的時候，王德才帶著一名小太監走了進來。李雲聰去書房那邊看進展情況，胡小天也懶得理會王德才，只當沒有看到他，一個人在石桌旁坐下。

王德才東瞧瞧西看看，指著剛剛擺上的一品紅道：「誰讓你們將這些花擺上來的？撤了，全都給我撤了！」

小鄧子和一幫花匠都朝胡小天那邊望去，胡小天只當沒聽見，把臉扭到一邊。

王德才看到沒人搭理他，不由得怒道：「怎麼？咱家的話你們都沒聽到？聾了？」

小鄧子沒好氣道：「胡公公讓我們怎樣做，我們就怎樣做。」

王德才歪起唇角皮笑肉不笑道：「你還真是不長記性，好，我就去找你們胡公公。」他也明白胡小天全都看在眼裡，只是不樂意搭理自己，邁著四方步不急不緩地來到胡小天面前，臉朝一邊扭了扭，拱手道：「胡公公！」

胡小天這才轉過身來，笑瞇瞇道：「我當時誰啊，原來是王公公。」

王德才道：「皇后讓我來監督一下這邊的進度。」他最習慣的就是將簡皇后抬出來壓制別人。

胡小天道：「是皇后對司苑局不放心呢，還是王公公對司苑局不放心？」

王德才道：「胡公公來宮裡多久了？」

胡小天想了想道：「令弟失蹤多久了？」他分明是哪壺不開提哪壺，故意往王德才的傷口裡撒鹽。

王德才雙目中迸射出憤怒的火星，咬緊牙關，強行按捺住心頭的怒火：「你知不知道才人在宮中只是從六品，在園子裡擺上一品紅是何居心？」

胡小天笑了起來，他倒真沒有留意這件事，宮裡的顧忌真是不少，稍不留神就會犯忌。

王德才怒道：「你居然還敢笑，信不信我將此事奏明皇后娘娘，問你個明知故犯的罪責。」

「欲加之罪何患無辭，王公公一直都在針對我。」

王德才道：「針對你又怎樣？你不要以為這皇宮中有人罩著你，就狗仗人勢，飛揚跋扈。」

胡小天並未動怒，心平氣和道：「王公公這句話好像意有所指，咱家倒想聽聽了，究竟是什麼人罩著我？」

「你心裡明白！」

胡小天道：「我雖然不明白，可我多少有些自知之明，不像王公公，連自己是什麼樣子都不明白，狗仗人勢、飛揚跋扈這八個字其實是你自身的寫照啊！」

王德才怒道：「你……」

胡小天笑瞇瞇道：「怎樣？你心中若是不服氣，大可去皇后面前告我的黑狀，我就不信皇后娘娘會如此縱容她的手下。」

王德才咬牙切齒道：「不要以為有姬飛花給你撐腰，你就敢目空一切。」

胡小天點了點頭，忽然一拳打了出去，正砸在王德才的右眼上，這一拳打得王德才天旋地轉，捂著眼睛原地轉了兩圈，哀嚎道：「你居然敢打……」話沒說完，胡小天一個箭步衝了上去，揚起手又是一個大嘴巴子問候了過去，打得王德才七葷八素，胡小天怒道：「混帳東西，竟敢侮辱姬提督。」

周圍圍觀的人不少，可誰也沒搞清楚他們之間到底發生了什麼，只是看著他們發生了爭執，然後胡小天就突然出手。王德才哪裡會是胡小天的對手，轉瞬之間已經被胡小天摺倒在地，抬腳就是一陣猛踹。

跟著王德才過來的那個小太監想上前拉架，卻被小鄧子領著一幫花匠攔在外面，小鄧子腿斷的事情就是被王德才算計，此時看到胡小天出手痛毆王德才心中這個痛快啊，恨不能也跟上去揣上兩腳，打上幾拳。

王德才在胡小天的痛毆下毫無還手之力，只能抱著腦袋在地上大叫救命。

在書房中佈置的李雲聰本不想出面，可聽到外面的求救聲一聲慘過一聲，終於還是走了出來，故作驚訝道：「胡公公，發生了什麼事情？為何如此憤怒？」

胡小天這會兒也打過癮了，照著王德才的屁股上又踹了一腳，這才停下，做出怒不可遏的樣子道：「這混帳東西居然敢辱罵姬提督。」

王德才哼哼唧唧鼻青臉腫的從地上爬了起來，指著胡小天道：「我何嘗罵過姬提督……你血口噴人……」

胡小天道：「你剛剛明明在罵，你說姬提督狗仗人勢就是皇上面前的一條狗！」

王德才嚇得面無血色，大叫道：「冤枉啊，李公公為我做主……我豈敢說這種不敬的話……全都是他編造出來的……」

李雲聰雖然沒有聽到剛才他們說什麼，心中也明白王德才不敢說這樣的話，除非是他不想活了，別看王德才是簡皇后的心腹太監，得罪了姬飛花一樣難逃一死。李雲聰道：「兩位小公公，有道是冤家宜解不宜結，大家都在皇宮裡做事，都是為了伺候皇上，咱家就以老賣老，做個和事老，今天的事情就……」李雲聰說到這裡的時候突然停了下來，因為他看到姬飛花在兩名太監的陪同下緩步走入了明月宮。正主兒來了，他可不想當什麼和事老了，李雲聰趕緊上前見禮。

姬飛花面帶微笑，看起來似乎心情還不錯。

胡小天和王德才兩人也跟過來見禮。

姬飛花的目光在王德才臉上掃了一眼道：「王德才，你怎麼弄得如此狼狽？」

王德才擦去唇角的血跡，想起剛才的事情一時悲從心來，他撲通一聲就在姬飛花的面前跪了下來：「姬提督，小的冤枉啊……」

胡小天冷笑了兩聲沒說話。

姬飛花道：「王德才，你不必哭泣，有何冤枉儘管明言，咱家向來處事公道，如果確有冤情，一定會為你做主。」

王德才涕淚之下，他雖然知道姬飛花是胡小天的靠山，可他也要將委屈說出來，當著這麼多人的面，想必他姬飛花也不敢對胡小天太過袒護。於是他將事情的經過從頭到尾說了一遍，倒也沒有添油加醋，只是實話實說，說到胡小天冤枉他的時候，委屈地捶胸頓足。

姬飛花聽完冷哼了一聲道：「胡小天，王德才所說的可是事實？」

胡小天作了一揖道：「啟稟姬提督，他有些話是真的，有些話是假的。」

王德才道：「在場的所有人都可以作證，李公公也可以作證，我王德才絕無半句虛言，若是我說了謊話，天打雷劈，不得好死，胡小天，你敢不敢像我一樣發誓？」

胡小天呵呵笑了起來：「王德才！你剛剛罵我狗仗人勢是不是？」

「呃……是！」

「你還直呼姬提督的大名，還說姬提督也跟我一樣，是皇上面前的一條狗！」

「我沒說！」王德才大吼道。

姬飛花身後李岩怒斥道：「大膽，胡說什麼？」他瞪著的卻是胡小天。

胡小天道：「你看我幹嘛？這話又不是我說的。」

姬飛花忽然呵呵笑了起來，笑得如此開心，他輕聲道：「這話倒也沒錯，在皇上面前即便是做狗，咱家也願意，能做一條忠於皇上的狗，能為皇上看家護院，鞠躬盡瘁死而後已，乃是咱家這輩子最大的心願，李公公，您說對不對？」

李雲聰笑得多少有些尷尬，他不由得有些後悔，早知道姬飛花會來，自己就不該出面的。

姬飛花道：「胡小天，你為何要打他？」

胡小天道：「小天一時氣憤，為提督感到不值所以才出手。」看姬飛花的樣子似乎要大事化小小事化了，畢竟王德才是簡皇后的人，姬飛花應該還是有些顧忌的。反正自己已經占盡了便宜，就算姬飛花斥責自己幾句也忍了。

王德才道：「還請姬提督為我做主。」看到姬飛花並沒有明顯偏袒胡小天，王德才的膽子也大了起來，開始找姬飛花要說法，認為姬飛花縱然不會重罰胡小天，可當著眾人的面也得斥責他幾句。

姬飛花道：「胡小天打你不對，可是你也不該辱罵皇上啊！」

王德才愣了一下，以為自己聽錯，眨了眨眼睛，內心中忽然升起一種無法形容的恐懼，他顫聲道：「我何嘗辱罵皇上……」

姬飛花道：「你說皇上沉迷女色不理朝政，這些話你當咱家沒有聽到？」

王德才嚇得撲通一聲就跪下了：「姬提督……饒命……姬提督饒命……」他衝上去想要抱住姬飛花的大腿，李岩斜刺裡衝了出來，揚起右掌照著王德才的天靈蓋就是一掌，啪！的一聲夾雜著骨骼碎裂之聲，王德才竟然被他一掌擊斃。

望著王德才在地上不斷抽搐的屍身，胡小天打心底泛起一股寒意，姬飛花真狠啊！自己不過是打了王德才一頓洩憤，可姬飛花竟然讓手下殺了他。稍一琢磨，馬上就明白為何姬飛花一定要殺他，文太師的養女入宮乃是簡皇后一手操辦，姬飛花對此事已經極度不爽，殺掉王德才真正的用意是要給簡皇后一個警告。

姬飛花向王德才的屍身掃了一眼，輕聲道：「誰敢對皇上不敬，他就是榜樣。」

李雲聰無奈捲入這場是非之中，暗歎姬飛花實在是囂張到了極點。姬飛花笑瞇瞇望著他道：「李公公，剛才的事情您可都看到了。」

李雲聰道：「王德才辱罵皇上，意圖謀害姬提督，人人得而誅之。」識時務者為俊傑，李雲聰即便是心中想要中立，可在姬飛花面前也必須做出這樣的表態，司苑局這邊的小太監雖然對王德才極其反感，可是看到他如此下場，一個個也打心底生出寒意。這幫人自然不敢胡說八道，跟著王德才一起過來的那名小太監嚇得跪在地上，磕頭如搗蒜，魂兒都沒有了，他的性命只在姬飛花的一念之間。

還好姬飛花並沒有殺他的意思，輕聲道：「你回去把具體的情況告訴簡皇后，要實話實說，倘若敢搬弄是非，咱家必讓你死無葬身之地。」

那小太監只差要哭出來了：「提督放心，提督放心……小的……小的一定照實說……王德才侮辱皇上，罪該萬死……」

胡小天走過去摸了摸王德才的頸部，確信這廝已經死了，王德才的被殺有些突然，可胡小天對他也沒有任何的同情，假如今天姬飛花不下手，早晚自己也會下手，畢竟這廝認定了自己是害他兄弟的兇手，以後肯定還會找麻煩，殺掉之後就省卻了以後的麻煩。透過這件事，胡小天認識到，這皇宮之中實則是個無法無天的所在，講道理是沒用的，一切全憑實力說話。

第十章

一入宮門深似海

胡小天端起酒罈再給李雲聰續上，李雲聰道：
「人在屋簷下，不得不低頭，
咱們活在皇城裡面，討的就是低頭過日子的生活，
可頭若是一直都低著，別人就會盯住你的脖子，
不知什麼時候照著你的頸後一刀就砍了下去。」

李雲聽目睹王德才被殺之後，顯然沒有了繼續留下來的打算，敷衍了幾句，帶著自己的手下匆匆離開。

姬飛花緩步走入花園之中，李岩率領其他幾個將王德才的屍體拖了出去。

胡小天示意小鄧子他們繼續幹剛才的事情，只當一切沒有發生過，獨自一人跟在姬飛花的身後。

姬飛花在那片開得正豔的一品紅前駐足，望著那些花道：「一品紅，一個才人怎麼當得起？」

胡小天恭敬道：「屬下馬上就讓人換掉。」這件事的確是他考慮欠妥，剛才王德才就借著這件事向他發難，現在姬飛花又這樣說，證明他在無心中還是犯了錯。

姬飛花淡然笑道：「沒必要，紅豔豔的看著喜慶，文才人剛剛入宮，畢竟是一件喜事，就這麼擺著吧。」

胡小天看到四下無人，壓低聲音道：「提督，今兒權公公那邊捎信過來，讓我小心保護這位新來的文才人，還說要把小卓子調撥給明月宮聽候差遣。」想要獲取姬飛花的信任，就必須要在多數時候都說實話，姬飛花為人多疑，頭腦極其睿智，他的眼線遍佈整個皇宮，胡小天深知自己若是有意欺瞞，很可能會將他觸怒。

姬飛花對胡小天的坦誠表示欣賞，向前走了幾步，從玉蘭樹上摘下一朵潔白的玉蘭花，湊在鼻翼前聞了聞：「這幫老人家這次真可謂是花足了血本，保護？呵呵，何必要如此興師動眾，這皇宮之中還有人敢對才人下手嗎？」

胡小天心中暗忖，只怕你姬飛花對這位新來的才人恨不能殺之而後快。倘若外界傳言屬實，姬飛花和皇上之間真有那層關係，這位新來的才人對他們之間的關係算得上一次不小的威脅。他低聲道：「提督想我怎麼做？」表面上是準備接受任務，實際上卻是在趁機打探姬飛花的真正想法。

姬飛花道：「來者不善……」停頓了一下又道：「善者不來！」手中的玉蘭花無風自動，一片片潔白如玉的花瓣無聲炸裂開來，姬飛花鳳目之中寒芒乍現：「既然他想讓你保護，你就小心保護，小天，咱家準備將你調來明月宮貼身伺候文才人，你意下如何？」

「呃……這……」胡小天怎麼都不會料到姬飛花竟然做出了這樣的決定，他既然說出來，就等於已經成為定局，即便是自己心中不情願，也是無濟於事的。

「你不願意？」

胡小天垂頭道：「提督，司苑局那邊還有諸多事務，小天擔心不能兼顧。」

姬飛花呵呵笑了起來：「你是嫌這明月宮的位子低了，咱家可不是要降你的職。司苑局仍然教給你負責，只是具體的事情你交給其他人去做就是，明月宮這邊看似不起眼，可實際上卻極其重要，倘若皇上對文才人不上心，過些日子，你自然可以調回去，倘若皇上流連此地，你就要幫我好好查一查她的底細。」

姬飛花瞇起雙目，意味深長道：「雖然是伺候人的活兒，可也多了一個親近皇上的機會，你說是不是？」

胡小天一揖到地：「多謝姬都督提攜！」

姬飛花桀桀笑了起來，眼波一轉，望著遠處那一簇簇的一品紅：「咱家知道王德才多次與你作對，咱家的人豈是他們能夠得罪的，今日殺了他也是為了給你除去一口惡氣，總之你給我記著，只要踏踏實實為咱家做事，咱家自會好好關照你。」

胡小天口中稱謝，心下卻暗暗佩服姬飛花的老道深沉，看來姬飛花並不僅僅是要除去這位新來的文才人這麼簡單，將自己佈局在明月宮，顯然是要從長計議。權德安讓自己設法保護文雅，姬飛花將計就計給了自己一個貼身保護的機會，肩頭的擔子突然就變得沉重起來，倘若皇上對文雅沒什麼興趣倒還罷了，倘若皇上被文雅的美色所迷，沉溺其中，讓姬飛花感覺到地位有所威脅，下一步必然是將文雅剷除掉，頂著文太師養女的身分，只怕會掀起一場軒然大波。

王德才之死自然震動馨寧宮，據說簡皇后聽說此事之後前往皇上那裡哭訴，可後來事情卻不了了之，皇上顯然沒有降罪姬飛花的意思。當局者迷旁觀者清，皇宮內多數人卻因此而看清了局勢。姬飛花殺這個小太監主要是給簡皇后一個警告，根本的原因還是簡皇后一手將文才人引入了皇宮之中，表面上簡皇后主動出頭，可背地裡卻存在著簡皇后與太師文承煥的合作。

姬飛花雖然囂張，可是在現在這種情況下尚不至於公然對文才人下手，而簡皇后雖然失去了一個心腹太監，卻換得了文太師等一幫老臣子的承諾，這幫人答應捧她的兒子龍廷盛登上太子之位，可謂是各得其所。

皇宮內錯綜複雜的局勢自然會讓人難於抉擇，大小太監宮女也都面臨著站隊的問題，當然這其中還是有相當一部分人選擇中立的。比如藏書閣的老太監李雲聰。在明月宮親眼目睹姬飛花殺掉王德才，可謂是不巧，假如李雲聰知道會有這件事發生，無論如何都會選擇迴避的。

書房已經整理好了，皇上日常喜歡看的那些書都已經擺在書架上，書齋和御書房的規制擺設差不許多，只是稍小了一些。李雲聰最後檢查了一遍書齋，確信沒有什麼疏漏，這才擺了擺手，示意眾人離去。

這兩天他過來送書，胡小天始終都在明月宮帶人整理園子，上頭交代下來的事情，他自然不敢怠慢。看到李雲聰準備離去了，胡小天笑著迎了過去：「李公公要走了？」

李雲聰點了點頭道：「忙完了自然要走。」他看了看周圍修整一新的園子，輕聲道：「胡公公的使命也快要完成了？」

胡小天歎了口氣道：「只怕要在這裡待上一陣子了。」

李雲聰愣了一下，他倒是沒想到胡小天會被安排在明月宮管事，稍一琢磨就明白了這樣安排的用意。從他親眼目睹的情況來看，胡小天應該是姬飛花的親信，姬飛花將他安插在這裡就是為了監視這位新來的才人。

李雲聰抬起頭，看到天空中烏雲密佈，低聲道：「風雨要來，站在外面難免會被淋濕，儘早尋個避雨的所在最好。」

胡小天苦笑道：「小天也想坐看風雲起，只可惜沒那種命。」

李雲聰嘿嘿一笑，知道他明白自己的意思，也不多言，輕輕拍了拍他的肩頭，舉步離開。

出於禮貌，胡小天一直將他送到明月宮外，臨行之前，李雲聰道：「今晚，胡公公要是有時間，前往藏書閣，咱們喝上幾杯。」

胡小天道：「多謝李公公盛情，今晚飯時，小天準時過去。」

李雲聰向他拱了拱手，快步離去。

胡小天望著李雲聰，他曾親眼見識過李雲聰的身手，知道他也不是簡單人物，武功縱然無法和姬飛花、權德安之流相比，比起自己也要高出數倍。不知為何，這個老太監總是給他一種莫測高深的感覺，此次主動相約，不知又有什麼目的？

李雲聰剛走不久，這邊就來了一位麻煩人物，卻是簡皇后到了。

胡小天儘管內心中十分不想跟簡皇后打交道，可礙於身分，是不得不去見她的。王德才雖然死在姬飛花的手裡，可在此之前卻是先和自己發生了衝突。簡皇后畢竟是後宮之主，身為皇后，在皇宮內還是有相當影響力的。

簡皇后今次前來帶了兩個太監兩個宮女，從她的表情上看不出任何的憂傷之色，胡小天上前打了個招呼，悄悄觀察她的臉色，看到簡皇后風波不驚的樣子，心中暗歎，這皇家人果然一個個都是鐵石心腸，別說是心腹小太監死了，即便是養一條小貓小狗死了，多少也會影響到心情，可看簡皇后的樣子似乎沒受到任何的打擊。轉念一想這也正常，後宮之中她們所在意的是怎樣才能獲得皇上的寵愛，其他的事情都被放在次要的位置，一個小太監的死活又怎麼會被她放在心上。再者說身為皇后，連這點隱忍的功夫都沒有，又如何統帥六宮？

簡皇后在明月宮轉了一圈，輕聲道：「這園子整得還算不錯，看來你還是花費了一番心思的。」

胡小天恭敬道：「多謝皇后娘娘誇獎，這都是小的應該做的。」

簡皇后一雙鳳目閃過鄙夷的寒光：「這麼說，你也算得上忠心耿耿。」

胡小天心中暗罵，老子本來就是忠的好不好，大聲道：「小的對大康對皇上對皇后娘娘忠心耿耿，日月可鑒。」

「是忠是奸不是你說了算，本宮有眼睛會看，也看得清楚。」簡皇后指了指書齋，兩名太監快步向前，先行將書齋的房門打開。

胡小天躬身站在原地，因為簡皇后沒有發話，一時間不知是不是應該過去。

簡皇后來到書齋門前停下腳步，輕聲道：「小鬍子，你跟我進來。」

胡小天不由得頭皮一緊，雖然打心底想和這位皇后保持距離，可她的命令又不敢不遵從。姬飛花借著王德才這件事給了這老娘們一個狠狠的教訓，簡皇后該不會因此而記恨自己，常言道，一報還一報，假如她對自己生出歹念，隨便找個藉口對自己痛下殺手，自己豈不是麻煩？胡小天內心不免有些忐忑。

簡皇后道：「把門關上。」

胡小天應了一聲，將書齋的房門從裡面掩上了。

簡皇后緩步來到書案前方，慢慢坐下了，目光透過雕花隔窗望著外面。

胡小天恭恭敬敬站在她面前：「不知皇后娘娘有何吩咐？」

簡皇后道：「小鬍子，王德才究竟是怎麼死的，咱們心裡都明白。」

胡小天道：「娘娘，王德才出事的時候，小的並不在場，所以對這件事的詳情並不明白。」這件事顯然不是什麼好事，胡小天當然不會老老實實地承認了，無論撇不撇得開干係，都要抵賴。

簡皇后淡然一笑：「你是什麼人，本宮也算了解一些，你救過七七，也算得上是於我們皇家有恩。」

胡小天道：「那全都是小的該做的。」心中暗罵，知道我於你們皇家有恩，還要把老子切了當太監，恩將仇報，無情無義就是你們皇家的做派？

簡皇后道：「我聽說姬飛花將你調來明月宮負責管理這裡？」

胡小天道：「皇后娘娘若是覺得小的不能勝任，還請另選賢能。」這個差事他可不想接，可姬飛花硬壓了下來，他也倍感無奈。

簡皇后道：「其實本宮原本打算讓王德才來這裡幫上幾天，可沒想到他居然被人給害了！」說到這裡，她的聲音陡然變得嚴厲起來，壓抑在內心中的仇恨頃刻間爆發了出來。畢竟是一國之母，還是有相當威儀的。胡小天把腦袋耷拉得更低，心想你有種去找姬飛花算帳，又不是我殺的，是不是不敢惹姬飛花就想找我麻煩，挑柿子撿軟的捏？

簡皇后一雙鳳目含威，冷冷盯住胡小天道：「你不要以為有人罩著你，本宮就不敢動你。」

胡小天道：「皇后娘娘，小天一顆忠心對天可鑒。」

「本宮如果想證明，是不是要將你的心掏出來看看，究竟是黑還是紅？」

胡小天道：「娘娘明鑒，小天只是一個司苑局的太監，心中絕沒有一絲一毫危害皇上、娘娘的意思，小天只想恪守本分，為皇上效忠，為娘娘盡力，這輩子忠君報國，再不作其他的想法。」

簡皇后道：「你果然能言善辯，但願你的頭腦能和嘴巴一樣清楚。」她緩緩站起身來，走向胡小天，咬著櫻唇鳳目圓睜。

胡小天就快把腰躬成了一個大號的蝦米，心中暗歎，今兒這一關不知怎樣才能蒙混過去，若是這老娘們一心找自己的晦氣，只怕麻煩不小。

簡皇后道：「一個聰明人要分得清是非，分得清主次，看得透大局，何謂主子，何謂奴才，這不用本宮教你吧？」

胡小天聽她這樣說反倒放下心來，簡皇后看來今天並不是為了難為自己的。姬飛花殺掉王德才不僅僅是要給她威脅，同時也是利用這件事試探一下皇上的意思，假如皇上對此不聞不問，就證明他在皇上心中的地位甚至超過了簡皇后，假如皇上因此而降罪於他，就證明他在皇上心中的份量還不夠。事實證明，皇上果然沒有因為一個小太監的死而斥責他，這對簡皇后來說可謂是一次深重的打擊，身為皇后，大康的一國之母，在皇上心中的地位甚至還比不上一個太監。

胡小天恭敬道：「皇后娘娘的這番話，小天會銘記於心。」

簡皇后道：「既然任命你來做明月宮的管事，那麼你就好好做事，文才人是文太師的女兒，本宮當她就像是自己的妹子一樣。」

胡小天聽到這裡禁不住有些想笑，他才不信簡皇后會如此大度，這後宮最常見的是勾心鬥角，爭風吃醋，簡皇后將這位文太師的女兒弄入宮中，焉知是不是引狼入室？不過以簡皇后目前的處境來看，她這麼做的目的一是希望利用文才人的美色讓皇上回心轉意，還有一個目的就是通過這種讓步換得自己親生兒子龍廷盛登上太子之位。

簡皇后道：「你只要好好照顧文才人，以後本宮必然虧待不了你。」

胡小天道：「皇后娘娘放心，小的必盡心盡力，務求凡事做到盡善盡美。」

簡皇后輕聲歎了一口氣：「小鬍子，本宮看得出，你是個精明的孩子，孰輕孰重你應該分得清楚。」

胡小天聽出簡皇后話裡透露出收買自己的意思，想不到自己居然成了多方爭取的對象，至少在目前算得上是一塊香餑餑了。按照他所瞭解到的情況，姬飛花是一股勢力，簡皇后過去也算得上是一股勢力，權德安和文太師又是一股，原本簡皇后和文太師幾個是尿不到一壺的，可姬飛花的勢頭實在太過迅猛，幾個人為了遏制姬飛花所以不得不暫時採取聯合，文才人就是他們妥協聯盟後的結果。至於自己，權德安一手將他送入皇宮，讓他假意接近姬飛花，而姬飛花識破權德安的陰謀，又想將計就計來個反間計，這樣一來，反倒凸顯出自己的重要性了。簡皇后應該不會知道自己和權德安私底下的交易，她向自己說這番話的目的，無非是想拉攏罷了。

胡小天是個不見兔子不撒鷹的角色，沒有切實落到好處，是不可能為別人盡心辦事的，嘴上假意答應了下來。

簡皇后當然不會因為幾句話就相信胡小天，臨行之前，又丟下一句話道：「只要你好好做事，胡家的事情本宮自會在皇上面前多多美言幾句。」這句話包含著兩層意義，你聽話我可以說好話，你不聽話我就說壞話，說穿了還是用胡小天的家人來威脅他。

胡小天對此頗為無奈，所有人都看到了自己的短處，利用他的老爹老娘來要脅他，目前來看是屢試不爽。正因為此，胡小天心底深處帶著爹娘一起儘早逃出皇城的念頭尤為強烈。良禽擇木而棲，面對多方勢力，務必要從中尋找到最有實力的那個，也唯有如此才能保全自己，保全胡家。

胡小天前往藏書閣的時候將上次借走的《大康通鑑》帶了回去，同時不忘帶去一罈美酒。倘若沒有明月宮的這檔子事兒，身在司苑局短時間內倒也落得逍遙自在。責任越大壓力越大，隨著胡小天手上的權力越來越大，他算是真正體會到這句話的含義了。

胡小天本以為李雲聰會將他的外甥樊宗喜叫來，可等到了地方才知道李雲聰並沒有叫其他人，晚上只有他們兩個。因為陰天的緣故，天早早就黑了下來，外面北風呼呼作響。李雲聰的房間內已經點上了火盆，房間內溫暖如春。

床上擺著一個小桌，桌上放著黃銅火鍋，一鍋子羊骨湯煮成了牛奶般的白色。一旁擺放著涮鍋用的菜品，胡小天進來之後，小太監將鍋子點上退了出去。

李雲聰盤腿坐在床上，笑道：「脫鞋上來坐。」

胡小天脫了靴子，爬到了床上，和李雲聰相對而坐。看到小桌上琳琅滿目的菜品，不由得笑道：「李公公太隆重了。」

李雲聰道：「第一次請你吃飯，不隆重怎麼能顯出咱家的誠意。」

胡小天先將那套《大康通鑑》放下，然後又將自己帶來的那罎子酒放在小桌上。

李雲聰捧起那罈酒，一掌拍開泥封，打開木塞之後，頓時室內酒香四溢。老太監用力吸了一口氣道：「好酒，這是三和春，至少窖藏二十年了。」

胡小天道：「我也不知道是什麼酒，藏了多少年，反正看到酒窖裡有，就隨手帶來一罈，以後李公公只要想喝酒，我帶你去酒窖裡挑選。」

李雲聰眉開眼笑，主動為胡小天倒酒，胡小天本想搶過來做，怎奈老太監執意不從。

兩人一邊吃涮鍋一邊飲酒，兩碗酒下肚，頓時渾身熱騰騰暖融融的。

李雲聰看似漫不經心道：「王德才的事情，皇后娘娘一直告到了皇上那裡。」

胡小天並沒有想到他會主動提起這件事，他笑了笑道：「這些事情我是沒資格知道的，不過今天李公公走後，皇后娘娘來了明月宮，我本以為她會問我一些事情，可皇后娘娘卻根本沒有提起王德才的事情。」胡小天當然不會將簡皇后跟他說的那番話和盤托出。

李雲聰喔了一聲，緩緩將手中的酒碗落下：「看來皇后娘娘應該是不打算追究下去了，如此最好不過。」

胡小天道：「李公公害怕麻煩？」

李雲聰笑道：「咱家懶散慣了，平日裡在這裡看看書，喝喝酒，不知不覺大半輩子都過去了，宮裡宮外發生了什麼，咱家從不關心。」

胡小天道：「李公公在藏書閣已有不少時間了吧？」

李雲聰雙目流露出迷惘之色，像是陷入對往事的回憶之中，輕聲道：「三十年咯，不知不覺咱家就已經老了，當初跟咱家一起入宮的兄弟，死的死，亡的亡，現在連喝酒都找不到人。」

胡小天能夠理解李雲聰的想法，人到了他這種年紀懷舊是難免的，望著身邊兄弟朋友一個個離去，心中自然會產生失落感。

「咱家和劉公公是一起入宮的。」

胡小天內心一震，卻見李雲聰的臉上帶著淡淡的憂傷，在自己的面前提起這件事應該不是偶然。

胡小天道：「劉公公對我好得很，本來他已經離開皇宮去外面養老了。」

「一入宮門深似海，生是宮中人，死是宮中鬼。」

胡小天給李雲聰面前的酒碗滿上。

李雲聰道：「劉公公說是看破，可什麼事情終究還是看不破，不然又何至於落到如此的下場。」

胡小天並未接話，劉玉章雖然死於姬飛花之手，但這件事並沒有對外宣揚，只說劉玉章是得急病死的。李雲聰是宮中老人，表面上不問窗外事，可是從胡小天那天看到他的出手已經知道此人絕對是深藏不露的高手，況且他並不知道李雲聰站在何方的立場上，有些話是不能說明的。

李雲聰道：「咱家雖然很少離開藏書閣，可有些事情還是多少傳到了我耳朵裡一些。」

胡小天端起酒碗默默喝了一口酒。

「劉公公出事之前曾經悄悄去見了皇上，在皇上面前痛陳姬飛花恃寵生嬌，禍亂後宮的事實。」李雲聰歎了口氣道：「若是他不多事，或許還好好活著。」

胡小天道：「小天初入皇宮之時，以為只要老老實實地伺候皇上，就能平平安安地在宮中過活，可真正來到這裡方才發現，做任何事都得陪著小心。」

李雲聰道：「你現在明白，能活到咱家這個年紀有多不容易，也明白為什麼咱家的身邊幾乎沒有朋友了吧？在皇宮中過活，最好就不要有朋友，因為這裡的敵人永遠要比朋友多，多數人都想踩著你上位，你跟他說一些掏心窩子的真心話，說不定一轉身他就會拿去討好他的主子，你討好了這個，說不定就得罪了那個，你想做到八面玲瓏，可往往稀裡糊塗就已經擋住了別人的去路。咱家早已不想交什麼朋友，想要踩著咱家往上走的，他摔死了咱家也不會同情，可最麻煩的是，真要是遇到了一兩個朋友，他若是出了事情，你就會為他傷心難過……」李雲聰長歎了一口氣，端起面前的那碗酒，一口氣喝了個乾乾淨淨。

胡小天終於明白，為何宮內這些老太監之間總是保持著相當的距離，權德安和劉玉章如此，李雲聰和劉玉章也是如此，按理說他們都是宮中老人，應該彼此相交莫逆才對，可平日裡如無必要，他們是很少來往的，其中應該就是李雲聰所說的原因。

胡小天端起酒罈再給李雲聰續上，李雲聰道：「人在屋簷下，不得不低頭，咱們活在皇城裡面，討的就是低頭過日子的生活，可頭若是一直都低著，別人就會盯住你的脖子，不知什麼時候照著你的頸後一刀就砍了下去。」

胡小天道：「小天不想擋誰的道路，也不想在宮中出人頭地，若是能夠像李公公這樣，偏安一隅，閑來看看書，喝點小酒，今生足矣。」

李雲聰呵呵笑了起來，深邃的雙目盯住胡小天的面龐，看了一會兒方才搖了搖頭道：「你不會甘心的。」

胡小天笑道：「公公又不是我，焉知我不甘心？」

李雲聰道：「想要在皇宮中夾縫求生，左右逢源，討盡好處，只怕沒那麼容易，一旦失去了利用的價值，必將成為諸方率先剷除的對象。」

胡小天內心一驚，李雲聰表面上是個與世無爭的老太監，可他對自己目前的處境看得非常清楚，而且自己的想法也被他琢磨得很透，胡小天微笑道：「對小天而言，活上一天便是賺上一天。」

李雲聰道：「說得輕鬆，參悟生死哪有那麼容易。到了咱家這個年紀還無法看破呢，更何況你正值青春年少。」

胡小天端起酒碗道：「人生一世草生一秋，什麼生生死死、是是非非，小天只求率性而為，活得暢快活得自在，就如眼前你我，當浮一大白。」

李雲聰呵呵笑了起來，也端起酒碗和胡小天碰了碰，兩人同時一飲而盡。

李雲聰打量著胡小天的面龐，低聲道：「胡公公，我觀你雙頰赤紅，雙目充血，似乎暗疾纏身。」

胡小天笑道：「小天這身體一直都好得很，沒什麼毛病。」

李雲聰道：「咱家曾學過一些醫術，若是你信得過咱家，我可以幫你把把脈。」

李雲聰主動請脈讓胡小天心中疑竇頓生，他倒不是害怕李雲聰發現他身懷武功的秘密，真正擔心的是自己始終都沒有真正淨身，李雲聰高深莫測，假如他能夠從脈象中推測出自己身體的秘密，那豈不是麻煩透頂。當下笑道：「不麻煩李公公了。」

李雲聰見他拒絕不由得笑了起來：「難得咱們兩人喝得如此痛快，咱家送你一樣東西。」

胡小天笑道：「無功不受祿，李公公讓我誠惶誠恐了。」天下間沒有免費的午餐，胡小天當然明白這個道理，李雲聰先請他喝酒，現在又要送東西給他，胡小天內心中越發警覺了起來，卻不知李雲聰究竟在打什麼主意？

李雲聰笑瞇瞇道：「你等等。」

胡小天心中暗自好奇，且看李雲聰要送給自己什麼東西？只見李雲聰從床上站起身來，自牆上取下了一把掛著的胡琴。胡小天此時方才明白，李雲聰卻是興之所至要送自己一首曲子聽聽。心中真是有些哭笑不得了，這老太監也不徵求我的意見，你拉琴的水準究竟怎樣我都不知道，若是彈棉花一般刺耳，豈不是將我今晚的心情全都破壞了。

李雲聰在床邊坐下，琴弓搭在琴弦之上，頭微微垂了下去，雙目閉上，眉頭緊鎖，一聲悽楚婉轉的胡琴聲悠揚而起。胡小天雖然在音樂方面沒有什麼研究，可是音樂美術都是藝術的高度提煉和昇華，更何況李雲聰的胡琴技藝絕對稱得上是大師級的水準，蒼涼的胡琴聲彷彿將胡小天帶到了一片廣袤空曠的荒野，眼前又如出現了一頭獨狼正在冒著風雨孤獨前行。

胡小天從開始的無奈到好奇，漸漸整個人已經徹底沉浸在胡琴樂曲營造的氛圍中，他看到了群狼嚎叫，看到了萬馬奔騰，看到血戰沙場，看到了戰火連天，內心隨著這樂曲的節奏變得激動了起來，感覺自己的血液也被音樂感動得就要沸騰，心跳不由自主地開始加快，左心室將血液壓榨到他的主動脈傳導至他的全身，又通過肺循環返回他的右心房。胡小天從未如此清晰感覺到自己心跳的情景，他忽然感覺到有些不妙，心臟如同奔騰的野馬似乎就要掙脫出心包的束縛，跳出他的胸膛。胡小天右手捂住心前區的位置，臍下有一個無形的力場正在迅速向周圍擴展伸張。壓榨著他周身的血流在短時間內返流到他的心臟，他的內心在竭力擴張，心肌幾乎無法承載這瞬間湧回的血流，心臟瀕臨要炸裂的邊緣。

胡小天強忍疼痛，強迫自己保持最後的理智，他意識到自己體內的異狀應該和李雲聰的胡琴聲有著直接的關係，倘若不能擺脫琴聲，只怕自己就要死在這裡了，他用雙手死死堵住耳朵，可胡琴聲仍然無孔不入地鑽入他的耳廓，猶如一根根無形的絲線將他的內心一層層纏繞起來，密密匝匝。胡小天驚恐地望著李雲聰，他忽然明白眼前老人的可怕，殺掉自己，根本不費吹灰之力，雖然他得了權德安傳了十年功力，可是在真正的高手面前仍然不堪一擊。

胡小天竭力站起身來，試圖用盡全力向李雲聰發動一擊，雖然成功的機率微乎其微也好過坐以待斃。

就在此時胡琴聲轉了個聲調，從剛才的悲苦淒烈，忽然變得婉轉輕柔，如同瞬間從淒風苦雨的深秋過渡到陽光明媚的春日。在這樣的旋律下，胡小天的內心漸漸平復了下去，心臟爆炸欲裂的痛苦也隨之減輕，隨著心跳的變慢，脈息也開始變得平和，小腹處那個迅速膨脹的力場也神奇消失了。李雲聰挽了個花腔，餘音嫋嫋，胡琴聲杳然遠去，最後歸於平靜。

胡小天滿頭都是冷汗，失魂落魄地站在那裡，想起剛才的情景實則後怕到了極點。再看李雲聰彷彿什麼都沒發生過一樣，不緊不慢地將胡琴掛在牆上，又回到剛剛自己所坐的位置，端起酒碗一飲而盡，然後抬起頭望著胡小天道：「怎麼？你不陪我喝？」

胡小天抬起右手用衣袖擦去額頭的冷汗，突然有一種劫後重生的感覺，他慢慢坐了下來：「好熱……」手卻是不敢端面前那碗酒了。

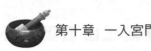

李雲聰微笑道：「酒本來就是越喝越暖的，咱家的胡琴拉得怎麼樣？」

胡小天心中暗忖，差點沒把我的心脈引爆，老傢伙根本就是項莊舞劍。這會兒功夫胡小天已經平復了下來，在鬼門關前遊走了一圈之後還能保持如此的鎮定，這種心態在年輕一輩中已經實屬難得。胡小天道：「好聽得很，只可惜小天不懂音律，害得李公公對牛彈琴了。」

李雲聰微笑道：「你是名門子弟，家學淵源，又怎會不懂音律，若是你沒能從中聽出什麼，那肯定是咱家的緣故，是我的胡琴拉得不夠好，沒有將這首曲子的神韻給表達出來，不如這樣，咱家再給你拉一首……」

胡小天嚇得連忙擺手，剛才差點沒命，李雲聰如果再來一首，只怕自己是在劫難逃了。

李雲聰看到胡小天這般表情不由得暗自發笑，故意道：「你一定是嫌棄咱家胡琴拉得難聽，連表現機會都不給我一個了。」

胡小天已經看出李雲聰是在故意戲弄自己，看來他並沒有真心想要危害自己的性命，否則剛才不會在關鍵時刻放過自己，沒有用手腳發動任何的攻勢，僅憑樂曲就能殺人於無形，這老太監的武功實在是驚世駭俗。

胡小天道：「實不相瞞，剛剛李公公拉琴之時，小天不知不覺便沉浸在樂曲之中，彷彿經歷了一場凶險之極的戰爭，腦海中出現了一片腥風血雨的景象，內心狂跳不已，感覺周身的血脈似乎都要隨著樂曲爆裂開來。」明人不說暗話，你也別逼我再聽你拉胡琴，我實話實說，你再拉我就跟你玩命。

李雲聰道：「咱家這胡琴曲子叫做《大漠風沙》，剛剛咱家之所以為你請脈，原因就是看出你的表情和神態有些不對。」

「有何不對？」

李雲聰道：「剛剛咱家並不能完全斷定，可是從剛才你呼吸的頻率和脈息的節奏來看，你的體內應該存在著一股強大的異種真氣。」

權德安向自己體內輸入十年功力的事情胡小天從未向李雲聰提起過，可他一言就道破真機，胡小天不由得暗自嘆服。他稍作猶豫，終於還是將自己的左手緩緩伸了出去，攤平放在小桌之上。

李雲聰診脈常的奇怪，只是用一根中指搭在胡小天的脈門之上，以此作為支撐，其餘的手指全都虛浮懸空。

胡小天道：「我過去曾經聽說過有人用一根手指診脈，今天才算第一次見到。」

李雲聰道：「一根也罷，十根也罷，感覺其實並沒有什麼分別，若是麻木之人就算你讓他雙手雙腳都放上去，就算再讓他摸上一輩子，仍然不會有什麼發現。」

胡小天笑道：「用雙手雙腳去把脈的我更加沒有見過。」他不停插科打諢意在干擾李雲聰的注意力。

李雲聰只是將手指在他脈門上搭了很短的時間就已經移開，低聲道：「你過去應該是不會武功的。」

胡小天道：「誰也不是一開始就會武功的。」

李雲聰嘿嘿笑了起來，表情顯得非常狡黠，懶洋洋打了個哈欠道：「你應該明白我的意思，咱家在脈相方面還是有些見識的，從你的脈相來看，很不正常。」

胡小天對自己的事情當然心知肚明，知道李雲聰一定在診脈的時候發現了什麼，因為到現在為止仍然不明白李雲聰的意圖，所以胡小天仍然繼續跟他兜圈子，故意皺了皺眉頭道：「哦？哪裡不正常？」

李雲聰道：「看來你並不知道自己已經命不久矣。」

胡小天雖然知道體內的異種真氣會為禍自己，而且之前權德安也曾經說過他有走火入魔的危險，長則三年，短則三月。可現在經第三個人口中說出出來仍然讓胡小天感到一陣心驚肉跳，李雲聰的武功修為應該不在權德安之下，從他的這番說辭來看，他應該已經覺察到了自己的秘密。

李雲聰道：「一個沒有修煉過武功的人和一個武功高手是不同的，表面上只是力量和武技的不同，可內在的不同更大，一個勤於修煉武功的人，他的經脈如同長江大河浩浩湯湯，可以容納強大的內息奔騰馳騁，一個從未修煉過武功的人，他的經脈就如同一條流水潺潺的小溪，這種小溪細水長流或許可以存在千萬年，可是一旦洪水爆發就有決堤之危，若是將經脈比作江河溪流，那麼人的氣海便是大海湖泊，未經訓練的人，氣海至多只能算得上一口池塘，而隨著武功修為的加深，氣海的容納度便不斷擴展，可以成為湖泊，可以成為浩瀚汪洋。」

胡小天默默聽著，他心中已經明白李雲聰在說什麼，對於自己目前的境況李雲聰已經知道的清清楚楚，僅僅是通過一根手指診脈就已經知道了他的癥結所在，暗歎李雲聰厲害之餘，又不禁為自己的身體狀況感到擔心，權德安這老傢伙終究是把自己坑了，最後他沒有堅持把自己給淨身，是不是因為強行將內力輸入自己體內，因此而折了自己的陽壽，所以感情上才有些過不去，故而放了自己一馬，轉念一想又沒有任何可能，權德安這種人真正在意的只有權力，根本不會將別人的死活放在心上。

李雲聰道：「一條小溪突然被灌注了滔滔洪水，即便是它勉強撐了下來，只有池塘大小的氣海是無法容納這些洪水的，無法容納又無處宣洩，所以就只能在經脈中奔騰循環，永不停息，每循環一次，經脈受創就深了一分，氣海也是一樣，任何事都會有個盡頭，終有一日會超出承受的極限，那麼必然要面對經脈寸斷，氣海崩裂的結局，也就是常說的走火入魔。」

李雲聰說到這裡，微笑望著胡小天道：「我說的話你明白嗎？」

胡小天的脊背在不知不覺中已經佈滿了冷汗，他低聲道：「有些明白，有些還是不太明白。」

李雲聰道：「那咱家就說得更加明白一些，你的武功不是從小修煉，扎扎實實的打根基而來，乃是外人用內力直接灌輸到你的經脈之中，這種特殊的傳功方法雖然可以在短期內讓人武功增長數倍甚至數十倍，可是對接受者的經脈損害也是奇大，輕則陽壽減半，重則一年之內就會走火入魔，經脈盡斷而死。若是咱家沒有看錯，你在數月之前被人強行注入了一股龐大內力，這股內力讓你的武功得以在短期內提升，讓你從一個不通武功的人搖身一變成為了一個高手，可是你卻並不清楚它的危害，那個傳功給你的人有沒有跟你說過，你最多只剩下半年的壽元？」

胡小天表面仍然鎮定自若：「李公公這是在詛咒我啊！」心中卻明白李雲聰不會說謊，恨極了權德安，趕明兒就得找權德安算帳去，這老太監若是不幫助自己解決這個隱患，老子說什麼都不幫你出力了。

李雲聰道：「詛咒你的坑害你的絕非是咱家而是另有其人，咱家承認，剛才故意用胡琴激發你的體內功力，你之所以感到心跳加速，痛不欲生，有種瀕臨死亡的感覺，全都是咱家觸發了你體內的異種真氣，不是咱家嚇你，不久之後，一旦你走火入魔，所承受的痛苦要比剛才強大百倍。」

胡小天的臉色明顯有些變了，額頭上已經冒出了細密的汗水，任何人都會有恐懼，胡小天也不例外，倘若沒有李雲聰的這番詳細解釋，胡小天還沒有意識到權德安送給自己的這十年功力危害如此巨大，現在總算明白了，難怪說世上沒有免費的午餐，權德安也沒那麼好心平白無故送十年功力給自己，現在想還回去都難了。

李雲聰道：「在你體內做手腳的，是權德安還是姬飛花？」

胡小天周身都被冷汗濕透，體內的那點酒意頓時消失得乾乾淨淨。他想不到李雲聰如此厲害，更想不到今天李雲聰將自己叫過來的主要目的就是攤牌。李雲聰已經知曉了自己的秘密，可是自己對李雲聰卻一無所知，皇宮之中果然臥虎藏龍。雖然胡小天足智多謀，可現在也不知如何應對，唯有保持沉默。

李雲聰道：「咱家平日裡雖然足不出戶，可放眼這皇宮內，真正能夠當得起高手兩個字的，無非是他們兩個。」

胡小天抬起手又擦了擦額頭上的冷汗：「我看您老還要更高明一些。」他所說的當然不單單是武功。

李雲聰道：「我們這種人為世人所不齒，沒有人將我們當成正當人看待，縱然有些人經過一番拚搏，落得表面風光，可是誰又能看到我們背後的辛苦和酸楚。」

胡小天跟著點了點頭，其實他跟人家可不是一類人。

李雲聰道：「正因為我們肢體上的殘缺，才讓我們的心神更加專注，一個真正的武功高手必須要斷絕心中的慾念，須知慾念才是阻擋一個人修煉的最大敵人。」

胡小天對這一點頗為認同，開始的時候他也感到奇怪，皇宮內居然臥虎藏龍，暗藏著這麼多的武功高手，可仔細一琢磨，這些事又再正常不過，太監被淨身之後，沒了情欲，必須要找到另外的宣洩方式，有人看重權勢，有人看重金錢，所以歷史上不乏禍亂朝綱的，更不缺少貪得無厭的。當然也會有部分人將精力投入到武功修煉上，太監做事往往比正常人要專注得多，所以他們取得的成就也通常會超過普通人。

胡小天道：「那也未必，一個人心中的慾望可不止情欲那麼簡單，七情六慾，斷了一慾，剩下的也還不少。」

李雲聰聽他這樣說居然笑了起來：「斷了一慾就多了一份專注，你不要小看這份專注，多數人都能爬到百尺竿頭，可想要更進一步卻難上加難，少有人可以做到，我們這種人少了一樣東西，正是缺少的這點東西可以讓我們卸下包袱，比常人更專注更輕鬆地達到目標。」

胡小天還是頭一次發現李雲聰這個老太監居然還有些幽默。

李雲聰道：「入宮也是一種修行，在皇宮中有人修善，有人修惡，可無論做什麼，一旦選擇了就無法停下來，更無法回頭。」他意味深長地望著胡小天道：「兩虎相爭必有一傷，想要在虎口求生，只怕沒那麼容易。」

胡小天剛剛擦去的冷汗不由得又冒了出來，李雲聰絕非普通人物，他對自己的瞭解遠比自己想像中要多得多。不但瞭解自己的身體狀況，而且從種種跡象來看，他似乎對自己心中的想法也有所覺察。可自己對李雲聰卻是知之甚少，除了知道他是個藏書閣的老太監，再就是他和御馬監少監樊宗喜的舅舅。過去只知道他武功不弱，並沒有想到他厲害到這樣的地步，李雲聰應該是大隱於朝的典範。

在今晚之前，胡小天還以為李雲聰真如他自己所說的那樣，是個與世無爭的老太監，可現在看來李雲聰此人深藏不露，還不知是什麼來頭？以胡小天的瞭解，宦官內部分成兩大派系，一是權德安為首的老人，一是姬飛花為首的少壯派，至於劉玉章這些人勉強可以歸於中立派，可胡小天憑直覺認為李雲聰和劉玉章絕不是一種人。李雲聰也不會無緣無故找上自己。要說秘密，權德安對自己瞭解得最多，目前來說，姬飛花想要利用自己對付權德安，按理說這兩個人不會將他們利用自己的事情告訴任何人。從姬飛花在明月宮殺死王德才的情景來看，姬飛花和李雲聰應該不是一路。難道李雲聰和牛羊房的張福全一樣，全都是權德安的內線？轉念一想，又似乎沒有任何的可能，真要是如此，李雲聰又何必道破這個秘密？

李雲聰道：「是權德安送你入宮吧？」

胡小天聽他這樣說，幾乎能夠認定，李雲聰就是這宮中的第三股勢力，他比表面隱退韜光隱晦的權德安藏得更深。胡小天道：「這件事並不是秘密，多虧了權公公在陛下面前說情，陛下方才放過了我們胡家。」

李雲聰呵呵笑了起來，他緩緩搖了搖頭道：「你以為一個太監在陛下的心目中能有多大的份量？」言外之意就是胡家躲過此劫和權德安並沒有太大的關係，其實此前蕭天穆已經明確指出了這一點，皇上之所以沒有殺掉胡不為，不是因為權德安說情，也不是因為任何人說情，而是因為胡不為對他還有用處，現在李雲聰這樣說就更證明權德安在胡家的事情上沒有起到太大的作用。

李雲聰道：「皇上就算現在饒了你們胡家，你以為胡家就永遠沒事了？」

胡小天其實也想過這個問題，天威難測，從歷史上來看，真沒有多少寬宏大量的君主，不是不報，時候未到。一旦老爹被榨乾了剩餘價值，那麼接下來等著他的必然是死路一條，應該說不單單是老爹一個，還有他們全家，即便是他這個已經入宮當太監的也不例外，在皇上眼裡，一個小太監的性命又算得上什麼？所以胡小天正在積極籌畫逃離康都的事情。

可逃走絕非他想像中簡單，首先面臨的一個難題就是自身問題，權德安在他體內留下了隱患，就算逃走，一旦體內異種真氣發作，自己必然走火入魔經脈寸斷而死。現在回頭看看，權德安十有八九是存心有意。胡小天現在連操遍權德安十八代祖宗的心思都有了，這老傢伙是一點良心都沒有啊，好歹我還是你恩人呢。

李雲聰道：「如果一切都還像過去那樣，也不會發生這麼多的變故。」說完這句話，他便停下，一雙深邃的眼睛盯著胡小天。

胡小天心中一怔，胡家遭難全都是因為龍燁霖上位的緣故，老皇帝龍宣恩在位之時，老爹還是相當得寵的，想到這裡，胡小天已經猜到了李雲聰的陣營，這老傢伙應該是老皇帝的忠實班底，可現在的老皇帝龍宣恩已經被完全架空，軟禁於瑤池湖心的縹緲山之上，龍燁霖表面上尊他為太上皇，實則已經剝奪了他所有的自由和權力，如今的太上皇龍宣恩只不過是個等死的老人罷了，難道這老傢伙還有東山再起的可能？

真要是龍宣恩能夠東山再起，對老爹對胡家，甚至對自己來說絕非壞事，老爹十有八九還會受到重用，官復原職，說不定再升一級也有可能。胡小天向李雲聰笑道：「李公公過去曾經伺候過太上皇嗎？」這等於直接詢問李雲聰的立場了。

李雲聰眉開眼笑道：「咱家都說了，我大半輩子都在這藏書閣內，不過說起來，當今陛下並不喜歡看書。」

胡小天道：「依李公公之見，我體內的毛病還治不治得好？」

李雲聰道：「治得好，當然治得好，不過良醫卻是可遇而不可求，天下間能夠治好你的人，掰著手指能夠數得出來。」

胡小天道：「我倒想聽聽。」

李雲聰道：「傳給你這些功力的人，早就知道異種真氣對你的危害，他或許有辦法治你，他的方法無非就是再用內力將你體內的異種內力消磨乾淨，這樣一來，你又會變成一個毫無功力之人，而他卻要因為你再損失一大筆內力，一來一回，只怕他的內力也要損失大半了，這樣的賠本買賣，他未必會做，就算他願意做，你也未必肯。」

胡小天道：「我對武功本沒什麼追求，和性命相比武功更是無足輕重。」

李雲聰又道：「還有一種方法，就是找到一個武功比他還要厲害的人，用內力鎮住你體內的異種真氣，這種方法短時間內有效，可是時間長了，隱患就會顯現出來，兩股不同的真氣會在你體內相互作用，一旦反撲，你死得會更慘，不過應該可以延緩你走火入魔的時間。」

胡小天道：「這種方法我聽說過，好像有什麼吸星大法之類的就是這樣。」

李雲聰沒聽說過吸星大法，他搖了搖頭道：「有種吞噬神功，就是吞噬別人的內力收為己用，可以在短時間內將功力提升至巔峰，可是但凡修煉這種武功的，最後全都不得善終，無一例外。」

胡小天點了點頭，這種事情書上看得多了，他歎了口氣道：「這麼說，能救我的人還真沒有幾個。」

李雲聰道：「還有一種方法，就是修煉正宗內功，將體內異種真氣化為己用，也就是將之重新煉化，去除不適合自己的部分，留下對自己有益的部分，將所有異種功力最後都變成屬於自己的部分，無色無相，無跡可尋，這種內功心法叫做《無相神功》。」

胡小天道：「我聽說過有個什麼《無間訣》不知是不是這個？」

李雲聰道：「自古就有因材施教這句話，橘生江南逾淮為枳，每個人的條件不同，所修煉的功法自然不同。」

胡小天內心的好奇心已經完全被勾了起來，李雲聰這樣說又是什麼意思？

李雲聰道：「其實兩本功法最早就是一本，八百年前天龍寺慧覺禪師，融匯佛門精義創出《無相神功》，武林中人為了得到這部神書不知有多少人送了性命，三百年前天龍寺因為牽涉皇家秘事而觸怒朝廷，朝廷出兵掃蕩天龍寺，剿殺寺內僧人，兩千僧人為保寺院和朝廷大軍展開大戰，歷經三天三夜，朝廷以損失五萬人的代價拿下天龍寺，血洗眾僧，將天龍寺夷為平地，放火焚燒藏經閣之時，有部分佛經被轉移到了宮內，這其中就有凝聚慧覺禪師畢生心血之《無相神功》。」

胡小天聽得悠然神往，忍不住插口道：「這麼說如今這本《無相神功》就在皇宮之中？」如果在皇宮之中，最可能的存放地點就是藏書閣了，李雲聰聊了這麼多總算來到了主題，如果真有這本書，這本神書又真能解決困擾自己的問題，那麼只要李雲聰提供出來，自己不排除出賣一下權德安和姬飛花，胡小天連自己都覺得沒節操了。

李雲聰卻沒有回答胡小天的問題，繼續道：「《無相神功》在天龍寺是一本神書，在江湖人眼中是一本至高絕學，可在皇上看來卻一文不值。」

胡小天點了點頭，心中暗忖，一個人若是當了皇上，身邊有這麼多人保護，想幹什麼就幹什麼，號令天下，莫不服從，當然不需要這麼辛苦地修煉武功，什麼武功秘笈對皇上來說都沒有吸引力。

李雲聰道：「可當時因為擔心江湖中人覬覦此書，所以對外宣稱是一把火將藏經閣全都給燒了，事實上藏經閣中的大部分佛典經書還是被轉移到了宮內。一開始

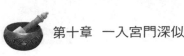

的時候，也有人懷疑這些書裡面有《無相神功》。最早這批佛經並沒有直接送來藏書閣，而是先在文興苑進行整理。所以有不少官員將領也打通關節，意圖找出其中的《無相神功》據為己有，到後來也沒有找到這本書，其中精選過的佛經送入了藏書閣，另外一部分就封存在文興苑。其間也經歷了不少波折，大概過了五十年左右，就已經很少有人提起《無相神功》的事情了。

「又過了一百五十年，天龍寺的冤案終於昭雪，明宗皇帝親自下旨，在原來的地址上重建天龍寺，一切規制都依照從前，當時天龍寺的主持方慧大師便請求將這些佛經還給天龍寺，明宗皇帝也同意了他的請求，讓人將文興苑所有的佛經歸還給他，至於皇宮藏書閣的那一小部分就留了下來。」

李雲聰端起酒喝了一口，然後又道：「一來二去，大家都以為這本《無相神功》失傳，可宮內卻有那麼一位太監，他從佛經之中悟出了那套秘笈，這位前輩也算得上是前無古人後無來者的一位大能，我剛剛跟你說過，任何武功都要因材施教，以我們宦官的特殊體質，就算找到了《無相神功》卻無法修煉，因為我們身體殘缺，《無相神功》卻是正常人所創，那位慧覺禪師雖然斬斷紅塵，斷絕六慾，但是他的身體方面並無殘疾。我們宮中的這位前輩得到《無相神功》之後先是欣喜若狂，照著上面的功法修煉，也是苦修數年無一所得，他想來想去，總算明白了這個道理，於是將這套功法進行改變，這一變之下才有了你所說的《無間訣》。」

小天已經完全被李雲聰所講的這個故事所吸引，真是沒有想到這其中居然會有這麼多的波折。

李雲聰道：「這位前輩功法大成之後，本想將《無相神功》毀去，可想來想去前人留下的至寶本不該毀在他的手上，於是將之收藏起來，等待日後的有緣人。至於他參悟開創的《無間訣》，這位前輩就分別傳給了兩個人，這兩人都是宮中的宦官，此類功法極其特殊，只能由我們這個特殊群體修煉，正常人即便是得到功法的全部，最多也是徒具其型，不可能研究出它的真髓。」

胡小天不由得想到，欲練神功，揮刀自宮這八個大字，《無間訣》一直收藏在皇宮內，倘若流傳出去，為了練成絕世武功，不知有多少江湖人會揮刀自宮。

李雲聰此時突然停下了說話，靜靜望著胡小天，似乎他的故事已經講完。

胡小天忍不住道：「完了？」

李雲聰點了點頭道：「完了！」

胡小天道：「可這兩本書後來的事情？」

李雲聰微笑道：「就算咱家不說，你也猜得到，能救你的只有那本《無相神功》。」

醫統江山 卷7 偷樑換柱

作者：石章魚
發行人：陳曉林
出版所：風雲時代出版股份有限公司
地址：10576台北市民生東路五段178號7樓之3
電話：(02) 2756-0949
傳真：(02) 2765-3799
執行主編：劉宇青
美術設計：許惠芳
行銷企劃：林安莉
業務總監：張瑋鳳

初版日期：2020年3月
版權授權：閱文集團
ISBN ：978-986-352-797-8
風雲書網：http://www.eastbooks.com.tw
官方部落格：http://eastbooks.pixnet.net/blog
Facebook：http://www.facebook.com/h7560949
E-mail：h7560949@ms15.hinet.net
劃撥帳號：12043291
戶名：風雲時代出版股份有限公司

風雲發行所：33373桃園市龜山區公西村2鄰復興街304巷96號
電話：(03) 318-1378
傳真：(03) 318-1378
法律顧問：永然法律事務所 李永然律師
北辰著作權事務所 蕭雄淋律師

行政院新聞局局版台業字第3595號 營利事業統一編號22759935

定價：270元

國家圖書館出版品預行編目資料

醫統江山 ／ 石章魚 著. -- 臺北市：風雲時代，
2020.02- 冊；公分

ISBN 978-986-352-797-8（第7冊；平裝）

857.7 108022924